西藏自治区教育厅和西藏民族大学学术著作出版基金资助

西藏民族大学学者文库·文学类

文化身份的建构与书写
—— 当代藏族女性文学研究

徐 琴 著

·广州·

版权所有　翻印必究

图书在版编目（CIP）数据

文化身份的建构与书写：当代藏族女性文学研究/徐琴著．—广州：中山大学出版社，2017.11

（西藏民族大学学者文库．文学类）

ISBN 978-7-306-06173-7

Ⅰ.①文… Ⅱ.①徐… Ⅲ.①藏族—少数民族文学—妇女文学—文学研究—中国—当代 Ⅳ.①I207.914

中国版本图书馆 CIP 数据核字（2017）第 219635 号

出 版 人：徐　劲
策划编辑：嵇春霞
责任编辑：王　睿
封面设计：刘　犇
责任校对：陈　霞
责任技编：何雅涛
出版发行：中山大学出版社
电　　话：编辑部 020-84110283，84111996，84111997，84113349
　　　　　发行部 020-84111998，84111981，84111160
地　　址：广州市新港西路 135 号
邮　　编：510275　　传　　真：020-84036565
网　　址：http://www.zsup.com.cn
　　　　　E-mail：zdcbs@mail.sysu.edu.cn
印 刷 者：虎彩印艺股份有限公司
规　　格：787mm×1092mm　1/16　13.75 印张　210 千字
版次印次：2017 年 11 月第 1 版　2017 年 11 月第 1 次印刷
定　　价：46.00 元

如发现本书因印装质量影响阅读，请与出版社发行部联系调换。

序

次仁罗布

四年前，我就得知徐琴教授得到了一个国家级项目，是要写有关当代藏族女性文学创作的一部论著。为此，那几年里她跑了很多的藏族地区，跟许多藏族女性作家有过深入的交谈。初稿完成后，她不断增加内容，进行补充和完善，可谓是兢兢业业，力求以最完美、最全面地呈现藏族当代女性文学的创作态势和所取得的成就。这部论著经过多次的打磨、修改，最终完稿，而我有幸成为第一个读者。

读完这部凝结着汗水与辛劳的论著，令我激动的是这部著作将文学的视域对准了当代藏族女性的创作，并通过对整个藏族历史、生存环境、语言、宗教文化、文学渊源等的缜密梳理，对当代藏族女性文学的创作成果和特色，从理论的高度进行了概括总结。这是迄今为止，研究当代藏族女性文学的最全面、最具理论性的一部论著。虽然，之前也有关于当代藏族女性文学的研究论文和论著问世，但都没有能够形成规模并上升到理论的高度，也存在着以偏概全之嫌。但是这部《文化身份的建构与书写——当代藏族女性文学研究》论著的问世，不仅关注了已经成名的当代藏族女性作家，也囊括了正崭露头角、创作势头刚起来的年轻作者，对于她们的创作不惜笔墨，进行了精到的点评。我想这部论著将会成为研究当代藏族女性文学创作的一本十分重要的理论著作，也对藏族文学的研究提供了最好的一个范本。

我们都知道，在全国56个民族中，藏族文学的体量和体裁排在汉族文学之后，创作出了在世界上都享有盛誉的最长史诗《格萨尔》、道歌体的仓央嘉措情歌、《米拉日巴》传记、格言、藏戏剧本，以及文学创作的理论书籍《诗境》；涌现出了萨迦班智达贡嘎坚参、乳白尖参、仓央嘉措、多卡夏丛次仁旺杰等一批优秀的作家，正是这种一代代的笔耕不辍，才有了藏族文学的浩繁与灿烂，才有了独特而内敛的别样文学，不仅丰富了中华文学，也为世界提供了别样的文学风景。在我们感激先辈们的同时，也不乏遗憾，在几千年的藏族漫长历史进程中，祖辈们虽然创造出了古格象雄文明和后来的雅砻文明，但是却没有培养出一位女性作家，文学的书写者全部都是清一色的男性。这跟整体的社会体制有关，也跟文化环境息息相关，从而我们可窥见当时的社会中女性所处的社会地位与掌握文化知识的程度。直到中国共产党和平解放西藏，这种社会现状才得以终结，出现了女性文学书写者的身影。特别是改革开放以后，以汉藏为主体的多民族女性作家涌现在藏族文坛的第一线，创造出了在国内外都产生出一定影响的优秀作品来。但评论界在研究整个藏族当代文学时，更多关注的是男性作家们的创作成果，顺带提及较有影响的几位当代女性作家，使很多有潜力的女性作家一直都处在一种边缘地带，没有引起应有的关注。近几年，她们创作的起势和优秀作品不断涌现，受到了更多人的关注和评论家的垂青，很多年轻的优秀女性作家也走到了文学的最前沿，成为了一股藏族文坛上不可忽视的重要力量。

徐琴教授的《文化身份的建构与书写——当代藏族女性文学研究》这部论著，就是在当代藏族女性作家们正在蓄势待发时，敏锐地看到了她们蕴藏的巨大能量及价值，率先投身到这一研究领域里，从文学的理论、文本分析、比较、渊源等中抽丝剥茧，精细入微地对当代藏族女性文学创作的成就、特性、品质、共性等进行了详细的研究，提出了许多很有见地的想法，提出了当代藏族女性创作面临的难题。这部论著填补了对藏族当代女性创作领域学术研究的一个空白，其意义和价值就无须赘述。但也留下了一点遗憾，就是未能把用藏语进行创作的当代藏族女性作家列入到这一研究对象里，使不少藏语优秀作家没能进入到这一行列里。但我们不能苛求什么，只能叹息于藏语作家的作品翻译成汉语的太少，哀叹于作为上级部门对这一问题没能引起足够的重视和关心，只能寄希望于今后这些作品被翻译成汉语后，再把内容补充和完善。

总之，徐琴教授的《文化身份的建构与书写——当代藏族女性文学研究》论著问世，对于藏族文学是件幸事，也为当代藏族女性作家们的创作树立起了一个丰碑！

目 录

绪 论 / 1
 一、研究缘起、意义及相关界定……………………… 1
 二、相关研究综述……………………………………… 6
 三、研究思路和局限…………………………………… 10

第一章 当代藏族文学的发生背景及发展历程 / 12
 第一节 宗教与藏族文学………………………………… 13
 第二节 文化语境与当代变迁…………………………… 22
 第三节 当代藏族文学的发展历程
     ——以西藏文学为例……………………… 29

第二章 现代性的诉求与民族身份意识的建构 / 43
 第一节 现代化之途与现代性诉求……………………… 44
 第二节 多元文化语境下的现代性追求………………… 48
 第三节 民族身份意识的建构…………………………… 57

第三章 女性意识的凸显与独特的话语空间 / 66
 第一节 藏族妇女历史地位的变迁……………………… 66
 第二节 女性意识的凸显………………………………… 71
 第三节 独特的话语空间………………………………… 77

第四章 身份意识觉醒后的话语实践（一）
    ——小说创作 / 90
 第一节 时代转折中的女性书写………………………… 92
 第二节 困顿现实中的女性人生面相…………………… 101

第三节　红尘中的痛殇与救赎……………………………………109
　　第四节　民族生存困境下的女性人生……………………………118
　　第五节　城乡冲突中的女性书写…………………………………128
　　第六节　民族精神之追寻…………………………………………135

第五章　身份意识觉醒后的话语实践（二）
　　　　　——散文创作 / 140
　　第一节　民族风貌的昂扬再现……………………………………142
　　第二节　女性人生的现实关怀……………………………………144
　　第三节　现代化进程中女性的忧思………………………………155
　　第四节　民族文化的张扬与审视…………………………………163

第六章　身份意识觉醒后的话语实践（三）
　　　　　——诗歌创作 / 167
　　第一节　寻找与皈依………………………………………………171
　　第二节　无怨无憾地前进…………………………………………175
　　第三节　深沉的忧思与探求………………………………………176
　　第四节　故土的歌者………………………………………………178
　　第五节　流浪，在漫漫长路………………………………………181
　　第六节　单纯秀美的歌唱…………………………………………183

第七章　坚守与超越 / 185
　　第一节　边缘的意义………………………………………………185
　　第二节　身份建构的欲求与审视…………………………………190
　　第三节　当代藏族文学发展面临的问题…………………………197

结语 / 205

参考文献 / 207

绪 论

一、研究缘起、意义及相关界定

（一）研究缘起

半个多世纪前，伴随着解放军进军西藏和西藏的和平解放，在政治经济领域内，广大的藏族地区发生了翻天覆地的变化，作为对社会生活反映的藏族文学也进入了一个新的发展历程。藏族当代文学创作成为中国多民族国家文学创作中的一个重要的板块，显现出了独特的风貌，奉献了很多优秀的作品，对传统藏族文学领域进行了拓新和发展，丰富了当代文学的表现领域。而在藏族文学创作的园地中，藏族女性作家的创作不可忽略。藏族女性文学创作是当代藏族文学创作中的重要内容，是藏族传统文学的一个新变化，同时是中国女性文学必不可少的组成部分。当代藏族女性作家数量多，已经形成了群体性力量，她们创作活跃、题材多样，不仅丰富了藏族文坛，而且以其异质性因素给中国当代文坛提供了崭新的审美内容。但与这种活跃的创作状况形成强烈反差的是在文学批评领域以这些女作家及其创作为对象的研究却显得比较滞后，藏族女性文学处于边缘之中的边缘，无论是在主流女性主义文学研究领域还是少数民族文学研究领域，抑或是在藏族文学研究领域，都较少系统全面地关注藏族女性文学创作，分析其创作的流变和独特的魅力，挖掘其在精神质地和艺术手法上的拓新。这些方面引起了笔者强烈的兴趣，驱动笔者系统地去研究和探讨藏族女性文学创作的独特魅力。

中华人民共和国成立以来，国家从各个方面和层次上都对少数民族区域进行了扶持，少数民族地区经济和文化都有了飞跃式的发展，但由于历史的因袭和现实的自然地理状况的制约，少数民族地区在文化地理意义上仍一直处于远离主流文化中心的边缘位置。"无疑，从中国少数民族文学概念的构成，到当代一大批少数民族作家的崛起，中国少数民族文学在半个世纪里书写了中国历史上从未有过的辉煌篇章。但是，当我们把中国少数民族文学投放到整个中国文学和文化全球性的语境中，就会发现中国少数民族文学依然边缘化的现实，看到中国当代少数民族文学批评在当代文学批评中的缺席，感受到建构中国少数民族文学批评的意义。"① 而作为藏族女性，更是处于族别和性别的双重边缘位置，在现代化进程中，虽然在国家政治层面和实际生活中，她们的地位得到了前所未有的提高，享有男女平等的权利，参与到各种社会活动之中，在现代化建设中发挥了重要的作用，在各行各业都有她们的身影，但受传统的深层次文化积淀的影响和女性生命个体的局限，她们不仅要承受历史时代变革带给她们的冲击，还要承受个体生存和情感遭遇带给她们的精神上的迷茫挣扎，同时要经历长久因袭下来的无形的男性优越感带给她们的桎梏。面对当今世界多元文化的强势冲击、少数民族传统文化在现代化进程中所处的尴尬处境，以及男性话语的强势体系和女性个体生存困境，她们要呈现被遮蔽的女性自我，展现其独特的生存面貌，用文字的方式去探寻和建构女性的主体意识，向外界传递民族的声音，构筑个体对国家和民族发展的认知，这是一种精神上的追寻和跋涉，也是一个艰难曲折的心路历程。然而，她们不甘于女性在长久的历史进程中的沉默和被消音，从 20 世纪 80 年代开始，女性作家以群体性的力量和积极挺进的姿态，在边缘之处以其创作昭示了她们对个体生命情感、两性关系、民族历史和现状以及多民族国家建构的思考。她们站在女性的立场上，从女性视角出发，以藏民族女性为主体，以民族历史发展进程或女性现实生活遭遇为主题，以彰显女性意识和对民族国家的认同为主旨，

---

① 李晓峰：《中国当代少数民族文学创作与批评现状的思考》，载《民族文学研究》2003 年第 1 期，第 68 页。

创作了一系列具有鲜明性别意识和民族特色的作品，将对女性命运的思考和对藏民族历史及当下境遇的反思紧紧地结合在一起，将女性的生活融入民族发展的历史洪流中，在大的时代背景下去关注女性的生存状态。她们的作品在凸现女性自我意识的同时，注重对藏民族历史和现状的反思与探寻，自觉地将女性生存与民族发展相联系，展现女性个体诉求的同时也展现民族诉求，表现出处于族别和性别双重边缘处境的藏民族女性作家对自我和民族历史与现实的双重建构。藏族女性作家在创作中如何建构和书写她们自身的文化身份，这是笔者进入藏族女性文学研究的切入点。

（二）研究的意义

藏族文学，因长久的宗教文化的浸润和独特的雪域高原背景，从而具有浓郁的民族文化内涵和鲜明的地域文化审美特征，因而对藏族女性文学的研究，便具有独特的文化价值和审美价值。在民族融和与多民族语境下，藏族女性文学是中国女性文学不可分割的一部分，藏族女作家积极地参与多民族社会主义国家的建构，在现代化进程中发挥了积极的作用，她们以其独特的女性经验和女性视角来构筑现实，展开文学想象，参与文化建设，确立了女性在民族文化发展中的独特地位，展现了藏民族女性在历史和当下的处境，彰显了民族文化品格，显现了独特的魅力，也为当代文坛提供了崭新的审美内容。在广阔的场域下去审视藏族女性文学的独特内涵，对当代藏族女性文学进行系统而深入的研究，探索藏族女性文学独特的文化意蕴和审美特征，充分认识藏族女性文学在中国女性文学中的地位和特殊价值，挖掘藏族女性文学的独特气质和审美风范，必将拓展和深化中国女性文学研究的广度和深度。

同时，对藏族女性文学进行系统全面的研究，也必将深化当代藏族文学研究的内涵与外延，为藏族文学的发展提供借鉴意义。以藏族女性的历史境遇和现实处境为着眼点，以藏族女性作家的创作为切入点，在多元文化背景下，考察当代藏族女性文学的发生发展轨迹，分析藏族女性如何"浮出历史地表"，以及在由历史走向当下的进程中，她们的生存境遇、命运转折、价值观念和精神追求，通过历史的追踪、现实的考察和文本的分析，揭示藏民族女性真实的生存状态和精神风貌，展现其精神的困惑和现实的追求；通过探讨其叙事手法和技巧运用的特异性，分析女性作家是如何体认和向外界传达藏民族女性的独特的精神诉求，分析其浓厚的民族文化底蕴给作品所带来的独特魅力；通过考察女性作家与创作文本之间的关系，揭示藏族女性作家作为少数民族女性，对民族历史和现代化进程的思考，以及她们对民族和性别身份建构的双重期待。

研究当代藏族女性文学的创作，对其创作的时代背景、文化意蕴、发展变化及创作特征等做出客观、准确的评价，探讨其独特的魅力和局限所在，为当代藏族文学的创作提供借鉴意义，丰富和深化藏族文学范畴，拓展中国女性文学研究的内涵和外延，是本研究的目的，也是从事民族文学研究工作者的职责所在。此外，对藏族女性文学的研究充分展示了藏族女性在现代化进程中女性意识的成长及女性命运的深刻变化，在历史和现实层次上去挖掘和探寻女性的现代化之路，关注藏族女性的现实处境和精神困境，力图能够从文本到现实都对当代藏族女性具有现实意义，从而使本课题不仅仅局限于文化研究，也具有社会学意义。

（三）相关界定

1. 区域界定

藏族文化中的藏族是包括整个藏族人民的，因此，藏族文学并不仅仅指的是当前行政区域划分上的西藏地区。在传统的西藏地理历史文化观念中，藏地由西到东，由高到低，大致可以分为上、中、下三个大的区域，有上阿里三国（卜让、古格、芒域）、中卫藏四翼（首翼伍茹、左翼腰茹、右翼叶茹、支翼茹拉）、下多康六岗（玛杂岗、伍保岗、察娃岗、欧达岗、麦堪岗、莫雅岗）的说法。阿里三国是世界上海拔最高的地方，是众水之源头、千山之巅峰。卫藏四茹，即通俗意义上所说的前藏和后藏的总和，从今天的行政区划上来看，也就是西藏自治区版图上的拉萨河谷和日喀则及其以西、以北的广大地区，还有山南以及部分林芝及那曲地区，从政治、历史、文化等方面来说，长久以来一直是西藏地区的核心区域。下多康六岗，"岗"是对两水之间高原的称呼，"多康"是"康"与"安多"的合称。"多"即安多，也就是今天的四川、青海、甘肃等省份的藏族居住区域；"康"即康巴，指的是今天行政区域划分上的云南省迪庆藏族自治州、青海省玉树藏族自治州、四川省甘孜藏族自治州、四川省阿坝藏族羌族自治州和甘孜州的部分藏地及西藏的昌都地区。在西藏和平解放后，中华人民共和国进行了新的行政区域划分，藏族聚居区主要分布在西藏及青海、甘肃、四川、云南的部分地区。在行政区划上，有自治区1个即西藏自治区。自治州10个：青海的玉树、海南、黄南、海北、果洛、海西蒙古族藏族自治州（杂居）；四川的甘孜、阿坝；云南的迪庆；甘肃的甘南藏族自治州（杂居）。自治县2个：甘肃的天祝藏族自治县，四川的木里藏族自治县。此外，还有一个自治乡，即四川平武县的白马藏族自治乡。因此，从空间范围看，藏族文学主要包括西藏、四川、甘肃、云南、青海等区域的藏族作家的文学创作。藏族同胞世世代代生活在这里，深受藏传佛教的影响，以藏传佛教为核心，从民族、文化、历史来说，形成了一个具有强烈凝聚力的文化空间，在文学创作上显现出与内地文学不同的风貌和审美特征。

2. 时间界定

藏族当代文学指的是从西藏和平解放至今为止60余年的文学。1951年5月23日，《中央人民政府和西藏地方政府关于和平解放西藏办法的协议》在北京签订，由此，西藏进入了一个崭新的历史时期，从西藏和平解放到民主改革，再到社会主义建设，西藏经历了政治经济制度上的全面变革，这种变革带来的精神上的变化鲜明地反映在文学创作之中。传统的政教合一的制度变为社会主义制度，在文学领域内由以僧侣文学为主转变为社会主义文学的蓬勃发展，由以藏语文学为主转变为以汉语文学为主，西藏文学新的体制建立，开始了当代文学的历程。

3. 当代藏族女性文学的界定

笔者关于当代藏族女性文学研究指的是西藏和平解放至今为止的以西藏自治区为主的包括四川、甘肃、云南、青海等藏族地区的藏族女性作家的创作。在藏族历史上，广大的藏族普通妇女是没有政治经济权利的，在以藏传佛教为核心体系的藏族传统文化中，僧侣和贵族占据了教育资源，普通的藏族妇女没有受教育的权利，即使有少量的贵族妇女受教育也主要只是为了能够书写书信和进行基本的家庭账务管理。寺院教育一直是藏族地区占统治地位的教育形式，宗教是其中心内容，藏族古典文学中，作家与僧侣往往兼为一身，藏族古代历史中是没有女性作家的。以西藏和平解放为标志，新的社会体制的建立，旧的传统观念发生了很大的变化，男女平等的思想深入人心，女性和男性一样面临着一个崭新的平等的社会，而最值得欣慰的是女性和男性一样开始接受教育，从事社会的各行各业。藏族女性由此也走上了文学创作的道路，出现了一些代表性的作家，在文学创作上呈现了繁荣的态势。此外，当代藏族文学创作的主要载体是汉语，虽然也有一些优秀的作家用藏语进行创作，但女性作家很少。因此，笔者研究的范畴主要是当代藏族女性作家的汉语创作，当然在本书中也会对极少的当代藏族作家的藏文创作（汉译本）进行观照研究。

二、相关研究综述

（一）当代藏族女性文学创作的现状

当代藏族女性文学创作发端于西藏和平解放后，德吉措姆、益西卓玛、塔热·次仁玉珍可谓第一代藏族女性作家。德吉措姆在1977年发表了处女作，短篇小说《骏马飞奔》；1980年又发表了短篇小说《漫漫转经路》，荣获西藏自治区优秀作品创作奖。1980年益西卓玛在《人民文学》上发表了《美与丑》，获得全国优秀短篇小说二等奖；1981年出版的长篇小说《清晨》描写藏族儿童生活，获甘肃省少数民族文学创作二等奖。1982年塔热·次仁玉珍开始发表作品，她的散文记录了西藏的风土人情，写得真实感人。与男性作家相比，这一时期藏族女性作家数量较少，主要是因为在和平解放前，藏族女性很少有受教育的权利；而在和平解放后，在新的教育体制下培养出来的藏族作家还没有成长起来。这一时期藏族女性作家的创作大多是抒写切身的生活感受，通过自己的生活经历来展现对社会改变的展望，民族身份意识是掩藏在国家统一的大背景下，在作品中大多抒写的是新旧社会的对比和昂扬奋进的时代精神，展现的是一种阶级的观念和民族大繁荣的景象，女性意识和民族意识是被遮蔽的。

20世纪80年代中后期，一批60年代出生的藏族女性作家开始成长起来，显现了积极的创作态势。这一时期较具代表性的作家有央珍、白玛娜珍、格央、唯色、梅卓、桑丹等。那时，她们的作品大多发表在报纸杂志上，创作还处于习作阶段，显得稚嫩清浅，然而又充满活力。但这些作家都成长在本民族的怀抱中，藏民族文化元素天然地融化在她们的血液之中，成为她们创作的根基。而且这些年轻的藏族作家都受过高等教育，并且大都有在内地求学的经历，文学素养与第一代藏族女作家相比要显得更加深厚，她们的创作视野也更为开阔和宽广。这一时期，女性作家的女性意识得以显现，民族身份意识也处于萌芽阶段。

20世纪90年代，是藏族女性作家创作争奇斗妍的时期。这一时期，西藏文坛最引人注目的女性作家是央珍。她的短篇小说《卍字的边缘》获得"第三届全国少数民族文学创作奖"；长篇小说《无性别的神》获得"全国少数民族第五届文学创作骏马奖"；并被改编为20集电视连续剧《拉萨往事》。《无性别的神》以德康庄园二小姐央吉卓玛在家庭中坎坷的命运、曲折的经历为线索，并通过她敏感细腻的心灵为我们呈现了20世纪初叶、中叶西藏的政治斗争及噶厦政府、贵族家庭、农村庄园及寺院的各种状况，再现了特定时期西藏的历史风云变幻和新的时代转折的到来。格央在90年代相继有《一个老尼的自述》《灵魂穿洞》《小镇故事》《让爱慢慢永恒》①等小说发表，她的作品关注女性的日常生活和精神困境，1997年格央获西藏作家协会颁发的首届"新世纪文学奖"，1998年获"全国少数民族文学创作研究新人奖"。白玛娜珍在这一时期出版了散文集《生命的颜色》，并开始尝试小说的创作，展露出了文学创作上多方面的才华，她的细腻、敏感，对文字的敏锐让读者惊叹。梅卓在此时期有诗歌散文集和长篇小说《太阳部落》出版，显现出了独特的创作风格。桑丹也呈现出了诗歌创作上的才华，她的诗歌语言瑰丽，意象饱满，有着独特的风格，被收入了《藏族当代诗人诗选》。这一时期，藏族女性作家的女性意识得以深化，民族身份意识也在作品中得以呈现。

21世纪以来，当代藏族文学显现出了蓬勃发展的趋势，藏族作家的创作展现出了独特的民族气质和丰厚的文化意蕴。白玛娜珍出版了长篇小说《拉萨红尘》和《复活的度母》，以知识女性的敏感细腻，在滚滚红尘的顶端，探看芸芸女性的生存现状，对女性的生存困境进行了细致的描绘和探讨，展露了对高原现代女性精神困境的痛彻洞见。格央获得了"全国第二届春天文学奖"入围奖，在2000年后相继出版散文、小说集《西藏的女儿》《雪域的女儿》，长篇小说《让爱慢慢永恒》。格央的创作因其对女性心理的敏锐把握以及对藏域风情的描写而使她的作品有着独特的魅力。她的作品主要从女性视角出发，抒写历史、传说和现实生活中女性的生存境遇，具有浓厚的女性关怀意识与民族文化反思意味。梅卓此期有长篇小说《月亮营地》、短篇小说集《麝香之爱》和多部散文集出版，有着对民族历史的反省和对女性命运的深切同情。此外，尼玛潘多的创作填补了藏族文学在细致描写农村女性生活方面的空白，她的长篇小说《紫青稞》是一部描写广阔社会生活面，对本民族女性生存状态进行探寻和思考，充满历史厚重感和鲜明女性意识的优秀之作。21世纪以来，藏

---

① 《让爱慢慢永恒》发表于《西藏文学》1998年第2期，为短篇小说，大家所熟知的格央的长篇小说《让爱慢慢永恒》初版于2004年，是在此篇短篇小说的基础上扩充而成的。

族女性作家的女性意识和民族身份意识在作品中得以强势彰显。

（二）当代藏族女性文学研究的现状

当代藏族女性文学以其蓬勃的发展态势和摇曳多姿的身态显现出了独特的魅力，它是当代藏族文学创作中的重要内容，同时是中国女性文学必不可少的组成部分。从20世纪80年代开始，藏族女性作家的创作渐趋活跃，并形成了群体性的力量，展现出了独特的风貌，但与这种活跃而风格独特的创作状况形成较强反差的是在文学批评领域以这些女作家及其创作为对象的研究却显得比较滞后，无论是在整个中国的女性主义文学研究领域还是在少数民族文学研究领域，抑或是在藏族文学研究领域，都较少系统地去关注藏族女性的文学创作。分析当代主流话语女性主义批评领域的研究态势，可以看到其关注的对象主要是处在主流群体背景下的汉族女性，而对处于边缘位置的少数民族女性，则缺乏必要的了解，因此，当前的一些重要的女性主义批评专著对整个少数民族女性文学创作都很少论及，即使稍有涉及，也是浅尝辄止，更谈不上将藏族女性文学创作作为研究对象进行系统研究了。另外，客观上来说，当代藏族作家中在国内国际上产生较大影响的是扎西达娃、阿来、次仁罗布等男性作家，因此在少数民族文学研究中，研究者往往囿于资料的欠缺，或者视野面的狭窄，仅仅关注这些已经取得较大影响的作家，而很少将目光投注在藏族女性作家身上。就目前所能见到的高校现当代文学教材中，虽然有些教材关注到了藏族文学创作，但关注的视野还是没有涉及藏族女性文学创作。在一些专门的女性文学史中，虽然注意到了藏族女性文学创作，但仅仅是泛泛而谈，没有能够细致地去论述，资料的掌握也不是很全面。如任一鸣的《中国当代女性文学简史》，共21章，其中仅有1章是研究少数民族女性文学，藏族女性文学的研究是其中的一节，而这简短的一节《藏族女性生存与民族历史的反思》也只是对梅卓的小说《太阳部落》进行了分析，而没有涉及其他任何藏族女性作家，这显然不能代表藏族女性文学创作的整体成就。已有的一些有关西藏文化研究的专著也只是在介绍当代西藏文学发展状况时附带提一下几位藏族女作家的创作,如马丽华在《雪域文化与西藏文学》的第四章"灵魂三谈——建构西藏新小说的作家群"第六节"女神时代——格央、唯色、央珍、梅卓"中,对央珍、格央、梅卓、白玛娜珍等的创作进行了评析,但这是一种感悟性的抒发,缺少学理的分析。耿予方的《西藏50年》(文学卷)对藏族女性作家的创作的分析也不够全面,仅是简单的作家作品介绍。此外,还有少量的关于个别藏族女性作家和作品的研究的单篇论文散见于一些期刊,这些研究主要集中在白玛娜珍、格央、央珍和梅卓这4位藏族女作家的小说创作方面。另外,值得关注的有于宏、胡沛萍所著的《当代藏族小说中的女性形象研究》,关涉很多女性作家作品,但该书研究的重心在小说中的女性形象的分类及内涵上。综观当代藏族女性文学批评和研究状况,可以看到:对重点作家、作品的研究比较集中,但对当前藏族中所涌现出来的一些有一定成绩的年轻作家和她们的创作则没有受到应有的关注;对小说的研究相对集中,而对散文、诗歌等其他题材的研究则比较薄弱;单个作家、作品研究相对繁盛,但涉及各种文学现象和归纳性的综合性研究就比较薄弱。总体而言,当代藏族女性文学的研究还处于拓荒阶段,对藏族女性文学的研究缺乏系统的观照,藏族女性文学的成就、价值远未得到充分的评价和应有的认可,对藏族女性作家身份意识的建构及书写方面的研究更缺乏深入的分析。

三、研究思路和局限

(一) 研究思路、方法

本研究立足于藏族女性的历史境遇和现实生存状况,在文本细读的基础上借鉴相关民族主义理论和女性主义文学理论,并注重利用有关藏族社会学研究成果,以民族和性别为切入视角,用民族文化研究与女性主义文学研究相结合的方法对藏族女性文学创作进行深入研究。对藏族女作家的作品,进行系统的、宏观与个体微观并重的多角度层面的解读和审美评价,既立足于文本研究,又最大限度地贴近了藏族女性的历史和现实处境,以鲜明的女性视角、民族立场解读藏族女性的命运变迁和精神归属，发掘其所承载的历史、政治、经济、文化内涵，考察她们在现代化进程中所经历的苦痛与蜕变。

（二）局限

对当代藏族女性文学进行评价，需要不同的视角和方法，需要借鉴和吸收相关文学理论资源，对中国传统的批评理论和西方各种新的批评理论，如女性主义批评、文化人类学批评、政治社会学批评、结构主义批评及后殖民主义批评理论等进行借鉴和吸收，这些方面还需要笔者做更多的努力。此外，在研究中需要注意的是，如何能够客观公正地看待因意识形态隔阂所导致的对某些文本的批评，这就要求批评者的眼光要足够敏锐，这对笔者来说无疑是一个挑战。另外，当代藏族作家中能进行母语创作的作家很少，这其中女性作家更少，但她们的创作是藏族女性文学研究中必然要关注的内容，由于语言的局限，只能通过翻译来了解，这也在一定程度上制约了本研究的客观性。

第一章　当代藏族文学的发生背景及发展历程

布迪厄是当代影响最大的社会学家之一,在文学研究方面,布迪厄使用了"文学场"①的概念。他认为文学场在元场域的权力场中处于被支配地位,要受到政治经济等因素的制约和影响,但文学场又可以是独立于社会政治、经济之外,具有自身运行法则的一个相对自主的封闭的社会体系。布迪厄的阐述为我们考察文学与客观世界之间的关系提供了一个崭新的视角,为理解文学的本质,文学与外在政治经济之间的关系提供了新的视角,为我们理解特定时代作家作品的创作,文学思潮与审美趋向的演变,文学的生产与消费等提供了一个参照物。

布迪厄认为对文学现象的解读不应该做简单化的理解,研究文学意味着建构一系列的"纸上建筑物",强调对文学现象的解读必须语境化、历史化,也就是必须将文学置于社会历史政治的场域空间之中来研究。当代藏族文学的产生、发展和繁荣都有其特定的时代背景,对当代藏族文学的研究也必须将其置于具体的社会历史场域空间之中。一方面,对当代藏族文学影响深重的是传统文化基因,而宗教则是其中最重要的影响因子;另一方面,和平解放,新的政治体制的建立,由此形成现代文学的新体制,文学与政治经济等外在环境的变化也有着密切的关系。当然,在20世纪80年代后的全球化浪潮中,藏族文学面临着一个新的处境,这在后面的章节中会有论述。

---

① 参见赵一凡等《西方文论关键词》,外语教学与研究出版社2006年版,第582~583页。

第一节　宗教与藏族文学

　　20世纪50年代的西藏和平解放、民主改革使得西藏社会发生了翻天覆地的变化，文学作为时代和社会的反映物，必然承载记忆了一个民族所经历的风雨历程和欣欣向荣的变化。虽然新的时代转折以摧枯拉朽之力使得神权统治土崩瓦解，然而几千年的传统积淀必然作为一个民族的潜在文化心理在影响着文学创作。

　　藏族是个全民信教的民族，藏传佛教作为藏族人的宗教信仰，如同酥油和糌粑，空气和水一样，是藏族人生活中必不可少的组成部分。在佛教传入藏地前，藏民普遍信仰苯教。苯教相传约于公元前5世纪由古象雄王子辛饶·米沃且创建，"自吐弥桑布扎创制新文字并翻译部分佛教经典上溯至聂赤赞普，以及更早的一些年代里，藏族社会由原始苯教文化所主宰"[1]。另据《吐蕃王统世系明鉴》中记载："自聂赤赞普起至拉脱脱日宁谢之间，凡二十六代，都是以苯教护持国政。"聂赤赞普，传说中是西藏山南地区的悉补野部地方首领，是西藏的第一位藏王，拉脱脱日宁谢是第二十八代藏王。从此段记载可以看出，大概公元3世纪至公元6世纪左右，苯教成为藏地的主要宗教。苯教的"苯"有"颂咒""祈祷""咏赞"之义，它以万物有灵、灵魂不灭为思想基础，以"下镇鬼怪，上祀天神，中兴人宅""为生者除障，死者安葬，幼者除鬼"[2]为目的，特别重视祭祀作法等仪式，以念诵各种咒文为主要仪式。苯教的发展经历了三个阶段，即笃苯、洽苯和觉苯时期。[3]笃苯时期是苯教的初期流传阶段，此期没有教义的存在，只是大致规定了一些祭祀的仪式。第七世藏王止贡

---

[1]　丹珠昂奔：《佛教与藏族文学》，中央民族学院出版社1988年版，第4页。
[2]　丹珠昂奔：《佛教与藏族文学》，中央民族学院出版社1988年版，第4页。
[3]　参见丹珠昂奔《佛教与藏族文学》，中央民族学院出版社1988年版，第20页。

赞普时期是苯教的兴盛时期，也即洽苯时期，开始有了苯教的教义。觉苯时期由于佛苯斗争激烈，苯教因教义的浅陋而失败，为了生存，一些苯教徒将佛教经典改为苯教经典，出现了佛教化的苯教著作。

松赞干布时期，佛教由尺尊公主自尼泊尔和文成公主自汉地传入西藏，并在藏地逐渐有了发展基础，在长久的历史发展过程中形成自己独特的结构，印度佛教、中原佛教与雪域藏地的土著宗教相融合，迎合上层统治阶级的需要，逐渐嬗变为具有独特风貌的藏传佛教，成为雪域藏地封建农奴社会上层建筑的组成部分而得以被大力提倡，藏传佛教在长期的历史发展过程中成为藏民族传统思想文化和民族心理积淀的重要内容。佛教在藏族地区的传播和发展可分为"前宏期"和"后宏期"两个阶段："前宏期"指公元7世纪初叶到公元9世纪中叶吐蕃王朝崩溃以前这一时期内的佛教传播时期（即由佛教在吐蕃本部初传，几经周折，到吐蕃赞普达玛灭佛）；"后宏期"一般指佛教在藏族地区的再次兴起时期，史家一般认为从公元978年伊始。从佛教传入吐蕃开始，苯教和佛教之间就展开了斗争，在互相排斥的同时，又各自吸收了许多对方的内容，苯教吸收了印度佛教的内容，丰富了其文化内涵和思想体系，印度佛教吸收了苯教的内容，也使其能够更深入地根植于当时的社会，为普通民众所接受，并逐渐发展成为现在的藏传佛教。吐蕃政权时期属于"前宏期"，赞普赤松德赞（公元755—797年）时期笃信佛教，他将印度的两位佛教大师寂护和莲花生迎请至西藏，并为他们修建桑耶寺弘扬佛法，宣布吐蕃上下一律遵奉佛教。桑耶寺是西藏第一座具备佛、法、僧三宝的正规寺院，以桑耶寺的建立和"七觉士"的出家为标志，佛教在西藏开始传播。赤祖德赞（公元806—838年）时期，更是大兴佛法，广建寺院，并规定"七户养僧制"。公元838年，由于过度崇佛，百姓负担日重，赤祖德赞被反佛大臣杰多日等谋杀，他的弟弟朗达玛继位，大肆灭佛，西藏境内的佛教势力几乎全被灭绝殆尽，佛典被焚，佛像被埋，寺庙遭毁，僧人被迫还俗，西藏佛教的前宏期结束。后来，赞普朗达玛为崇佛僧人刺杀后，西藏陷入了400多年的分裂时期。公元10世纪，朗达玛的后裔意希坚赞为了复兴卫藏地区的佛教，派遣鲁梅·楚臣喜饶等10人至青海丹斗寺，跟从喇钦·贡巴饶赛学习佛教理论。这些人返藏后，佛法重新流传。与此同时，吐蕃王室的后代益希沃也在阿里地区的古格大力扶植佛教，迎请印度名僧阿底峡大师到阿里传授佛法，佛教复兴势力从阿里传回卫藏。至此，藏传佛教通过从古格和丹斗的"上路宏法"和"下路宏法"，又开始复兴起来。以鲁梅·楚臣喜饶等公元978年返藏弘法为标志，开始了藏传佛教的后弘期，西藏从奴隶制社会过渡到封建农奴制社会，新兴的封建贵族阶级再度兴佛，藏传佛教得到了很大的发展。在此时期，因传法分散，藏传佛教诸教派逐渐形成，有宁玛派、噶当派、萨迦派、噶举派、希解派、觉宇派、觉囊派、格鲁派等派别。到了宗喀巴整顿佛教，达赖、班禅系统的建立，佛教得到了迅速的发展，由此也开始了政教统一。

  政教统一，使强大的宗教力量在藏族传统社会生活中占有重要的地位，并且对整个社会的政治、经济、文化思想等方面产生了极其深刻的影响。藏传佛教为广大藏族民众所信仰，成为民众的深层心理积淀，直到今天，在广袤的藏族地区，人们虔信佛教，念经拜佛、转山转水转佛塔，宗教生活成为人们日常生活的一部分。藏族人以藏传佛教的观念为自己的生命价值观念，注重日常修行。他们信奉佛法、尊崇喇嘛和活佛，相信生命轮回、因果报应。认为人有前世、今生和来世，今生仅仅是生命轮回中的一站，躯体只是承载灵魂的皮囊，人死后还会投胎转世，灵魂不灭，人永远处于轮回之中，现世的修行会获得来世的福报。同时，佛教认为人生皆苦，只有皈依佛门、现世修法，才能脱离轮回之苦，求得来世的幸福。因此他们并不十分看重现世，而是把幸福和期望寄托于来生来世，也就是下一辈子。"人生唯苦、四大皆空、生死轮回，因果报应等佛教哲学理论决定着藏人高层次的精神追求。"[①] "人们要想超越苦海到达幸福的彼岸，唯一正确的途径，便是奉佛修法。而佛陀是获得解脱的领路人；佛法是佛陀讲说获得解脱的道理和方法；僧人则是佛不在世时的代言人……崇信并敬

[①] 丹珠昂奔：《佛教与藏族文学》，中央民族学院出版社1988年版，第8页。

奉佛、法、僧为藏族社会中最高道德准则，最大的善行。"① "轮回"思想作为藏传佛教哲学思想体系的重要组成部分，围绕个体生命与过去、现在、未来的因果关系，给信仰的民众提供了一种现世皆苦、诸行无常的人生观和由"苦"到"空"的解脱方法，认为现世的修行会获得来世的幸福，因此成为佛教徒根深蒂固的理解人生的观念，深入到他们的日常生活之中。藏族的人生观、价值观、道德观等皆受佛教的影响和规范，他们的日常生活如转经、煨桑、拜佛等也伴随着各种宗教的仪轨。文化是一个民族精神生活的反映，藏族文化与藏传佛教密切相关。藏族传统文学的中心主题是佛教的因果报应，宣扬出世修法的人生观，即使是艺术作品如绘画和雕塑也大多表达的是与佛教相关的内容。藏传佛教对藏族社会的影响是深远的和全方位的，这种影响具有潜移默化的作用，内化为人们的精神信仰，充斥在人们的日常生活之中。因此，离开了藏传佛教，藏族文化就无从谈起。

从总体上来看，作为反映藏民族社会生活和精神世界的文学作品，它必定受整个社会意识形态和民族文化积淀的影响，在历史上，藏族知识分子大多集中在寺院，很多藏族学者自己本来就是高僧大德，因此藏族古典文学很自然地就带有鲜明的宗教观点和宗教倾向，其中许多作品是直接宣扬宗教教义的。在藏地，寺院学习是获得知识和培养人才的一个主要途径，寺院不仅是宗教传承的中心，还是文化教育的中心。在藏族的历史长河中，寺院培养了无数的藏地知识分子，涌现出了一批杰出的学者，写下了大量宗教、历史、天文、历算、医药卫生等著作。在藏族文学史上，佛教僧人身兼文学家的现象很普遍，佟锦华教授在《藏族古代作家文学与藏传佛教的关系》中指出，"11世纪以后，佛教僧人身兼文学家的现象，成为藏族古代作家文坛的一个突出特点"②。丹珠昂奔在《佛教与藏族文学》里也说："藏族文学的作者十之八九都是僧人。"③ "自从佛教掌握藏族地区的

---

① 佟锦华：《藏族文学研究》，中国藏学出版社1992年版，第53页。
② 佟锦华：《藏族古代作家文学与藏传佛教的关系——兼论编写藏族文学史应注意的基本原则》，载《中国藏学》1990年第2期，第41页。
③ 丹珠昂奔：《佛教与藏族文学》，中央民族学院出版社1988年版，第87页。

政教大权之后，藏族的知识阶层主要集中在寺院，没有扩大到世俗群众中去。正是在这种特殊的文化氛围中，即使有个把俗人作家，也难免在俗世的创作中宣扬佛家的义理。因此，大量的阐释佛理的作品不断产生，是与作者的这种基本结构有直接关系的。"① 藏族知识分子集中在寺院，受宗教思想的影响，他们崇修佛法，在日常生活中按照佛法的要求来规范自己的行为，在他们的著作中彰显宗教内容，宣传佛法精神成为藏族文学的一个显著特色。因此，藏族作家及其文学创作内容与宗教思想有着密切的联系。如充满传奇色彩的一代高僧米拉日巴既是噶举派的第二代祖师，又咏唱了许多道情诗歌，以传播教义、弘扬佛法，开了藏族"道歌体"诗歌流派的先河。再如萨班·贡噶坚赞是萨迦派的第二代祖师，为了宣传佛教教义，写下了藏族历史上第一部格言诗集《萨迦格言》，以格言的形式提出了一系列的思想行为主张。此外，一些僧人用文学作品纪念宗教人物，进行佛教教义宣传，如被称为"后藏疯子"的西藏圣僧桑吉坚赞着手撰写了藏传佛教噶举派第一代创始人玛尔巴和米拉日巴的传记《玛尔巴传》和《米拉日巴传》，宣扬人生无常、皈依佛教的道理，目的是为了振兴佛教、扩大噶举派的影响。还有史传文学《西藏王臣史》是五世达赖喇嘛阿旺罗桑嘉措所著，用文学的手法记录了历代王统及相关历史事件，佛教色彩浓厚。再如六世达赖喇嘛仓央嘉措是一代宗教领袖，当下大众广为传诵的却往往是他的情诗，当然有很多是以讹传讹的所谓的情诗，实际上他留下的许多诗歌从严格意义上可以说是宣扬宗教精神的道歌。还有《水树格言》的作者贡唐·丹白仲美是甘肃拉卜楞寺贡唐仓第三世活佛，是一名学贯三藏、精于中观的高僧。长篇小说《勋努达美》的作者朵喀夏仲·才仁旺阶出身于贵族世家，15岁到山南敏珠林寺跟从印度学者学习佛法及研习五明之学，博学多才，后升为噶伦。长篇小说《郑宛达瓦》的作者达普巴·罗桑登白坚赞（又名阿旺·罗卓嘉措）是18世纪西藏地方达普寺的第四代活佛。从一定程度上来说，藏族书面文学的渊源来自于寺庙的高僧

---

① 丹珠昂奔：《佛教与藏族文学》，中央民族学院出版社1988年版，第92页。

大德。

　　藏族传统文学从总体来说，受宗教的影响很大，尤其是政教统一使得藏族传统文学与宗教有着千丝万缕的联系。"到十三世纪以后，佛教各派因传承不同，竞相宣传本派教义，思想非常活跃，文学因而有了很大的发展，这时藏族学者著述了《布顿佛教史》《蔡巴红史》《青史》等历史名著，编成了《甘珠尔》和《丹珠尔》两大藏文佛学丛书。在诗歌方面，宗喀巴的《诗文搜集》和索南扎巴的《格丹格言》等相继问世。在传记文学方面，桑吉坚赞所著的《马尔巴传》《米拉日巴传》等也先后涌现。在民间文学方面，由于民歌、舞蹈、故事传说及传记等文学形式的发达，促成了藏戏这一综合艺术形式的诞生。"①《青史》等历史书籍、《甘珠尔》和《丹珠尔》等宗教典籍里的许多记叙带有文学的色彩，而一些宗教人物传记的文学性色彩更浓，并且随着整个社会生产力的发展，藏族文学也得到了长足的进步。在十六七世纪，诗歌、传记、戏剧、民间文学等各种文学体式都得以发扬，18 世纪长篇小说《勋努达美》与《郑宛达瓦》的出现，表明藏族作家文学开始从文史哲不分，特别是从宗教附庸的藩篱中走了出来，走上了"纯文学"的创作道路。这两部长篇故事曲折、人物形象突出、文辞优美、艺术手法纯熟，在较为开阔的范围内表现了比较复杂的社会生活和思想内容，具有极强的文学性和艺术性。但需要指出的是《勋努达美》与《郑宛达瓦》仍然与宗教有着很密切的关系，小说贯穿着宿命论与因果报应的思想，认为现世的所有一切都是苦的，修行佛法是唯一的救赎的道路，告诫诸生只有虔诚地皈依佛法、一心向佛、了断百思、六根清净、消除妄念，才能修成正果，从总体上来说还是宣扬宗教观的。《勋努达美》一共有 25 回②，前 18 回写勋努达美为了爱情所做的努力和开展的残酷的战争，第 19 到 25

---

　　① 陈光国、徐晓光：《藏传佛教与藏族文学》，载《青海民族学院学报》1994 年第 1 期，第 88～89 页。
　　② 这是后来在汉译过程中，为了便于读者阅读，译者将其"分成了二十五回，每回有一两个中心内容，回目也是译者加的"。见朵噶·次仁旺杰著，宋晓嵇、萧蒂岩译《勋努达美》之译者前言，西藏人民出版社 1984 年版。

回写勋努达美因权利斗争而觉醒并忏悔,并对现实生厌离之心,弃位弃妻入山林修行,一心宣扬佛法。其前半部主要描写为争取美满婚姻而进行的征伐,体现的是要求婚姻自由和个性解放的思想;而后半部是对前半部这种俗世思想的否定,悔罪入深林,因修法而声名远播。《郑宛达瓦》描写了邪恶和正义之间的斗争,但最主要的内容是宣传宗教教义,要求人们信仰佛法。王子被奸臣之子夺去躯体,只能将灵魂寄托在杜鹃鸟体内,以杜鹃鸟之身,在森林中为鸟兽们布道说法、普度众生,最终修得正果、获得圆满,在森林中圆寂。勋努达美和郑宛达瓦这两位王子都以修行佛法为最高的追求,他们虽然都曾经以王子之尊享受了荣华富贵,也曾经有俗人的欲念和追求,但他们因各种原因最终都皈依佛祖苦苦修行,可见即使是纯文学作品,其中心仍然是宣扬宗教的精神,注重的是现世的修行和来世的幸福。再如由康区著名高僧巴珠·乌金久美曲吉旺布在19世纪末期创作的寓言体文学作品《莲苑歌舞》,描写了一对相亲相爱的蜜蜂小金蜂莲花达阳和小玉蜂莲花阿宁在莲花上嬉戏,却不料天气骤变,突降暴雨,小玉蜂莲花阿宁被卷入花蕊死亡,小金蜂莲花达阳悲痛欲绝,最后皈依佛法、证得智慧。作品通过金蜂和玉蜂的故事宣扬了人生无常、乐少苦多、乐即是苦,只有皈依佛法,才能获得解脱、远离世间苦海。藏族古代文学的主题思想大致相似,基本上是由佛教"四圣谛"(苦谛、集谛、灭谛、道谛)所制约和决定的,所以藏族古代文学的情节结构和人物形象有着类同化、模式化、程式化的特征。一部作品往往前半部分所表现的中心内容是苦谛和集谛,描写的重点在现世生活,现世生活中人有七情六欲,然而乐和苦相携而生,万事无常,众生皆苦。而后半部分所展示的宗旨是灭谛、道谛,是佛教的解脱观,着眼点在皈依宗教,只有皈依宗教、皈依佛法,通过修行才能获得解脱。

藏族文学与宗教有着密切的关系,在政教统一的西藏传统社会中,宗教发挥着重大的作用,作为意识形态范畴的藏族文学深受宗教思想的浸润和影响,作家的创作自然而然受宗教世界观的影响,带有鲜明的宗教色彩。佛教不仅为藏族文学提供了主题思想,还提供了丰富的艺术题材和无限的想象空间。在广袤的藏族地区,随时随地都充斥着宗教的元素，散发着浓厚的宗教气息，这成为藏族文化的显著特色，也成为文学作品中的文化元素。同时，在藏族社会发展过程中所出现的自然崇拜、祖先崇拜和英雄崇拜等成为文学作品的重要题材内容，这些内容往往也有着宗教的色彩。此外，佛本生故事是佛经中最具文学性的作品之一，主要讲述佛祖释迦牟尼成佛前的各种修行和善行，其大无畏的进取精神及最终证得佛身的经过，佛本生故事是藏族文学及艺术的母题。因此，藏族文学创作的题材与主题往往与佛教有着千丝万缕的联系，即使是民间文学，如神话、传说等许多内容也涉及宗教的思想。而一些文学艺术形式也是从宗教中直接剥离而产生的，如藏戏的发展。藏戏是藏族古典文学的一个重要内容，它与宗教有着密切的联系。据考察，藏戏有三个来源，即：民间歌舞、民间说唱艺术和宗教艺术，笔者认为这几个方面共同促进了藏戏的产生，但直接源头还是和宗教仪轨仪式有着很大的关系。据藏史《巴协》记载，在8世纪时吐蕃赞普赤松德赞修建桑耶寺时，莲花生大师为调伏恶鬼，举行宗教仪式，率先应用了一种带有舞蹈的仪式，后来发展成带有娱乐性质的宗教舞蹈，所以大多认为藏戏起源于8世纪藏族的宗教艺术。藏戏的藏语名叫"阿佳拉姆"，据传是在15世纪时，噶举派的高僧唐东杰布修建了西藏的第一座铁索桥。在建桥过程中，他发现民工中有七个能歌善舞的姐妹，于是指导七姐妹演出戏剧，为修桥募集资金。七姐妹面容秀美、舞姿曼妙、婀娜多姿，观众以为是仙女下凡，称其为阿佳拉姆（仙女），所以后来藏戏被称作"阿佳拉姆"，意思是"仙女姐姐"唱的戏。17世纪时，藏戏从寺院宗教仪式中分离出来，逐渐形成以唱为主，唱、诵、舞、表、白和技等基本程式相结合的生活化的表演。受宗教文化思想的影响，藏戏剧目的内容大多是佛经中的故事，从而使得藏戏也成为藏文化历史传承和文化传播的方式。《文成公主》《诺桑法王》《朗萨雯蚌》《卓娃桑姆》《苏吉尼玛》《白玛文巴》《顿月顿珠》《智美更登》是藏戏中最具代表性的剧目，被称为"八大藏戏"。这八大藏戏中，《文成公主》是根据历史典籍和民间传说改编而成的，具有现实的原型，有真实的历史人物和事迹，剧本以松赞干布聘娶文成公主的始末为基本发展线索，大致情节与历史相符。但在剧中,仍然和藏族传统文学一样,重在宣扬宗教思想,着重突出的是松赞干布和文成公主在宗教上的贡献,具有较浓厚的宗教色彩。《朗萨雯蚌》虽然反映了底层的社会现实,刻画了农家女子备受欺压的不幸遭遇,但作者在创作时,其目的不是反映底层妇女的苦难,而是宣传宗教教义,遵照人生唯苦的宗教观念,写倍受欺压的女奴朗萨经过种种磨难最后悟道修炼成为女菩萨的故事,渗透着强烈的宗教教化色彩。而有的藏戏剧目本身就是佛经故事,如《智美更登》写王子智美更登的坎坷经历及其大无畏的牺牲精神,这原本就是佛经故事,是根据释迦牟尼为其弟子讲法所讲的故事改编而来;再如《诺桑王子》写诺桑王子与云卓拉姆的爱情故事,是由取材于反映释迦牟尼本生事迹的《菩萨本生如意藤》中的《诺桑本生》改编而来的;《白玛文巴》写白玛文巴本领超群,除恶报仇,但在剧本末尾的赞词中,说明白玛文巴就是莲花生大师的前生,将莲花生佛的本生故事编演了出来;而有的就是高僧活佛为宣扬佛法而直接根据民间故事改编而成,如《顿月顿珠》这部戏是因为五世班禅洛桑益西看到社会上一些人不讲佛法和部分僧人不守戒律,社会道德沦丧,于是将民间故事《尼玛维色与达娃维色》改编成藏戏,进行宗教的宣传和训诫,提倡社会的和谐和友爱。作为藏族文化传播和展演的藏戏,鲜明的宗教教化意味是它的一个鲜明的特点。

雪域高原长久以来独特的宗教背景,特别是政教统一使得藏传佛教在西藏有了深厚的根基,宗教信仰成为人们的深层心理积淀,拜佛念经成为人们的日常生活内容。根深蒂固的传统遗存,博大深广的佛经典籍和民间信仰给藏族文学创作提供了丰富的创作素材,宗教精神成为藏族文学创作思想的灵魂,它贯穿于整个藏族古代文学的始终。在佛教传入藏地前,藏族先民崇信苯教,因此藏族早期神话传说和民间故事大多受苯教思想的影响。公元7世纪佛教传入藏地并逐渐产生了深远的影响,从这一时期开始出现的民间传说故事,直到18世纪出现的长篇小说,再到19世纪以后出现的寓言体小说,无论是博大精深的藏族作家名著,还是灿若繁星的藏族民间文学,无不与宗教有着密切的联系,很多作品都很自然地宣传佛教世界观、出世解脱等思想，用故事和人物行为来演绎佛教的基本教义，宣扬众生皆苦、皈依佛教、寻求解脱的人生观念。

　　藏族文化是藏民族独特的历史、政治、经济、宗教、地理环境、习俗等特点在意识形态领域内的反映，藏族传统文化作为民族的深层积淀自然会对作家的创作产生深远的影响，特别是藏传佛教的生死轮回、转世观念和出世思想等作为藏文化的内蕴必然深层次地影响着作家对世界的认知，并形之于作品，成为藏族古典文学的中心意蕴。在当代藏族作家的创作中，虽然随着时代的发展和现代化进程在藏族地区的开展，作家的创作逐渐切入了普通人的世俗生活，从对神性的关注转到对人性的关注，从对宗教的阐释转到对世俗人生的描绘，但浓厚的宗教色彩仍是其区别于其他民族作家创作的一个显著特色，作者借用宗教典故、宗教人物等展开故事，运用宗教精神来引导、救赎和安妥人生成为藏族作家创作的一个鲜明特色；同时，宗教仪轨和民间信仰仪式也弥漫在许多作家的作品之中，成为藏族作家创作的一个显著标志。

第二节　文化语境与当代变迁

　　1949年中华人民共和国成立，1951年5月23日，中央人民政府和当时的西藏地方政府在北京签订《关于和平解放西藏办法的协议》（即《十七条协议》），西藏实现了和平解放，1959年西藏民主改革，传统的政教统一的制度发生了变化，社会主义制度建立，雪域高原发生了天翻地覆的变化。"20世纪50年代对于这片高原来说是新旧时代的分水岭。以外来先进之力推翻了一个落后制度，和平解放，民主改革，进入社会主义；神王统治，世袭贵族，土崩瓦解，西藏社会发生革命性变化，仅仅用了短短十多年时间。意识形态领域里也输入了许多前所未闻的新的思想观念。"① 和平解放60余年来，西藏经历了民主改革、自治区成立、社会主义建设和改革开放、现代化建设等一系列进程，在这一过程中，社会和个体的命运发生了深刻的改变。在其他藏族地区，同样的社会进程和时代风尚变化也深刻地影响着人们的生活。作为人的现实生活和内在精神的反映，文学创作也展现出了不同的面貌，与藏族传统文学相比，新的文学在创作队伍、文学语言、精神向度、艺术手法的运用等方面有着鲜明的变化。

首先，创作者的队伍发生了很大的改变。在藏族地区，社会主义教育体制培养出了新的知识阶层，他们成为文学创作的主体和新的接受群体。传统的西藏教育系统主要有寺庙教育系统、僧官培训系统、俗官培训系统、民间私塾教育，在国民政府时期还有国民政府办的学校教育等。西藏的寺庙不仅是宗教活动的场所，同时也承担着培养人才的职能，寺庙同时是天文、历算、建筑、医学、艺术等文化教育传播的场所。寺庙教育系统（由学徒、喇嘛、格西、法师逐渐升到甘丹赤巴，如同现代的小学、中学、大学、研究生、博士的教育递进）是最主要的教育系统，也是涉及人数最多的群众性教育系统。僧官和俗官培训系统则是官员的培训系统，僧官学校的学员来自西藏各地寺庙，俗官学校的学员必须是大小贵族的子弟。民间私塾也是小规模的贵族官员子弟或有钱人家子弟的一个入门教育阶段，而且在政教合一的体制下，宗教经典也是教育的一个中心内容。"旧西藏没有一所近代意义上的学校。寺院垄断着教育，仅有的极少数官办的僧官和俗官学校，绝大多数学生是贵族子弟。广大农奴根本没有接受教育的机会，文盲占95%。1937年国民政府教育部开办的国立拉萨小学，兴盛时学生也不足300人，办学10多年，仅有12人高小毕业。"② "在西藏现代教育史上，高等教育尚无明显进展，几乎一片空白。虽然国民政府也提到了要在藏族地区举办高等学校，但实际上在西藏民主改

---

① 马丽华：《雪域文化与西藏文学》，湖南教育出版社1998年版，第71页。
② 《西藏教育事业实现历史性跨越》，见光明日报网，http://www.gmw.cn/content/2008-04/30/content_768356.htm。

革前,西藏只有'门孜康'和国立边疆学校、国立康定师范专科学校三所专科学校。"① 总之,在西藏民主改革前,由于教育体制的原因,受教育的只是极少数的人,绝大多数的平民子弟和农奴没有受教育的机会,女性更是被排除在教育制度之外。因此,"西藏和平解放以前的历代作家,基本上是清一色的藏族学者和著译家,绝大多数是高僧大德和上层知识分子,几乎全是男性,没有一个女性"②。伴随着解放军进军西藏,现代基础教育开始在西藏建立起来。1951 年初,中国人民解放军十八军在进藏途中建立了昌都小学,开创了西藏现代教育的先河。西藏和平解放特别是自治区成立后,国家在西藏实行了一系列教育优惠政策,从制度上扶持和促进了西藏各类教育的迅速发展,逐渐形成了一个包括幼儿教育、中小学教育、高等教育、成人教育和特殊教育、职业教育等在内的较为完整的社会主义民族教育体系。而且更为重要的是男女平等,女子和男子获得了同样的受教育机会。"全区已建成各级各类学校 4000 余所,其中普通高等院校 4 所、中等职业学校 16 所、普通中学 100 所,小学 789 所,形成了包括幼儿教育、中小学教育、中等职业技术教育、高等教育在内的教育体系,其教育结构趋于合理。"③ "到 2000 年,西藏全区拥有各类学校 956 所,在校学生达 38.11 万人,适龄儿童入学率已提高到 85.8%,文盲率下降到 32.5%,大专以上学历人口达到 3.3 万人,占全区总人口的 12.6%,高于全国平均水平,位居前列。"④ 全新的社会主义教育体制从根本上改变了过去传统的以寺庙为中心的教育方式,由中央政府及各级地方政府所建立的各式各样的学校,现代科学代替宗教神学,人文关怀代替等级观念,逐渐培养了一个较为稳定的知识分子群体,这个群体中有很大部分人都在西藏及内地的大学接受了现代高等教育,融入了社会的各行各业,这对西藏社会的发展具有积极的意

---

① 郑靖茹:《现代文学体制的建立的个案考察——汉文版〈西藏文学〉与西藏文学》,四川大学文学与新闻学院 2005 年博士学位论文,第 19 页。
② 耿予方:《西藏 50 年(文学卷)》,民族出版社 2001 年版,第 6 页。
③ 杨小峻:《对西藏教育现代化的思考》,载《西藏研究》2002 年第 4 期,第 94 页。
④ 周润年:《藏族教育》,巴蜀书社 2003 年版,第 83 页。

义。新的知识分子群体的崛起使得传统的由僧侣贵族所垄断的文化逐渐回到了世俗民众的手中，他们受新的时代风尚的影响，在社会主义教育体制下成长，掌握和传播着现代的文化思想，并逐渐占领了新的文化阵地，为西藏文学的现代化转型提供了创作群体和接受群体。西藏和平解放以后的60余年间，培养出了一大批新的藏族知识分子，成为西藏社会发展的中坚力量，这其中包括许多女性，由此也构成了崭新的藏族作家队伍，也开始了新的书写历程。

此外，在书写语言方面，当代藏族文学的书写语言发生了很大的改变。自公元7世纪，吐蕃赞普松赞干布派大臣吐弥桑布扎创制藏文以来，藏族人就开始有了独立的语言。历代藏族作家主要使用藏语来进行书写。藏文历史悠久，在国内仅次于汉文。虽然因区域的不同，藏语分卫藏、康藏、安多等三大方言区，同时还有很多小的方言区，各方言区藏文读音也有所不同，但藏文书面语通行于整个藏族地区。和平解放后的藏族作家，以满怀的激情投入社会主义建设，在文学创作方面积极地向内地文化借鉴，同时由于教育背景的因素，以及作家审美传达的需要，大多采用汉文进行书写。少数熟练掌握藏文的作家如恰白·次旦平措、朗顿班觉、索朗次仁、克珠、其美多吉、扎西班典、德本加、扎巴等继续坚持母语创作，但他们的作品由于阅读圈很小，往往难以进入主流文学界的阅读视野。"民族审美意识的一个最直接的载体是语言。特别是在那些拥有自己独创的语言的民族共同体内，语言的美是很难为外族人所透彻了解的，这是因为作为符号系统的语言，与一个民族的概念世界有着密不可分的关系，这就给试图了解它的人设置了巨大的障碍。更何况语言美又是多方面的。光从声音方面说，就有音韵美、音节美等等；至于说到意义层面，就更加复杂了，仅是修辞一项，就可以讲出多少来！从诗歌的难于翻译上，我们亦能多少感受到民族语言魅力的难于传达。"[①] 一批作家用母语来进行创作，他们使用具有深厚民族文化内蕴的文学样式，来自然地表述

---

① 朝戈金：《民族文学中的审美意识》，载《民族文学研究》1994年第2期，第41页。

藏民族的生活。然而这些藏族母语作家的作品，由于语言的限制，较少为外族人所知，只是在有限的圈子里传播。和平解放前出生的大多数藏族作家处于社会底层，没有接受系统教育的机会，很难使用藏语来进行文学传达，而他们的汉语是在革命工作过程中逐渐掌握，并经过进入内地学校学习而得以强化，因此，使用汉语对于他们来说更为娴熟，藏语成为他们日常生活的口头语，而汉语则成为他们的文学传达工具。女性作家如塔热·次仁玉珍、益西卓玛是随着共产党进入西藏，才开始有了学习机会的，所以她们虽然会说藏语，但却不懂书面的藏语。塔热·次仁玉珍曾绘声绘色地描述了其如何由汉语世界进入藏语世界："对西藏地名的理解，我是从表面汉语开始的（因为我不懂藏语）。独特的发音和几个第一次组合起来的汉字，形成了平和的、新鲜的、朴素的又是谜一样的世界。受时事左右，也排除了一切矫揉造作，无论哪个作家诗人即使在梦中也会望尘莫及。它们是和青藏高原一起托出特提斯古海的，是大自然送给人类的礼物，是永恒的。你看拉萨、日喀则、琼结雪、当雄、萨迦、墨脱、米林、嘉黎、岗巴雪、墨竹工卡、楚古、南木林、羊卓雍措、雅鲁藏布、玛旁雍错、喜马拉雅、岗仁波钦、纳木错……读着这些名字，就像到了茫茫的空谷，倾听天籁悠远绵长的回音。我的心灵湿润，我柔情荡漾，想象无边。从此，西藏于我就成了飘飘袅袅的梦。到我踏上这片土地的时候，我才知道，梦有时也是真的，我被一个个地名指引着，踏上了对于一个女人来说，过于艰辛的道路，也看见了人类那些最本质最可贵的地方，也就是平时难得一见的人类心灵的华光。后来当我坐在写字台前，弄清了它们的藏语包括蒙语梵语的含义时，我更感到兴奋，它们是同藏民族生活和心理状态相连的，也是和地理特征、自然环境相连的，它们的原意和它们存在的形式是一样的朴素祥静，像西藏的蓝天山川河流湖泊，没有杂音没有污染。"① 塔热·次仁玉珍由汉语走向藏语，正是汉语让她发掘到了藏语世界的迷人和美丽，在这种由

---

① 塔热·次仁玉珍：《沐浴桑烟的情歌》，载《西藏民俗》1999年第3期，第52～54页。

汉语到母语的认知过程中，包含着一种文化相互沟通的兴奋，也显现着一种宽容的心态和理性的审视。和平解放初期的许多使用汉语创作的藏族作家，他们的创作情况也大致如此，因为没有受过教育，对藏文的了解很有限，不能使用藏语书面语，他们的汉语水平伴随着革命工作的展开而提高，所以，他们自然地采用汉语来进行文学创作。

  20世纪50年代出生的大多数藏族作家虽然受汉语和母语的双重熏陶，在汉语和藏语双重语言培训中走上文学创作道路，但他们对汉语的运用更得心应手。扎西达娃、色波、阿来等从小在内地或是在民族交汇地区长大，深受汉文化的影响，使用汉语更为娴熟，他们基本上是将汉字当作思维和表达的媒介，即便是益希丹增、格央、央珍、白玛娜珍、次仁罗布这样的在民族文化氛围中成长起来的藏族作家，也是十分精通汉语，并使用汉语来进行创作的。在笔者对藏族作家白玛娜珍的访谈中，当问及她是否有过不能用母语创作的困惑和痛苦，白玛娜珍这样回答道："藏语是我的母语，与母亲的乳汁一起已深入我的血脉。我与我的族人之间没有语言障碍。但写作就不一样了。我选择了汉文。驾驭汉文的能力我可以与汉族人媲美，这令我信心十足。我可以用这一能力表达我的爱与思想，让拥有十多亿人口的最临近民族了解我的族人，这是我的梦想，并通过这扇门，我希望能推开世界文学之门。"①但她的话语中也有着无可奈何的憧憬："当今世界文学作品和哲学、科学等著作我都是通过汉文读到的。藏族历史上曾有过宗教、文化、艺术等翻译的辉煌时代，文化精神产物的荟萃使一个民族强盛和博大精深，但现在，通过藏文及时了解世界文化科学已成为过去。尤其在文学翻译方面还只是个人行为，是藏民族文化发展事业中的一项空白。我的很多其他民族的作家朋友，比如维吾尔族、蒙古族、朝鲜族等多是用母语创作，但他们已有雄厚壮大的文学翻译队伍，同时在海内外还有自己广大的母语读者。藏族就不一样了，我们最多的读者和市场目前还只是汉地，我们没有专门的文学翻译队

---

  ① 徐琴：《藏族作家白玛娜珍访谈录》，见藏人文化网，http://wx.tibetcul.com/zhuanti/zf/201106/27049.html。

伍。面对现实，不能以母语创作的遗憾似乎已不是我个人的遗憾和悲哀。无论荣耀与否，我不能等待和坚守。我没想过回过头学习藏文并以藏文创作，然后被动地，等待漫长的翻译。我不能。我要怀抱一颗图伯特女儿的赤诚之心，满载我族人的精神芬芳，向世界的文学之海出发。这时，我相信我的文学创作已达成了高一级的翻译：从精神和心灵层面的翻译。用什么文字已不是我创作的问题。并且，世界文学中，非母语创作的作家也多有例可举，还有，文学与其他艺术门类一样，追求的是艺术的灵魂。"① 阿来在《穿行于异质文化之间》中说："我是一个用汉语写作的藏族人"，"从童年时代起，一个藏族人注定就要在两种语言之间流浪"。他说："我作为一个藏族人更多是从藏族民间口耳传承的神话、部族传说、家族传说、人物故事和寓言中吸收营养，这些东西中有非常强的民间特质。"而"汉语和汉语文学有着悠久深沉的伟大传统，我使用汉语建立自己的文学世界，自然而然会沿袭并发展这一伟大传统"②。作家在两种语言和文化的夹缝中寻求文学表达和文化传达的最佳方式，汉语创作是他们走向世界的一个媒介，他们借助这个媒介，向外界传达着民族的声音。

  在文学创作的内容方面，当代藏族文学亦呈现出与传统藏族文学不同的风貌。传统藏族文学与宗教有着千丝万缕的联系，大多以宗教为核心，主要宣扬人生唯苦、出世解脱的宗教思想，而文学不过是宗教思想表现的外在形式。宗教思想作为一种文化积淀，对作家有着根深蒂固的影响，这种影响渗透在作家的世界观和人生观之中，使得藏族文学呈现出了独特的风貌和内蕴。但随着现代化进程在藏族地区的展开，文学呈现出了丰富多彩的倾向，藏族文学描写世俗生活，展现时代变化以及现世中人们的情感和追求成为创作的主要内容。而女性作家的创作对女性的性别境遇、生活境遇和女性在社会历史中的处境都给予了较多的关注与审视，建构了区别于男性作家创作的审美规范

---

  ① 徐琴:《藏族作家白玛娜珍访谈录》，见藏人文化网，http://wx.tibetcul.com/zhuanti/zf/201106/27049.html。
  ② 阿来:《穿行于异质文化之间》，见人民网，http://www.yesky.com/Etimes/74876741851545600/20010522/180894.shtml。

和诉求。如格央对女性历史和现实处境的命运进行了深沉的思考，白玛娜珍对女性内心隐幽世界的探查，梅卓和亮炯·朗萨对历史境遇中女性人生的描写，尼玛潘多对社会转型过程中农村妇女命运的关注，央珍对藏族历史转折过程中女性人生的描写，等等，这些都展现了女性作家独特的创作面貌，她们在对民族历史和女性命运的关注与思考中建构了自己的文学世界。

第三节　当代藏族文学的发展历程
——以西藏文学①为例

　　为了能够勾勒出当代藏族文学发展的一个历程，在本节的论述中将以西藏文学为例来分析藏族文学的发展历程。

　　从20世纪50年代至今，在60余年的时间里，西藏当代汉语小说创作取得了很大的收获。随着时代的变化，西藏和平解放后每个阶段的西藏文学都呈现出了不同的特点，从五六十年代的对内地文学的学习和借鉴到80年代借助域外文学的影响实现民族意识的复归，到90年代民族文化内蕴的自然呈现，再到21世纪以来小说创作的民族本体性的强势彰显与创作面貌多元化倾向的呈现，西藏当代汉语小说的创作从总体上来说经历了一个从一元走向多元、由翘首借鉴到民族文化自信展现、由以汉族作家为主到以藏族作家为主的转变过程。

一、借鉴与学习

　　和平解放初期的文学顺应时代政治潮流，学习和借鉴内地文学。马丽华认为："延续了上千年的那条若隐若现的纤细的传统文学史线消失，代之而来的这种新文学现象，很像是内地'五四'以来特别

---

① 关于西藏文学的定位，笔者指的是西藏和平解放后，政治版图意义上的西藏文学，创作者的身份界定为在西藏工作的藏汉作家或长时间在西藏定居的作家。

是延安时代以来的带有较强政治意念色彩的文学传统在西藏的延伸，与中华人民共和国文学同步。但对西藏传统文学来说，无论从文种方面，从意识形态、思想感情、表达方式和表现内容等各方面，都是一种全面的本质性的脱胎换骨。是一种新文化、新文学的输入——并非延续，而是发端；并非本土生长之物，而是引进和移植。"①"那一时代的文学基调是高光的、高调和高蹈的，是激越的和昂扬的。响应了新生中国、新生西藏的欢欣鼓舞，写照着这片土地上前所未有的社会变革、人民翻身做主的焕然一新的思想面貌。"②从西藏和平解放到20世纪80年代前，西藏文学的创作主力是进藏部队中的一批部队文艺工作者，以及来西藏工作的汉族和其他少数民族文学爱好者，这些作家运用汉语进行西藏现实题材的创作，反映西藏的革命历程和新旧社会的变化，以亢昂的激情歌颂党、歌颂领袖、歌颂民族团结。在小说创作方面，以徐怀中和刘克最具代表性。徐怀中的长篇小说《我们播种爱情》，抒写了青年人建设新西藏的豪情壮志和他们的爱情生活，反映了西藏和平解放后的社会变革；刘克的小说《央金》《曲嘎波人》《嘎拉渡口》等，歌颂了中国共产党和人民解放军与西藏人民的血肉关系。徐明旭在一篇文章中说："由于历史的限制，'文化大革命'前的西藏小说几乎都是汉族作者写的，数量也很少。徐怀中的《我们播种爱情》和刘克的《央金》（小说集），就是其主要成绩。"③经历过五六十年代文学的高昂激情后，"文化大革命"时期，文艺事业遭受到了重创，西藏和内地一样，文学创作基本上是处于停滞状态。

二、自主性的追求

20世纪80年代可以说是西藏文学真正的崛起与辉煌时期，这时

---

① 马丽华：《雪域文化与西藏文学》，湖南教育出版社1998年版，第72页。
② 马丽华：《雪域文化与西藏文学》，湖南教育出版社1998年版，第72页。
③ 徐明旭：《1977—1983西藏汉文短篇小说创作述评》，载《西藏文学》1984年第4期，第35页。

期的西藏文坛呈现出了一片繁荣的景象。

首先，民族作家走向了文学创作的前台，出现了一些优秀的具有较大反响的长篇小说，如降边嘉措的《格桑梅朵》，益西单增的《幸存的人》《迷茫的大地》等，写出了旧西藏的暗无天日，农奴的悲惨生活，以及解放西藏所带来的翻天覆地的变化。这些作品以宏大的政治叙事方式遵循现实主义美学规范，在一定程度上暗合了内地五六十年代文学创作的追求，其审美理想和寄托在一定程度上彰显了特定时期国家主体对文学的规范，但与此同时，也显现了西藏文学特有的民族风貌，在语言的运用和藏族生活的描写方面与内地文学有着不同的特征。

其次，这一时期一批深受内地文化影响的年轻的藏族作家如扎西达娃、色波等成长了起来。他们在从事文学创作的时候，面对的是一个开放的文化体系：在内地，多种文学思潮在叠变，伤痕文学、反思文学、寻根文学、现代主义等，让西藏作家应接不暇；同时，此期国门洞开，西藏作家得以与内地作家同时去面对纷繁的国外的文艺思潮，由于独特的地域文化因素，西藏成了接受拉美魔幻现实主义的最理想的文化土壤。扎西达娃、色波等首开风气之先，他们的探索性创作使藏族文学迈入了中国当代文学的前沿，特别是扎西达娃的一系列创作用魔幻的手法将神奇的西藏呈现在世人的面前，他的作品被贴上了"魔幻现实主义"的标签而风行于80年代的文坛，加之进藏汉人马原以西藏为背景的作品带来的先锋效应的推波助澜，引起了人们对西藏文学的极大关注，西藏成为一个新的文学神话。

以扎西达娃为代表的西藏新小说作家群体在80年代的文坛上精彩亮相，使西藏文学开始摆脱了主流汉语文学的约束和对内地文学的借鉴，拉开了与主流文学圈的距离，借助域外文化的影响，西藏文学开始对50年代以来形成的文学传统进行突破，以崭新的姿态崛起于雪域高原，彰显出独特的风貌。扎西达娃无疑是西藏当代文学的标志性人物。以前关于扎西达娃创作的评论主要关注于他的魔幻现实主义手法的运用和他对民族文化身份的建构。但从西藏文学发展史来看，往往忽略了一个重要的问题，即扎西达娃的意义首先在于他在心灵层次上使西藏文学走向真实的心灵抒写，对五六十年代来的宏大叙事进行了反叛，开始一种个人化的抒写，这无疑具有积极的意义。从他的写作开始往之后的西藏文学来看，宏大叙事渐弱，个人化的呈现越来越显著。而且难能可贵的是，扎西达娃的这种个人化的抒写是与民族情怀的抒写紧紧联系在一起的，他将民族前行过程中所必然面临的灵魂的冲击和真实的痛苦诉之于他的作品，在 80 年代的寻根文学中具有非同寻常的冲击力。《系在皮绳扣上的魂》至今读来仍然惊心动魄，塔贝对香巴拉的以生命交付的真挚与琼对世俗生活的向往形成了鲜明的对照，在这里有着一种内心的纠结与深沉的痛苦，有着对宗教的依恋和深沉的反思，由此呈现出民族精英知识分子深沉的忧郁与孤独的面影。在桑烟萦绕的雪域高原，现代文明与古老宗教信仰的冲突是人们在现代生活中必然面临的精神困惑，直面这种精神困惑是需要勇气的。在现代物质文明的侵袭之下，一个民族如何去守护自己内心的信仰，去面对滚滚红尘的诱惑，是一个有民族责任感的作家在写作时难以绕过的堡垒。民族之根在哪里，理性与感性的纠葛，让扎西达娃的创作充满一种难言的悲凄。反观 80 年代，可以看到，扎西达娃比当时其他的西藏作家觉醒得更早、站得更高、走得更远。他的小说在精神维度和艺术维度上进行了双重的探索。其对民族之魂的探寻和对宗教的反思使其作品具有厚重之美，而他对拉美文学的借鉴和艺术手法的创新，又使得西藏新小说显得生机勃勃，扎西达娃无疑是西藏新小说作家群中最突出的一位，他的创作对西藏文学的发展有着深远的影响。

　　色波同扎西达娃一起，是较早开始借鉴域外经验，进行新小说实验的一位作家。色波的作品既着眼于西藏的宗教和日常生活，然而又出离于西藏，表现了人类共同的生存困境。色波的创作从个体自我的生命体验出发，上升到形而上的对哲学世界的思考。在内容上，他执着地对人类困境进行探讨；在艺术上，他不断地创新图变。对人生存本相和个体生存困境的探讨是色波作品的中心意旨，对孤独处境和圆形意义的关注是经常出现在色波作品中的两个命题，他的创作重在挖掘生存的困境及人生的悖论，具有卡夫卡式的追问和博尔赫斯的哲理探寻，在某种程度上与西方现代主义的人文精神实现了精神上的联系和沟通。

此外，这一时期在藏的汉族作家的创作在一定程度上也给了西藏作家以较大的冲击。在汉族作家中，最成功的是马原，不可否认，马原是在谈到西藏新小说时一个绕不过去的人物。在80年代的先锋小说中，马原是在形式方面最具冲击力的一位作家，他的小说的叙事方式使习惯于惯常阅读的读者处于一种陌生化的阅读效应之中，无逻辑、多人称、无意义追求等，对传统的中国小说进行了解构，使得中国小说实现了由写什么到怎么写的转变。西藏给马原天马行空的叙事探索提供了安置的场所，借助于西藏，借助于这个大家都很陌生的环境，马原展开了种种虚幻、矛盾、新奇的叙事，进行了他的小说实验。在笼罩着宗教神秘的藏地，马原得以在创作中将真实与虚构杂糅，并实验各种叙事手法，由此成为80年代先锋小说的领头羊。如尼玛扎西所言："也许是西藏在地理和文学意义上相对整个中国的某种边缘性、广阔性和异质性，赋予了他颠覆现代汉语正统叙事方式的灵感和空间。"① 马原的创作在西藏新小说作家群中具有典型的意义，他与扎西达娃等作家的创作形成了互动，使80年代的西藏文学摇曳多姿，共同构筑了西藏新小说的辉煌。

80年代的西藏，是个众声喧哗的时代，有着磅礴激情的藏汉青年作家展现出了对文学的一片炽烈之情。在以扎西达娃、色波、马原为代表的西藏新小说作家群的努力之下，西藏文学显现了蓬勃发展的势头。在色波主编的《西藏新小说》中共收有18位作家的33篇短篇小说。这18位作家是：扎西达娃、色波、马原、金志国、刘伟、李启达、蔡椿芳、夏明、皮皮、张中、李双焰、余学先、嫣然、央珍、索琼、通嘎、嘎玛维色和吉胡什妮。此外，还有朱伟富、冯良、冯少华、杜培华、金伟等作家，也都有较好的作品在《西藏文学》上发表，他们的创作交相辉映，使得西藏文学显现出了繁荣的态势。

---

① 尼玛扎西：《浮面歌吟——关于当代西藏文学生存与发展的一些断想》，载《西藏文学》1999年第2期，第113页。

但 80 年代西藏文学在辉煌的同时也呈现着一定的困境，回顾 80 年代西藏文学的创作，我们可以看到此期西藏文学存在的问题。从作家构成上来看，本土作家较为缺乏，最重要的藏族作家扎西达娃和色波从小在内地长大，在一定程度上对西藏是具有隔膜的，藏文化底蕴的缺乏必然制约了他们的民族书写；区外作家在 80 年代蜂拥而至，但往往是援藏大学生，援藏结束后，就要回到内地，而且客观和主观的原因使得他们在一定程度上难以真正融入西藏，只能以过客的眼光去看待雪域大地，他们的作品显然缺乏一种深厚的土壤精神。而令人痛惜的是，一些显示了良好创作前景的本土作家如索琼、通嘎等却没能继续坚持创作下去。最值得一提的是通嘎，他的代表之作《天葬生涯》写天葬师冬觉与痴情姑娘康珠玛之间的爱情悲剧，深入地表现了藏族社会中不可缺少然而又被忽略的灵魂，以一种真诚平等的现代意识对西藏传统进行了叩问。作家对人物心理的细致描写和笔法的老练，在 80 年代的西藏新小说中是很突出的。他的《你在呓语，那不是歌谣——关于色仁的三个故事》也是一篇优秀之作，写一个藏族青年在尼泊尔对一个臆想中的美丽的藏族姑娘似真似幻的情感纠葛，充满神奇浪漫的异域色彩，新颖的写作手法使这部作品焕发着独特的魅力。通嘎是西藏新小说作家群中一位具有独特风格的作家，他的创作充满藏民族生活的内蕴，叙事老道，但很奇怪，通嘎在当时并没有引起很大的反响，这也许与批评的失职有关，同时也与当时人们一窝蜂地以魔幻为新为荣的评价有着很大的关系。

更要指出的是，与 80 年代西藏文学的辉煌面貌相比，女性作家的创作显得颇为寂寞和毫不起眼。这一时期，藏族女性作家数量很少，德吉措姆、塔热·次仁玉珍是第一代藏族女性作家，她们将主要精力都献给了革命事业，文学创作是她们从事现代化建设事业外的业余兴趣，但这也并不影响她们对文学的一片赤诚，她们用自己的作品来展现了时代的激情和对生活的思考。

三、本体性的获得

人们在谈到西藏文学的时候，往往会认为 90 年代是西藏文学的衰落期，因为在这一时期，80年代轰动一时的马原、刘伟、李启达、蔡椿芳、夏明、皮皮、张中、佘学先、刘志华、朱惟夫、冯少华、杨金花等先后淡出西藏文坛，回到了内地。扎西达娃、色波等80年代活跃的藏族作家在90年代中期后则逐渐停止了写作，西藏文学看似由原来的喧哗变得平静无漪。

表面上看来，90年代的西藏文坛与波澜壮阔的80年代相比显得风平浪静，然而认真去考察这一时期的创作，可以看到，这一时期的文学创作正处在一个向本体回归，以一种从容的姿态展现自我的时期。尼玛扎西在《浮面歌吟——关于当代西藏文学生存与发展的一些断想》中曾经很深刻地指出80年代西藏文学存在的问题："西藏现代文学的生存发展如果仅仅依靠技巧和形式的创新，而不求对于传统文化表达思路和发展前景的理性的、现实化的、反神秘的清晰思辨恐怕难以为继。"① 西藏文学要发展，必然要经历一个自我反叛、自我沉潜的阶段。现在回顾90年代的西藏文学，可以看到在喧嚣和繁荣之后，西藏文学开始自觉地走向自我的反思与沉淀，自觉地走向了对民族传统文化的回归，反神秘亦是这一时期文学的一个特质。90年代文学创作的本体回归是西藏文学走向一个新的高度所必然要经历的一个阶段，犹如老叶褪去，新芽必然勃发。换句话说，80年代的西藏文坛更像是一个急于展现自己的孩子，需要别人的认可，而90年代的西藏文坛，他已经开始长大成人，开始有了自信。

在这一时期，西藏文学最显著的特点是本土作家的茁壮成长。与80年代的西藏文坛相比，作家队伍发生了很大的变化。80年代，汉族作家的创作占了大多数，而藏族作家中，最具代表性的扎西达娃和色波从小在内地长大，接受的是汉文化教育，他们的藏民族文化身份是在80年代逐渐建构起来的，他们的创作一方面展现了对本民族文化的回归，另一方面作为有一定距离的他者，他们站在一定的高度审视着自己的民族，看到了因袭的历史的重负和民族文化的痼疾，然而

---

① 尼玛扎西：《浮面歌吟——关于当代西藏文学生存与发展的一些断想》，载《西藏文学》1990年第2期，第110页。

难以深融其中的困境又制约了他们的写作。

90年代，央珍、格央、白玛娜珍、次仁罗布、班丹等青年藏族作家开始走上文坛，成为文学创作的主力军。与扎西达娃、色波不同，这些作家从小就在藏族地区长大，藏民族文化元素天然地渗透在他们的血液之中，成为他们创作的根基。而且这些年轻的藏族作家都受过高等教育，文学素养与许多80年代作家相比要显得深厚，因此他们的创作视野也更为开阔。次仁罗布在90年代已经发表《罗孜的船夫》《传说在延续》《情归何处》等小说，其叙事风范已经初露端倪，特别是《传说在延续》，在语言和内蕴上均展现出了独特的气质。班丹这时期已经有小说《酒馆里我们闲聊》《死狗，寻夫者》《蓄长发的小伙子和剃光头的姑娘》等，班丹此期的创作也已经显现出他深厚的民族文化素养和他对叙事艺术的不懈追求。从总体上看，虽然这一时期这些青年作家的创作显得稚嫩，但他们在文学创作上的才华已经引起了读者的关注，他们的作品有着独特的藏文化内蕴，不论是在作品的语言上，还是内容上，都呈现出了与80年代文学创作不同的特色。正如次仁罗布的第一部短篇小说《罗孜的船夫》发表后，时任《西藏文学》主编的李佳俊对他的评价是："唯其稚嫩，更具希望。"

此期，女性作家的创作使得西藏文坛展现出了别样的风采。央珍、格央、白玛娜珍等的创作以不同的风格展现了雪域女性对民族、女性等问题的思考，她们以自己的创作融入了西藏现代化的进程。央珍是90年代西藏文坛最引人注目的作家，其长篇小说《无性别的神》获得"全国少数民族第五届文学创作骏马奖"。这部作品以贵族小姐央吉卓玛在家庭中特殊的命运、坎坷的经历为线索，在大的宏阔背景上展现了女性从自我幽闭到走向广阔社会的历程，也从侧面呈现了20世纪初叶、中叶西藏社会的现状。这部作品的独特之处在于其心灵抒写上的细腻和毫不张扬而充满内蕴的藏文化特色，以及对西藏噶厦政府、上层家庭、贵族庄园、宗教寺院等的细致描写，具有独特的文化魅力，为我们带来了别样的审美感受。

格央在1996年开始文学创作，相继有《一个老尼的自述》《灵魂穿洞》《让爱慢慢永恒》① 等短篇小说发表，1997年获西藏作家协会颁发的首届"新世纪文学奖"，1998年获"全国少数民族文学创作研究新人奖"。作为一名女性，格央从创作伊始就执着于自己对女性生存的独特体验，将自己对女性问题的思考融注在她的创作之中，重在通过日常生活去展现女性的生存困境，不渲染、不猎奇，自然地呈现了民族文化的风貌。白玛娜珍在这时期已经出版散文集《生命的颜色》，并开始尝试小说的创作，显现出了文学创作上多方面的才华，她的细腻、敏感，对文字的敏锐让读者惊叹。

90年代的西藏文学已经开始显现出了年轻的藏族作家对本民族文化的自信，这一点与80年代的西藏文学有着很大的不同。"遥望西藏之神秘殊美中的域外人以及被漫天的赞美和歌颂所迷醉的域内人，都无法真正展现出西藏这一极地广原之上深潜着的生命歌哭起舞、撕扭悸动的大痛与至喜，无法以切身的血肉来领悟、参与一个民族苦苦挣扎于自然劣境和人文困顿，不断向前挺进的艰苦卓绝的历程，在他们轻飘浮摇、空灵精致的作品中找不到真正能与人类灵魂达成对话的东西，唤不出一个真正滚烫和疼痛的活生生的西藏。"② 对西藏的神秘化渲染是80年代西藏文学致命的弊端，可贵的是90年代的西藏文学在默默耕耘中酝酿着一个新的崛起，作家以真实的心灵抒写呈现着真实的西藏。

反观90年代，可以看到这一时期的沉淀和准备，是一个地区文学发展必然要走的道路，也证明了在雪域高原，在繁华的喧嚣后面有着对文学的忠诚，这些年轻的藏族作家在默默地实践着文学创作的积淀。经过90年代的酝酿、积淀、转化，终于形成了新世纪西藏文学欣欣向荣的景象。同时，我们也可以看到，90年代，女性文学创作取得了很大的突破，她们与男性作家并肩齐进，显现出了积极的创作态势。

---

① 发表于1998年《西藏文学》第2期，为短篇小说，大家所熟知的格央的长篇小说《让爱慢慢永恒》初版于2004年，是在此篇短篇小说的基础上扩充而成的。

② 尼玛扎西：《浮面歌吟——关于当代西藏文学生存与发展的一些断想》，载《西藏文学》1999年第2期，第113页。

四、磅礴发展的势头

新世纪以来,西藏当代文学蓬勃发展,显现了强劲的势头。首先是本土作家成为文学创作的主力军,他们的创作有着独特的民族气质和丰厚的文化意蕴,其次是汉族作家的创作在一定程度上也形成一个稳定的力量,藏汉作家共同铸就了西藏文学的繁荣。

考察21世纪之后的西藏文学,可以看到,经过90年代的酝酿,当前西藏已经形成了一个较为稳定且显示出较强创作力的本土作家群,代表作家有次仁罗布、白玛娜珍、格央、尼玛潘多、班丹、罗布次仁、次旦央珍等。这些作家有着共同的特点,生于西藏长于西藏,都受过高等教育,也都正处于创作的最佳年华,且对文学都有着赤子之情。他们以一种更开放和自信的姿态去面对民族生存现实,显现了深厚的民族文化积淀。他们拥抱着这个世界,呈现着积极挺进的姿态。

次仁罗布在经过90年代的文学酝酿之后,焕发出了极强的创作生命力。在2000年之后相继有《前方有人等她》《雨季》《杀手》《界》《奔丧》《放生羊》《阿米日嘎》《传说》《曲郭山上的雪》《神授》《叹息灵魂》等,这些作品以其不俗的成就,使次仁罗布成为西藏文坛上冉冉升起的一颗新星。他的《界》获得了第五届"西藏新世纪文学奖",《放生羊》获得了第五届鲁迅文学奖。2015年次仁罗布出版了长篇新作《祭语风中》,作品以僧人晋美旺扎的一生为主线,展现了西藏和平解放、中印自卫反击战、"文革"、改革开放40多年西藏的社会历史进程。这部作品从人性的深处下手,直抵灵魂的彼岸,作品写的是惊心动魄的历史巨变,呈现在笔下的却是尘世的悲欢与心灵的映现,展现的是现世的无常与灵魂的救赎。次仁罗布的创作在一定程度上接通了与西藏传统文学的渊源,有着宗教的内涵和普世的价值,藏文化的精髓自然而然地渗透在他的作品之中,成为人物活动的灵魂,在精神层次上凸显了藏文化的特色,这是他作品独具魅力的一个重要原因。此外,次仁罗布的创作显现了对文学创作的多维度思考与追求。刘再复曾经谈到,中国文学只有"国家、社会、历史"的维度,但缺少三个维度:第一个是叩问存在意义的维度;第二个是超验的维度,就是和神对话的维度,要有神秘感和死亡象征;第三个是自然的维度,即外向自然和生命自然。① 可喜的是在次仁罗布的作品中我们可以看到一个有责任感的藏族作家对民族、对文学的执着精神以及在灵魂深处对永恒的一些东西的担当意识,他的创作一直在文学的多维度建构上竭力而行。对民族、文学、生命的担当精神以及多维度的追求与抒写,使得他的作品具有一种精神上的厚度。此外,次仁罗布十分注重作品的艺术创新。谢有顺认为,"21 世纪的文学道路,唯有在 20 世纪的叙事遗产的基础上继续往前走,继续寻找新的讲故事的方式,它才能获得自己存在的理由"②。在次仁罗布的创作中,我们看到了他在精神探索的同时,在叙事艺术上所进行的孜孜不倦的努力。他总是在寻找变化和前进的可能,为自己建立新的写作难度,似乎从来不安于现状。他的作品风格是多变的,既有沉郁悲美的现实之作,又有充满生命质感的象征之作,他的创作总能接通物质写实与精神抽象之间的平衡,而正是因为有这种具有精神底蕴的大气象,使得他的创作显示出了一些不同凡响的气质。次仁罗布的创作在精神的多维度建构和叙事艺术上的探索与追求,显然能为西藏文学的发展提供一些有益的启示。当前西藏文学需要的不是一些轻飘飘、只流于生活经验发泄一己之私的作品,也不仅仅是一味抽象、玄之又玄的创作,而是能够将创作与广阔深层的社会、精神和心灵的空间连接起来的接通地气、接通天地人心的心灵抒写。当前的西藏文学需要的也不是一些中规中矩、在艺术追求上裹足不前的创作,而是能在最高程度上实现艺术革新,并将艺术革新与作品内容完美结合起来的创作。虽然在生活的宏阔面和艺术底蕴的深厚度上还值得进一步探索,在人性的丰富性上还需继续开拓,在人物塑造上还需再下功夫,但他的创作为我们带来了别样的艺术审美,也给西藏文学的发展提供了可

---

① 参见刘再复《答〈文学世纪〉颜纯钩、舒非问》,载《文学世纪》2000 年第 8 期,第 8~10 页。
② 谢有顺:《从密室到旷野——中国当代文学的精神转型》,海峡文艺出版社,2010 年版,第 26 页。

供借鉴的经验。

　　班丹也是西藏文学创作的重要一员，班丹精通藏、汉文，从20世纪80年代开始发表作品，2000年后写有小说《废都，河流不再宁静》《走进荒原》《阳光背后是月光》《星辰不知为谁陨灭》《阳光下的低吟》《面对死亡，你还要歌唱吗》《寻找龙宝》等。班丹是一位不断寻求艺术创新的作家，他的创作擅长于对人物心灵的刻画，在语言和文学意境上寻找新的着力点。班丹将自己对文学的忠诚诉之于笔下，从他的创作中，我们可以看到西藏文学前进的坚实步伐。

　　此外，罗布次仁是近些年来较有潜力的一位作家，他有《夏日无痕》《转经路上》《清晨》《西藏的山》《远村》等短篇小说。他的《远村》在传统和现代的对抗中，在宗教与现代文明的冲突的两难困境中展示了某种寓言性的言说。从罗布次仁的小说中可以看到他对历史和现实有着独特的思考，深厚的传统文化积淀使得他的创作显现出了强大的后劲。

　　这一时期，女性作家也展现出了积极挺进的姿态，她们的创作在女性意识和民族内蕴的抒写上与90年代相比，显得更为自觉，也充满理性化的思辨色彩。格央、白玛娜珍、尼玛潘多等的创作显现出了女性作家在多层次维度上的探索。

　　格央是当代藏族女性作家中独具特色的一位，她以其独特的创作风格引起了广泛的关注，2004年出版了长篇小说《让爱慢慢永恒》。格央的创作因其对女性心理的敏锐把握以及对藏域风情的描写而显现出独特的魅力。格央注重从女性视角出发，抒写历史、传说和现实生活中女性的生存境遇，具有浓厚的女性关怀意识与民族文化反思意味。格央的创作起点较高，作为一名雪域高原的女儿，格央的创作立足于藏文化土壤，具有浓郁的藏地民俗文化色彩和强烈的宗教意味。但十分令人惋惜的是，格央的创作虽然起点很高，但随后的作品却没能在艺术上进行新的突破，也没能保持较为稳定的创作活力。

　　白玛娜珍在21世纪后显示了较强的创作活力。作为一名接受过现代文明洗礼的藏族知识女性，白玛娜珍能够站在高处，以知识女性的敏感细腻，在滚滚红尘的顶端，探看芸芸女性的生存现状，对女性的生存困境进行了细致的描绘和探讨，展露了对高原现代女性精神的痛彻洞见，具有强烈的女性意识。她的长篇小说《拉萨红尘》和《复活的度母》，表现了女性在现实生活中的困境和突围，以及最终迷失自我的困顿与无奈。在白玛娜珍笔下，女性的天空是狭窄而拥挤的，所有的悲欢都围绕男人展开，女性缺乏自我的体认与追寻，其存在的幸福是建立在男性体认的基础之上的，她们终其一生不过是在男人的泥淖中打转，情欲与生命相始终，然而现实是如此的冰冷和琐碎，欲望却时时充斥内心、难以熄灭，让人战栗与疯狂。白玛娜珍写出了女性强烈的欲望，以及对自我、对男人、对整个世界的无望。然而正是人物身上的这种强烈的情欲追求，让我们看到女性身上炽烈的生命力，所以，白玛娜珍笔下的女性并没有因为生活和情感的压抑而扁伏在地，而是站立起来，内心充满张力，是有力量的，她们的力量在于追寻，在于对生活中并不存在的美好的追求，在于对这个充满尘俗气息的绝望世界的不妥协。虽然这个无望的追寻也许带有破坏性，但这种潜藏在内心深处的向往与追求在这个现世中是那样难得，她们都在寻爱的过程中迷失了自己，陷入了痛苦的绝地，所以白玛娜珍的作品又总是充满着一种透彻心骨的绝望之感，有种锐利的刺痛，然而正是这种绝望的痛苦体现了一定的精神性力量，因清醒而绝望，因绝望而透彻，因透彻而探索，因探索而催生希望。白玛娜珍对西藏文学的意义在于她以大胆而直露的抒写刻画了在现代文明洗礼下女性的焦灼、痛苦，为我们呈现了高原女性幽闭的灵魂，透露出了强烈的女性意识。此外，白玛娜珍作品中的女性意识与民族意识是相互纠缠呈现的，在女性意识中凸现民族意识，女性自觉地加入民族化过程，展现着对民族现代化进程深切的忧思。这种忧思潜存在文本之下，使得白玛娜珍的作品有种深沉的忧郁。

尼玛潘多是一位视野开阔的，有着历史责任感和民族使命感的作家。她的长篇小说《紫青稞》是一部描写广阔社会生活面，对本民族女性生存状态进行探寻和思考，充满历史厚重感和鲜明女性意识的优秀之作。这部作品关注民族生存的现实，反映藏族女性在现代化进程中所经历的时代风雨，展现了传统文化对藏族女性生存的规定与制约，写出了在历史嬗变过程中藏族女性的生存状态及女性主体意识日益加强的过程。尼玛潘多看到了现代文明对西藏乡村社会的冲击，感受到了传统习俗对世俗人生的禁锢，并由此反思民族传统文化的魅力及弊端，写出了社会嬗变过程中必然带来的精神情感的变化，并因为对普村、森格村、嘎东县城及拉萨生活的描写，为我们呈现了从农村到城市的广阔的世俗生活画卷。虽然这部作品还存在一些缺点，如在整体把握上还欠敏锐性，在人物性格的描写上还欠充分，但瑕不掩瑜，毫无疑问，《紫青稞》是当代西藏文学的一个重大收获。

此外，80后作家次旦央珍也很值得期待，她的《笑看拉萨》以青春女子如丝的情怀去抒写拉萨，展露生活的点滴，显示了较好的艺术触觉，有着良好的发展势头。

可以看到，20世纪80年代伊始，藏族文学就开始显现出了积极挺进与彰显自我的姿态，不再依附主流文化的规定与制约，在民族文化和民族身份的建构方面进行了积极的思考和开拓。藏族女性作家也以她们的创作参与到民族现代化建设的进程之中，用文学的方式呈现了对女性自我和民族国家的思考，在边缘的一隅，她们以坚守的姿态，拒绝平庸和媚俗，在对民族和自我的追寻中，呈现出了独特的创作风貌。

第二章 现代性的诉求与民族身份意识的建构

本章主要考察藏族文学面临的多元文化背景以及在此背景下当代藏族作家的困惑和艰难抉择，他们对个体和民族发展的双重思考。和平解放及民主改革使得神权统治和封建农奴制经济土崩瓦解，西藏纳入了整个中华民族的现代化进程之中，各个领域都发生了革命性的变革。在政治、经济、制度、文化等领域的现代化之途中，藏族地区的民族传统文化不仅与西方文化发生了碰撞、交流，也与经过现代性洗礼的汉文化和其他少数民族文化发生了碰撞和交流；同时，在藏文化内部，在民族行进的过程中，现代与传统也进行着碰撞和交锋。

和平解放60余年来西藏生产力飞速发展，社会经济文化全面进步。然而，伴随着现代化的全面展开，旧的传统体制和文化的遗存必然会受到现代科学和文明的冲击，必然会在社会的各个领域内引起深层的触动。面对本民族在现代化进程中的艰难蜕变和民族传统文化所面临的多重考验，藏族作家用他们的创作做出了积极的回应，展现了他们对时代变化的观察，呈现了他们对于个体生存和民族发展的双重思考。女性作家以她们敏感细腻的心灵感受着民族现代化进程中女性自我、女性群体和整个民族所面临的处境，"她们的写作在叙事方式、情感表达、写作心理、价值取向和审美态度等层面上，程度不同地表现出与女性主义观点的衔接和对民族身份、女性身份的双重认同"[①]。

---

① 朱霞：《当代藏族女性汉语文学浅论》，载《民族文学》2010年第7期，第128页。

第一节　现代化之途与现代性诉求

　　1951年5月23日，中央人民政府和当时的西藏地方政府签订了《关于和平解放西藏办法的协议》，标志着西藏实现和平解放。1959年，西藏实行民主改革。① 伴随着政治上的变化，西藏的传统制度和社会文化氛围发生了根本的改变。西藏由农奴制社会走向了社会主义社会，在政治经济等领域内发生了巨大的变革，这可以说是在制度领域内首先完成和发展着对现代性的诉求。

　　艾森斯坦德在《现代化：抗拒与变迁》中关于现代化是这样论述的："现代化以及追求现代性的热望，或许是当代最普遍和最显著的特征。今天，大多数国家均陷于这一网络之中——为现代化的国家，或延续自己现代性的传统……就历史的观点而言，现代化是社会、经济、政治体制向现代类型变迁的过程。它从17世纪至19世纪形成于西欧和北美，而后扩及其他欧洲国家，并在19世纪和20世纪传入南美、亚洲和非洲大陆……现代或现代化社会是从各种不同类型传统的前现代社会发展而来的。"② "从一开始，现代化进程就不局限于个别的民族共同体或'国家'之内。随着现代化的演进而产生的主要经济趋势和发展，以及主要的社会和文化运动，如各类社会、政治运动，都超越了民族或政治的界限。"③ 关于现代性，吉登斯指出："现代性是现代社会或工业文明的缩略语。比较详细地描述，它涉及：①对世界的一系列态度、关于实现世界向人类干预所造成的转变开放

---

　　① 藏族研究者格勒、罗布江村认为普遍的观点是1959年的民主改革是西藏现代化的开端，参见《西藏现代化过程中应关注和研究的问题》，载《西南民族大学学报（人文社科版）》2010年第4期。
　　② ［以］S. N. 艾森斯塔德：《现代化：抗拒与变迁》，张旅平、沈原、陈育国、迟刚毅译，中国人民大学出版社1988年版，第1页。
　　③ ［以］S. N. 艾森斯塔德：《现代化：抗拒与变迁》，张旅平、沈原、陈育国、迟刚毅译，中国人民大学出版社1988年版，第21页。

的想法;②复杂的经济制度,特别是工业生产和市场经济;③一系列政治态度,包括民族国家和民主。基本上,由于这些特性,现代性同任何从前的社会秩序类型相比,其活力都大得多。这个社会——详细地讲是复杂的一系列制度——与任何从前的文化都不相同,它生活在未来而不是过去的历史之中。"① 吉登斯认为现代性是一种政治经济制度,现代性不仅表现在物质形态的实体实现方面,而且还包括经济制度、民主体制、政治态度、价值观念等。简而言之,现代化是现代性的历史落实与制度表现,现代性是贯穿于观念、制度层面的现代化的精神本质。

  虽然早在1903—1904年,英国的侵入就使西藏封闭的大门被打开,但并没有使西藏的传统社会体制解体,封建农奴制使最广大的底层藏族人民依附于农奴主,没有获得个人的独立性和主体性,生产力没有得到解放,因此西藏社会多年来处于停滞的状态。在西藏社会的近代阶段,也曾进行过改革,局部地引进过西方的现代化技术手段,同时在政治领域也酝酿着改革,然而这一切努力因为政治保守势力的阻挠而都没能在很大程度上改变西藏的社会面貌和历史进程,也没能给西藏带来真正的工业化。20世纪初,具有变法维新思想的张荫棠"查办藏事"推行了一整套具有现代色彩的治藏政策,随后驻藏大臣联豫继续推行"新政";20世纪20年代,十三世达赖喇嘛认识到西藏社会的封闭落后,推行了一系列"新政"革新措施,希望通过革新来改变西藏封闭落后的面貌。然而,这两次革新最终都以失败告终,虽然这失败的原因不尽相同,但两次失败的主要因素则都是因为改革触动了西藏政教合一的封建农奴制度,因而遭到了上层僧俗农奴主的强烈反对。这样一种现代化的寻求与西藏保守势力的博弈与失败在央珍的《无性别的神》中得到了反映:十三世达赖喇嘛为了学习引进洋人先进的科学技术,派一批贵族子弟去英吉利留学。央吉卓玛的父亲作为小贵族被选中,学习矿务,以优异的学习成绩归来,勘探

---

  ① [英]安东尼·吉登斯、克里斯多弗·皮尔森:《现代性——吉登斯访谈录》,尹宏毅译,新华出版社2001年版,第69页。

出了含金丰富的矿区进行开掘，但被寺院僧人干预，心灰意冷。当四品军官，要改革训练方法，但被长官阻止。后来骑摩托车使一名高级官员的马受惊而坠落在地，他被发配当小县官，愤而辞职，郁郁而终。从央吉卓玛父亲的经历中，可以看到西藏在现代化探索之途上的艰辛坎坷。此外，《无性别的神》中还描绘了央吉卓玛在阿叔和姑母庄园的生活，从这些描写中大致可以看到西藏农奴制庄园的情形，能够看到农民的贫困及对贵族的人身依附关系，由此也反映出旧西藏还缺乏现代化发展的基础。

  1951年西藏和平解放，但是从1951年到1959年这8年时间里面，西藏依然保持了和平解放以前旧的社会形态，神权与政权相结合、政教合一的政治制度保护和维系着农奴主的利益，农奴主从精神和物质上对农奴实行统治和压迫，占人口不到5%的"三大领主"①拥有西藏95%的财富，同时还拥有对农奴生杀予夺的权力。1959年民主改革彻底废除了政教合一的封建农奴制度，推翻了"三大领主"的统治，开创了人民翻身解放、当家做主人的新时代，由封建农奴制直接迈入了社会主义社会阶段，社会政治生活和经济的各个领域内发生了很大的变化。和平解放后，西藏的社会主义现代化建设，除过大规模的基础工农业设施建设、经济建设和文化建设外，最重要的现代化举措，主要体现在政治领域的改革和变革方面。国家层面上的政治体制改革，在各个方面都促进了西藏社会的现代化发展，西藏社会各个领域都发生着日新月异的变化。同时，五六十年代在西藏所开展的一系列的基础设施建设得到了持续的发展，为西藏社会的现代化提供了物质和经济基础，提供了后续发展的动力。在"文革"时期，西藏和内地一样在政治经济文化领域内都遭受了前所未有的浩劫，现代化进程被打断。党的十一届三中全会后，国家采取了一系列对外开放的重大举措，工作重心转移到了经济建设上来，西藏与内地一样再次走向现代化的征程，展现出了崭新的风貌。20世纪中后期可以说是中国社会发生巨大变化的时期，特别是改革开放给中国人民的思想和

---

① 民主改革前，西藏地方政府（官家）、贵族、寺院上层僧侣三大类农奴主的概称。

行为带来了极大的改变，政治经济领域内的一些禁锢和约束被解除，社会各个行业充满变革的活力。改革开放促进了中国的现代化进程，从文化层面上来看，改革开放使得多元性的文化结构形成，传统的思想禁锢被打破，西方文艺思想涌入中国，传统文化思想得以被重估，由此文学具有了多重景观和多元内涵。在这一时期，意识形态范畴的教条主义被打破，但商品经济的大潮尚未来临，人文精神备受推崇，文学的严肃性和崇高性得以张扬，文学在社会生活中扮演了重要的角色。对广大的中国作家来说，新的时代的变革拓宽了他们的精神境界和文学眼界，他们深刻地意识到中国文学与世界文学之间的差距，开始如饥似渴地阅读和借鉴西方文学。西方文学的大量涌入不仅在文学观念和表达方式上给中国作家提供了新的写作向度，在文学潮流上给中国作家以开拓性的引导，而且在实践层面上也为中国作家提供了可供参考和借鉴的范本。总体而言，改革开放和思想解放使得意识形态领域内发生了很大的变化，多元化的语境促使中国在文化思想上实现了一元到多元的转化，这种思想领域内的转变客观上促使了中国新时期文学走向繁荣和现代化的进程。少数民族文学在这多元文化景观的冲击下，也做出了积极的反应，呈现出了崭新的景象。在藏族地区，现代性的转化肇始于制度领域内新的变化，西藏和平解放、民主改革使得广大的藏族地区发生了翻天覆地的变化，广大的农牧民参与到了社会主义建设之中，显现出蓬勃的激情，这在中华人民共和国成立后第一代藏族作家的笔下得到了鲜明的印证。20世纪80年代，面对日新月异的时代氛围和改革开放的浪潮，广大的藏族地区在政治经济领域内发生了很大的变化，现代化的建设使得藏族地区人民的生活水平得到了很大程度上的提高。但与此同时，在发展过程中也带来了一系列的问题，如生态问题、传统与现代的冲突等。在与西方文化潮流和经过现代性洗礼的"中心"文化的交流、碰撞过程中，藏族传统文化也不断对自身进行反思和调整。"正如西方世界业已历经的那样，技术功利的扩展对人性的毁灭，人的价值生存与技术文明的对立矛盾，也像蔓延的疟疾正向藏族诗人心中的净土渗透。他们内心也滋生着矛盾和困惑，虽想抗拒，但又无法不接受这历史的必然。穿过人群和城镇的街头，他们漫步在古老的大地上，敏感地伸缩着艺术的触角，体味着渐显冰凉的人情，感悟着多余人、局外人、被异化的人的寂寞和孤独，近而驱策自己成为心灵放逐的流浪者。即使如此，他们也不能不歌唱，并为现代文明对这诗性的净土的吞蚀充满忧虑和复杂的情绪。与曾经同此命运的其他民族的诗人一样，藏族诗人也要重新面对经验与超验，现实与理想，自由与必然，存在与思维的这两重对立的矛盾。"①

作为社会意识形态的一个组成部分和文化领域内重要的精神性工具，当代藏族文学深刻地反映了藏族社会在现代化进程中的嬗变，藏族作家积极地参与社会现代化进程，他们刻画个体和民族的行进之路，用文学的方式去展现民族精神风貌，寻求民族文化身份的重建，张扬民族个性，并通过民族文化身份重建来构筑藏文化在整个中国文化和整个世界文化中的独特位置。

第二节　多元文化语境下的现代性追求

当代藏族文学是在社会政治领域内发生重大改变的背景下诞生的，民族传统文化和地域文化作为潜在的文化传统对它有着深远的影响；同时，它又是在多元文化的影响下走向世界的。在它诞生之初，就面临着"藏族原初文化的在场""汉文化的在场""中国的在场""世界的在场"，② 这四种在场相互交织，多种文化因素的交互融合与

---

① 才旺瑙乳、旺秀才丹：《藏族当代诗人诗选》，青海人民出版社1997年版，第5～6页。

② 参见朱霞《当代藏族文学的多元文化背景与作家民族文化身份的建构》，载《西藏民族学院学报》2004年第6期，第30页。此外，在此之前，姚新勇曾在《文化身份建构的欲求与审思》（《读书》2002年第11期，第56页）及《追求的轨迹与困惑——"少数民族文学性"建构的反思》（《民族文学研究》2004年第1期，第21页）中提出了中国少数族群文化身份的重构存在"原初文化家园的在场""汉文化的在场""中国的在场"三种在场关系。

冲突，构成了当代藏族文学的多元文化背景。民族传统文化、地域文化和民间文化长期潜移默化的影响使得当代藏族文学在精神内蕴和艺术形式上必然要承接民族艺术经验和相应的民族文化价值观念，从而使其具有鲜明的民族特色和地域特色，散发出浓郁的民族文化韵味和地域文化特征。藏族本土传统文化，是藏族文学发展的根基，也是藏族文学焕发出民族内蕴的一个重要原因。在西藏现代化的进程中，传统与现代必然有所割裂，会产生分歧和斗争，藏族本土文化在现代化进程中必然要经受新的考验和冲击。虽然现代化的进程符合人类社会的发展趋向，现代化之路是世界上任何一个民族发展的必经之路，西藏的现代化确实在很大程度上提高了藏人的生活水平，但社会生活生产方式的巨大改变、现代文明的发展也在一定程度上改变了藏族人传统的生存面貌。"传统是文化中最具特色、最重要、最普遍、最有生命力的内容，也是文化认同的重要载体。毫无疑问，现代性是在对传统、传统文化的批判和超越过程中确立起来的。在现代性建构的过程中，总要对传统和传统文化有所批判、有所否定。而这种否定又必然影响到人们对民族文化传统、传统文化的认同，促使人们建立新的文化认同。"① 面对必然的现代化进程以及现代化对民族传统文化的冲击，藏族作家对此有着清醒的认识，他们一方面在作品中竭力张扬民族性特征，但另一方面，他们又以清醒的理性批判精神对民族因袭的痼疾进行针砭，这最早鲜明地表现在 80 年代以扎西达娃为代表的一些藏族作家的作品中。

在当代藏族文化发展过程中，"汉族汉文化的在场"即"中国中心文化"对藏族文化的影响是深刻而深远的，这种影响与政治经济体制的改变相伴随，从西藏和平解放伊始直到 20 世纪 70 年代末期，藏族文学可以说是对内地文学亦步亦趋地借鉴和模仿。伴随着 20 世纪 80 年代改革开放的展开和寻根文学的浪潮，藏族文学开始寻求建构民族文学的独特性，在与其他文化的相互影响与交流中得到发展，以其独特的文化姿态进行与他者的文化对话，并试图突破"中国中

---

① 崔新建：《文化认同及其根源》，载《北京师范大学学报》2004 年第 4 期，第 104 页。

心文化"的影响，彰显自己的民族身份和民族特性。考察当代藏族文学的发展历程，可以看到，藏族文学的发展建构从大的方向上来说大致可以分为两个阶段：第一阶段是在伴随着解放军进军西藏、和平解放时期及民主改革时期，文学作为一种宣传教育和思想引导的工具发挥着政治宣传的作用，在国家大一统意识形态范畴内将藏族社会纳入了社会主义建设的一部分，文学被赋予了社会主义性质，服从于国家大一统的需要和意识形态领域的社会主义文学建构的需要而展开，这一阶段一直延续至70年代末期，并一直影响到80年代一些作家的创作。借助于先进的政治体制，汉文化对藏族文化的影响呈现出了多方面的内容，此时的汉文化代表着一种先进的文化，汉文化是作为一种主流文化和先进文化对藏族文化进行规范和影响的，此期藏族作家的创作是自觉地向汉文化靠拢的，并且自觉地将自己的创作纳入多民族国家的范畴和中华民族大家庭的建构之中，用文学的方式展现着新旧变化的喜悦之情，此期文学的总体特征是激越和高昂的。第二阶段开始于20世纪80年代并延续至今，主要表现为现代化背景下民族意识的觉醒，在文学创作中有意识地与汉族中心文化拉开距离，彰显民族风范，进行民族文化的寻根，寻找曾经迷失的"族籍"①，开始建构新的文学审美风貌。80年代世界格局呈现多极化的趋势，经济全球化为我国经济的跨越式发展提供了基本条件，然而它又使世界经济发展更加不平衡，两极分化更加严重。一边是发达国家的掠夺式发展，一边是发展中国家贫困程度的不断加剧。面对着全球化和日趋激烈的国际化竞争，中国全面地改革开放，为了求得民族的发展和在国际舞台上占据一席之地，中国作为主体国家开始在世界文化场域中建构自己的文化身份和国家身份，以期摆脱长久以来在国际舞台上的弱势地位，在此种背景下，国内各个在多民族国家建构中被遮蔽的少数民族也开始有意识地重塑自己的民族文化身份，彰显自己的民族意

---

① 姚新勇在论述少数民族被"汉化""同化"的问题时，用了"族籍迷失"这个词，显然更具客观性。参见姚新勇《寻找：共同的宿命与碰撞》，中国社会科学出版社2010年版，第327页。

识。在全球化的浪潮中，以欧美国家为代表的西方世界试图把自己的意识形态、政治理念、发展模式向全世界进行推广，经济的全球化带来文化的全球化，文化的全球化必然使得不同民族的文化向着处于主导地位的文化趋向变化和统一，少数民族的文化面临着被同化和被改写的后果。少数民族作家在进行文学创作时，必然面临着强势文化和主流文化的整合问题。然而，在这种整合的过程中，一方面是趋同，但另一方面必然会激起少数民族作家对自身民族传统的维护，"每一种文化的发展和维护都需要一种与其相异质并且相竞争的另一个自我的存在"①。在文化"全球化"的过程中，"去全球化"的努力也相应伴随在旁。一方面是全球化的必不可免，另一方面则是文化的地方化、本土化、民族化的追求。藏族文学在全球化的浪潮中面临着严峻的考验，它要面临着全球化的侵袭和主流中心文化的双重整合，在这一过程中，必然会存在强烈的碰撞和冲突。"只要不同文化的碰撞中存在着冲突和不对称，文化认同的问题就会出现。在相对孤立、繁荣和稳定的环境里，通常不会产生文化认同问题。认同要成为问题，需要有个动荡和危机的时期，既有的方式受到威胁。这种动荡和危机的产生源于其他文化的形成，或与其他文化有关时，更加如此。正如科伯纳·麦尔塞所说：'只有面临危机，认同才成为问题。那时一向认为固定不变、连贯稳定的东西被怀疑和不确定的经历取代。'"② 在全球化的境地，少数民族面临着民族身份认同的危机，借助于 80 年代较为开放的语境，藏族作家开始构建自己的民族身份以此来彰显自己的民族认同，以文学的方式书写民族的心声，向外界彰显着民族文化的独特魅力，也传达着民族的诉求。

当代西藏的现代化发展与内地有着千丝万缕的关系，中国内地以其相对先进的发展姿态昭示和引导着西藏在社会主义道路上行进，并将西藏的现代化纳入多民族国家共同发展的行列，在政策和资金等方

---

① ［美］爱德华·W. 萨义德：《东方学》，王宇根译，生活·读书·新知三联书店1999 年版，第 426 页。

② ［英］乔治·拉伦：《意识形态与文化身份》，戴从容译，上海教育出版社 2005 年版，第 194～195 页。

面给以大力扶持。在统一的多民族国家内部既有现代性的共同发展需求，又有西藏深厚的传统文化和长久的民族积淀与现代性之间的冲突，在现代与传统、西藏与内地之间既有着利益共同化和多元的调和，也有不同行为和思想方式的差别。五六十年代西藏的现代化进程与广阔的时代政治变化紧密相连。作为社会生活的反映，当代藏族文学必然记载和参与了藏民族对现代性的追求。西藏和平解放，藏族民众与整个中华民族一道开始了自己的现代化征途，从封建农奴制走向社会主义制度，这对于藏民族来说，意味着翻天覆地的变化，这一切在多民族社会主义国家的建构过程中，必然以艺术的形式呈现在藏族文学里。从50年代到80年代期间，藏族文学虽然受传统文化积淀的影响，但这种影响是潜在的、隐性的，藏族文学更多的是受到先进的政治意识形态领域的规范，表现出向内地文学学习、靠拢的倾向。这一时期的藏族文学的"现代性"明显地表现在对于中华民族大家庭共建和社会主义生产发展的实践中，表现出了强烈的对旧的封建农奴制度的逃离与排斥、对新的社会主义制度的渴望与追求。文学创作的主题是关注和平解放和民主改革给西藏社会带来的崭新变化，对新的社会主义体制的歌颂和赞美，以及对旧西藏的揭露和控诉。作家关注新旧社会的巨变、个体命运的转折和人们对未来美好生活的憧憬，并开始注意到在社会发展过程中人的主体生命价值和精神追求。20世纪五六十年代在文艺为政治服务、文艺为社会主义革命事业服务的艺术观念的指导下，藏族作家有意识地将创作与西藏各个领域的民族解放的历史性使命紧密地联系在一起，力图通过文学的方式反映藏族社会发生的翻天覆地的变化。制度领域内的变革所带来的人的思想意识和行为方式的变化可以说是那个时代一系列变化中最为根本性的变化，而这一变化鲜明地反映在了当时的文学创作之中。解放翻身题材、新旧对照题材、忆苦思甜题材的小说，就是这类小说中最具代表性的作品。从它们所描述、反映的内容里，我们可以比较清晰地看到20世纪五六十年代青藏高原上的那场历史性的变革给人们的现实生活和精神观念所带来的巨大冲击和转变。但这些作品在面对传统文化，强调和突出人在社会历史中的主体性地位时，也有矫枉过正的不足之处。具体而言就是把宗教信仰视为一种落后、愚昧的思想意识，与现代化相对立的思想来进行简单的批判和否定。此期创作主体是从内地进入藏族地区的汉族作家，他们本身具有非常鲜明的政治立场，比如徐怀中（《我们播种爱情》的作者）、刘克（小说集《央金》的作者）等都是军人，尽管作者在叙述过程中能够服从民族政策的需要，本着尊重宗教信仰和民族习俗的立场而对藏族人的信仰保持相对温和宽容的叙述态度，但他们的根本态度是否定宗教的，并在其作品中试图通过对比的方式将民众从宗教信仰中解放出来，这些方面显示了他们并没有深入藏民族灵魂的深处，体会到藏民族与宗教之间的渊源，无法深刻地揭示民族传统文化观念与现代化之间的冲突给藏族民众心理上带来的变化。在用文学的方式反映和呈现本民族历史变迁的时候，当代藏族作家们首先表达了藏族人民对农奴制的不满和痛恨以及他们对过上平等自主幸福生活的热烈企盼。一些在部队成长起来的，经历了民族解放战争的本民族作家以自己的亲身阅历和现实体验为素材，以现实主义的笔法，真实地再现了藏族民众在农奴制社会受到的压迫和迫害，他们苦难的经历，他们是怎样走上斗争道路的，他们的思想转变和对长久以来的神权体制的质疑，以及他们如何在党的领导下觉醒和成长，并以此揭示了只有在党的领导下走社会主义道路，才是民族的出路。第一代藏族作家都经历过新旧两个时代的巨变，以切身经历参与了革命斗争，因为他们的文化水平较低，基本都是在部队进藏的过程中，不断提高他们的文化水平，因此，他们的创作相对酝酿时间较长。例如，降边嘉措 12 岁就加入解放军进军西藏的行列，亲眼看见了西藏政治、经济、军事、思想等各方面惊心动魄的斗争，奠定了他从事文学创作的基础。1960 年他就开始动笔写小说《格桑梅朵》，1961 年写出了 20 多万字的书稿；1963 年他将长篇小说的初稿送去中国青年出版社，编辑部的编辑特别重视并提出了修改意见；1974 年他又把修改稿送到人民文学出版社，在责任编辑的帮助下修改，于 1980 年正式出版。再如，益希单增在 9 岁时参军进藏，在进军的过程中受到了锻炼；1957 年他到北京学习，先在中央民族学院学文化，后在中央美术学院学美术史专业；1974 年他开始发表短诗和民间故事；1980年完成长篇小说《幸存的人》。由此可见，当代藏族作家的小说创作开始得较晚，这是因为作家的成长需要时间的积淀，特别是时代巨变，所有的一切都被打破，作家想要适应新的时代形势，不仅需要生活的积淀，还需要文化的积淀。因为特殊的生活经历，他们的创作着力表现了藏民族苦难的历史以及他们反抗压迫、追求进步，对理想社会的现代性渴望。如益希单增的《幸存的人》，小说阶级阵线分明，以仁青晋美为首的农奴主集团是一方，以德吉桑姆为代表的农奴群众为另一方，通过两个阶级营垒的矛盾和斗争，写出了农奴翻身求解放的过程和他们的美好未来，指出农奴是推动西藏社会前进的真正动力。降边嘉措的《格桑梅朵》写20世纪50年代解放军进军西藏，一支先遣小分队来到帮锦庄园，发动群众，同上层反动势力进行较量，最后完成了建立兵站、组织运输队和迎接大部队进藏的任务，小说再现了50年代初西藏历史上发生的翻天覆地的社会变革，同时通过农奴边巴的成长经历，写出了觉醒了的藏族青年在新的历史境遇里追求现代民主、自由、幸福生活的过程。从这些第一代藏族作家的创作中我们可以清楚地看到，他们的文学创作其实就是藏民族从苦难的历史深渊走向幸福生活的起点，他们的创作以文学的形式展现了藏民族争取解放、追求自由幸福生活的心理企盼和为实现新生活所走过的艰难历程，他们的创作与藏民族的现代性诉求具有同一性，同时也与整个中华民族的现代化追求是一体化的。

现代化的追求在"文革"时期被中断。"文革"给全社会带来了巨大的灾难，在藏族地区也不可避免，这一时期的藏族文坛文学创作呈现出了凋零的景象。"文革"之后几年，当代藏族文学站在新的历史转折点上开始了对民族历史、现状及未来的又一次审视，这次审视具有西方文化的参照体系，也带有理性化的色彩。和当时中国文坛的进程一样，他们对"文革"给整个民族所带来的不幸进行了揭露，对"极左"思潮做了深刻的反思，并着力展现了藏族民众对民族现代化的渴望与追求。作家从现实境遇出发，关注人们在时代转折中心理的变化和观念的转变，具有理性思辨色彩。例如，扎西达娃的短篇小说《朝佛》发表于1981年，小说中的珠玛为了寻找幸福而来到拉萨朝圣，她亲眼看见了朝圣的老人因体力不支而倒在路边，而自己也因饥饿而晕倒在了路边，当她醒过来后，她开始怀疑自己虔诚信佛的行为，开始思考如何才能寻找到幸福。与珠玛相对的德吉不信佛而相信科学知识，代表着民族的新生力量，她的身上有一种理性精神。德吉对珠玛说："如果你有了文化，会读书看报，心里就会像打开天窗一样明亮，就会去想好多好多问题。村子里暂时还比较贫困的根子在哪里，你就会较快地找到，……珠玛，像你们村子那样穷困的现状，哪能永久不变呢？不会的！因为你的乡亲们不会答应，我们西藏的老百姓不会答应，党中央更不会答应！"扎西达娃在这篇小说中对宗教是持着辩证的态度，虽然没有否定宗教信仰，但他直接地指出一味信佛并不能带来现世的幸福，这表明在现代观念的影响下，人们对宗教认识所产生的巨大的转变，虽然这部作品也有简单化的倾向，但却在特定的时期敏锐地把握了西藏现代化进程中普通民众的心理变化。在20世纪80年代改革开放的潮流下，西方的各种文艺思潮也涌进西藏，一批本土藏族作家登上文坛，在内地寻根文学和拉美文学的刺激下，他们借用西方的现代派手法进行文学创作，贯穿着对民族现代性问题的思考。作家在现代化语境中开始关注到民族文化发展过程中所遭遇到的不可逆转的时代政治变化，意识到民族传统文化在民族重建过程中的重要作用，同时也看到了传统民族文化因袭的负累，并对之进行了深刻的反思。作为从边缘走向中心的藏族作家，在多元文化冲击下，不仅从民族生存的历史经验和实际生活的特殊经历中感受到了坚守民族立场的重要性，而且把这种思考渗透和贯穿了到文学创作之中，从对个体生命、宗教、民族、人类等诸多命题的思索中拓展出新的创作领域。通过对现代精神的张扬和对新的审美空间的开拓，作家通过摆脱政治意识形态的藩篱来呈现民族和个体的存在，从而彰显了对现代精神的渴望与追寻。在全球化的浪潮和现代化的进程中，在拉美文学的冲击下，藏族作家的民族身份意识得到加强，他们不再满足于汉文化的强势覆盖，开始寻求自身文化的特异性，在张扬民族文化和批判民族痼疾中，用文学的方式呈现了民族性的思考和建构。例如，在扎西达娃的小说《系在皮绳扣上的魂》和《西藏，隐秘岁月》

中，我们可以清晰地看到藏族知识分子对民族历史和现代化进程的理性思索。

在全球化的背景下，当代藏族文学自觉地吸纳、融合了多元异质文化因素，从而补充和丰富了自身的文学表现技巧，并以此来推进和开拓自身文化品格的建构。影响甚远的西藏魔幻现实主义浪潮正是在这一主题性方向上展开的，在国内寻根文学潮流的影响下，作家吸取了拉美魔幻现实主义的艺术营养，结合西藏本土经验，展开了一次全新的具有极大影响力的艺术探求。在现代语境下去思考一个古老民族的过去、现在和未来，蕴含了鲜明的现代性特征。"从这时起，作家们的目光除了继续叙述西藏民众对丰裕的物质生活的渴求之外，开始把目光投向了民族文化传统的深处，开始用现代意识思索民族传统文化，并在对传统文化思索中发现不适合社会进步的因素，提出自己的质疑，以此寻求新的文化发展出路，试图让民族文化在新的历史境遇中获得生命力并为整个社会的进步提供精神。"① 依托具有民族性的内容和现代主义的形式，作家也对民族的现代化进行了形而上的思考，这些使得西藏魔幻现实主义小说获得了广泛的关注，也引领西藏文学走向中国前沿文学的阵地。但是存在的问题是，虽然对西藏传统文化的反思使得魔幻现实主义小说的现代性探求摆脱了五六十年代以来的文学为政治服务的工具性束缚，走向了具有审美意味的反思，然而西藏魔幻现实主义小说发展到一定阶段，逐渐脱离了现实走向抽空的历史和玄虚的技巧展现，甚至出现如马丽华所说的："在情节发展无以为继时，'戏不够，神来凑'，渐渐看出捉襟见肘的窘迫"②，与脚下的土地和正在发生的现实距离越来越远。因此，在90年代，西藏魔幻主义小说的探求便逐渐偃旗息鼓；同时，从90年代开始，对西藏现代化的思考慢慢从玄秘的历史走向当下的生活，作家在创作方面展开了多层次的探求。

---

① 胡沛萍、于宏：《当代西藏文学的文化现代性追求》，载《西藏文学》2009年第6期，第91页。

② 马丽华：《雪域文化与西藏文学》，湖南教育出版社1998年版，第175页。

当代藏族女性作家以女性的敏感细腻，感知着时代变化和多元文化带给她们的思想冲击，以及在现代化背景下女性寻求自身的解放，然而又不得不承受社会时代变革所带来的阵痛，面对女性所面临的现实生存和精神的困境，她们感同身受，将其诉诸笔端。在这过程中，既有特定时期，在大的时代浪潮裹挟下，女性作家遮蔽自我，顺从时代政治感召的公共化写作，又有民族意识觉醒时期理性的思索和对民族身份重构的困惑与追求。在现代化进程中，藏族女性作家以女性的视角切入历史和现实，关注历史或现实境遇中女性的命运，对女性的生存困境有着深刻的洞察，她们刻画女性在时代转折过程中的心路历程和生存境遇，并自觉地将之与民族的发展相联系。女性作家的创作开拓了一个崭新的审美领域，她们群体性的探索和思考与西藏社会现实层的现代化反思联系在了一起，同男性作家一起构筑了当代藏族文学的辉煌图景。

第三节　民族身份意识的建构

"民族"这一词语有着相对稳定的历史范畴和含意，它主要有两方面的含义，一是作为民族国家意义上的民族，再就是作为民族国家内部不同族群意义上的民族。本尼迪克特·安德森于《想象的共同体——民族主义的起源与散布》一书中最早提出了"想象的共同体"这一概念："遵循着人类学的精神，我主张对民族作如下的界定：它是一种想象的政治共同体——并且，它是被想象为本质上有限的，同时也享有主权的共同体。"① 在安德森的经典论述中，"文化身份"即某一文化主体在文化建构过程中所体现出的该文化主体所具有的本质性特征；同时，对该文化身份的认同就是主体的文化身份意识。文化

---

① ［美］本尼迪克特·安德森：《想象的共同体——民族主义的起源与散布》，吴叡人译，上海世纪出版集团2005年版，第6页。

身份认同往往伴随着现代化的深入而展开。1949年以后，国家在少数民族地区逐渐开展民族区域自治，实行特殊的民族优惠政策，这在很大程度上提高了少数民族的地位，"也强化了国家层面民族与族群层面民族含义的混合，强化了民族等同于民族国家的定义"①。在较长的时间段内，作为地理和文化边缘之地的少数民族文学与内地主流文学一样，也受到国家政治意识形态的规约和影响；同时，少数民族文学与主流文学之间呈现了多元互动的关系，这种相互之间的关系随时代政治语境的不同而有着或隐或显的变化。在主体国家需要强势建构的五六十年代，少数民族文学与主流文学一道被纳入了国家建构的层面，具有了特定的政治含义和文化诉求，此期，少数民族作家以激越高昂的时代之音反映着新旧社会之变，显现着对多民族国家建构的热情及对主流文化的拥抱之情，少数民族文化的民族性特征自然被遮蔽，呈现出的是一种时代的声音。因此，在20世纪80年代前，少数民族文学一直面临着主流意识形态话语对本民族文化的规范，这种规范是在自觉认同下展开的。然而与此同时，在主流文化规范向心力的引导下，伴随着民族的现代化进程，对本民族文化的潜在体认也在召唤着作家民族身份意识的觉醒。因此，在经历过很长时期对少数民族文化自身民族性特征的遮蔽之后，随着改革开放和多元文化的冲击，少数民族文学在内外力的共同作用下，通过对历史的回溯和追寻来建构其文化身份，"少数民族文学的民族意识在从无意识的状态复苏过程中，存在着一系列复杂相关的问题：民族性、民族意识究竟是本原的存在，还是可以建构的？在民族记忆淡却与民族文化事实存在的冲突中，应该怎样处理少数民族作家'民族意识'的追求与中国文化的统一性与整合性的关系？文学如何在保持民族个性的同时，也要超越狭隘的民族主义局限，与世界潮流沟通对话？一个民族的文学如果无意于和世界思潮同步发展，它本身的存在将岌岌可危"②。少数民

---

① 黄晓娟：《民族身份与作家身份的建构与交融——以作家鬼子为例》，载《民族文学研究》2006年第3期，第88页。

② 黄晓娟：《民族身份与作家身份的建构与交融——以作家鬼子为例》，载《民族文学研究》2006年第3期，第89页。

族文学在身份意识觉醒后，自身文化建构呈现着多元复杂性的面貌，也充满了艰巨的考验和挑战。

姚新勇的论述很有见地："1949年之后所推行的长达约30年之久的社会全面改造，使包括汉族、各少数族群在内的具有各自传统特色的'民族'文化遭到了严重的创伤。因此，很自然中国走向改革开放之路后，也就开始了重塑自己的国家身份和文化身份，而国内各个不同的族群也开始直接或间接、自觉或不自觉地重塑自己的文化身份。所以，表现在少数民族文学创作中的文化身份的重建，既是对过去极'左'路线的反动，也是中国文化变化的新构成要素。不仅如此，'少数民族文学'既与汉族文学一样，都承受了过去强制性意识形态的制约，而且比起汉族文学来，它们还更多了一层汉族主流文化的压力。文学及文化领域的传统意识形态的拆解，并不能自然消除文化领域中所存在的实质性的不同族群文化发展的不均衡状况，文学的'少数民族'独立意识的诉求，就是对这种不均衡性的反应、质疑。因此，少数民族文学通过本民族意识的追寻，来重建'自我文化身份'，就具有了历史和现实的相对合法性。"①"少数民族文学走向世界的自觉推动力，是民族意识独立性的追求，而汉语主流文学走向世界，则是由与族性无直接关系的意识形态抗争和文学自主性追求推动的。"②

在现代化进程中，藏族和其他少数民族一样，经历过民族身份淡化和民族身份重新建构、彰显的过程。和平解放初期，走上文坛的藏族作家大多有过革命的经历，直接参与了西藏解放和随后的民主改革。特殊的政治大一统的背景以及这一代作家所走过的革命道路，使他们自然而然热爱新生的政权，渴望在一片新天地里开始新的人生追求，所以，他们高扬着时代的理想，很自然地淡化了自己的民族身份，自觉地将自己的思想意识形态纳入了多民族国家建构的意识形态之中，完成了由少数民族的身份向多民族国家一员身份

---

① 姚新勇：《寻找：共同的宿命与碰撞》，中国社会科学出版社2010年版，第60页。
② 姚新勇：《寻找：共同的宿命与碰撞》，中国社会科学出版社2010年版，第53页。

的转换。他们的文学话语也自觉地融入了主流文学话语之中，显现着主流文学引领和规范下的审美理性。因为民族身份意识的淡薄乃至丧失，藏族作家的写作虽然在作品中会自然地呈现出了民族文化的风貌，但他们的着力点却是对中国整体思想浪潮的刻画和再现。作家在作品中所抒写的大多是新旧社会的变化，对党的恩情的歌颂以及对旧西藏的愤怒，与内地的主流文学呈现出相同的审美追求。如中华人民共和国成立后的17年，藏族文坛上成就较大的是诗歌创作，擦珠活佛、饶阶巴桑、伊丹才让、丹正贡布、格桑多杰等是当时的最具代表性的作家，此期他们创作的核心内容是歌颂新社会的变化、歌颂解放军、歌颂党，闪烁着理想主义的光芒。从其文学主旨和外在形态表现上来看，此期藏族作家民族身份和民族文化背景淹没在了中国整体意识形态的民族国家一体化话语之中。然而，这一时期并不是民族意识在作品中完全被遮蔽的时期。虽然与汉族和其他民族的作家一样是书写着相同的政治化追求，但这些藏族作家毕竟无法割舍与自己母族文化的血脉关系，他们所书写的内容也天然地有着宗教和雪域文化的背景，有着藏地的符号性特征。这使得他们在进入整体国家话语系统时，民族文化的因子作为血液中遗存的分子又以潜意识的方式呈现了出来，显现出了对民族文化的自然呈现和对民族身份和民族立场的无意识的彰显。

20世纪80年代以来，伴随着改革开放，整个中国社会的政治、经济、文化都发生了历史性的变化。西藏虽然处在祖国的边疆，传统文化和宗教思想在人们的观念中起着根深蒂固的作用，但改革开放的潮流也在不断地洗涤着旧的一切。80年代初，在改革开放的浪潮和较为宽松的政治背景下，民族身份意识开始逐渐觉醒，但此期民族身份意识在一定程度上还是受到了主流意识形态的影响。80年代中后期，随着对西方文学学习的深入和后殖民思想的影响，作家的民族身份意识得以强化。改革开放的深化，一系列政治举措的展开，国门洞开，民族政策和宗教政策也更为宽松，文化领域内的寻根思潮，激发了藏民族作家对民族文化之根的探寻，加之西方后现代理论特别是后殖民理论介绍到本土后，给民族作家以极大的启示，他们开始思考本民族的独特地位和文化历史，由此民族文化身份意识逐渐彰显。"尽管思想解放、改革开放也为少数民族文学和文化的发展带来了生机，促成了少数民族文学前所未有的繁荣，但其边缘性的文化生存状况，却始终没有得到改变。因此，从80年代初就开始的返还本族群文化、重建新型'民族意识'的文化冲动，就一直坚持在少数民族文学创作中，成为主导性的精神指向。而到90年代中期之后，后殖民主义理论在中国内地日渐走红，这一边缘反抗中心、少数民族文化反抗主流文化霸权的理论，又为日益高涨的文化族群意识提供了新的理论刺激。少数民族文学中的族性意识，也由当初特定的族性文化的追寻、表现，向更为明确、强烈的'文化民族主义'过渡。这种性质的文学创作倾向，不仅反映了近30年来'民族意识'在少数民族那里日渐高涨的现实，同时也是特定的'民族认同'的建构，这都大大强化了少数民族个体的'民族认同'感；这既是一种结果，更是众多少数民族作家写作的使命性追求。"① 在这样一种思想潮流之下，他们的创作一方面表现了对于现代化的渴望和追求，另一方面通过对本民族文化生存空间，特别是独特的地域空间和富有民族特色的人文空间的叙事，挖掘民族优秀文化传统，剖析民族发展的因袭负累，展现了民族精神中恒久的魅力，从而达到民族身份认同的效果。从扎西达娃的小说中，我们可以鲜明地看到对民族文化之根的探寻，他的中篇小说《西藏，隐秘岁月》和短篇小说《系在皮绳扣上的魂》寄予着他浓厚的忧思，在这里面有着多重性的思考，既有对宗教的质疑、坚守，又有对现代化的渴望和探寻，还有对民族心理痼疾的批判，以及对本民族文化的皈依和对民族文化身份探寻的多重思考。在这个过程中，现代文明与古老传统的强烈碰撞，新的时代政治经济因素所带来的社会氛围的改变，多种文化碰撞的冲突和女性自身主体意识的日益加强，使得现代化进程中藏族女性的生存环境、生存结构

---

① 姚新勇：《网络、文学、少数民族及知识——情感共同体》，载《江苏社会科学》2008年第2期，第224页。

及个体境遇等都发生了很大改变，由此整个藏族女性文学潜在的发展轨迹、创作主旨以及创作技巧等方面都有了巨大的变化。一方面，面对现代文明与古老传统的冲突，藏族女性作家往往能够直面民族前行过程中的悲欢，侧重于对本民族文化的探求与追寻，力图以自己的创作发掘民族精神的核心，寻找心灵的安妥之地，抨击民族文化的痼疾，重构和张扬民族文化精神；另一方面，女性作家往往从女性的个体生存体验出发，刻画女性的生存困境和精神困境，并在一定程度上将女性的生存困境与民族的生存困境相联系，在她们的作品中反映藏族女性在社会嬗变过程中女性意识由懵懂到自觉的过程。

20世纪90年代后，藏族文学在拉美魔幻现实主义浪潮的高潮之后，一度陷入沉寂，然而一些年轻作家开始成长起来了，他们开始理性地对待自己的民族文化，在写作上开始由借鉴走向自我的创新，更为自信地去展现自己对民族文化的思考，民族身份意识的探寻进入了一个崭新的阶段，如次仁罗布、班丹等的创作就深入到了藏民族的内心深处，刻画了他们的现世生活和灵魂世界，展现了藏文化精神的内核。而最让人兴奋的是，一批年轻的藏族女性作家也开始成长起来了，如格央、央珍、唯色、白玛娜珍、梅卓、桑丹等，她们集体出现在90年代的文坛，民族意识、女性意识交织在她们的作品中。"但是女作家的成批增长、女性意识的增强，并没有引发女性话语从民族话语中摆脱出来，相反两者倒呈现出共同的强化性、密切性的结合。也就是说，如果说在80年代西藏男性那里，女性还是以接近传统的方式，被整合进族性话语中，那么到了90年代中期之后，女性却以自觉的身体意识，将自我织进民族话语中。浮出地表的女性意识，不是冲击集体性的男性罗各斯中心主义，而是与其并肩作战，发出更为强烈的族裔之音。"① "转型期主流女性话语表现为女性、女性的身体逐渐由集体、人民、革命、民族的归属摆脱出来，获得女性意识和身体的'自我'拥有，可是在彝族汉语诗歌和藏族汉语写作中，我们

---

① 姚新勇：《多样的女性话语》，载《南方文坛》2007年第6期，第33页。

看到的不是女性话语从集体性、民族性的男性罗各斯话语中逐渐摆脱并成长起来,而是女性意识同民族意识、族属意识,大致同步地强化、增长。"① 女性作家集体走上文坛可以说是 90 年代藏族文坛令人瞩目的事件,她们的写作关注女性自我的生存现状,以女性为主体,从女性角度进行抒情和叙事,对女性有着深切的关注与同情,女性意识得以张扬,然而更值得关注的是藏族女性作家的创作具有鲜明的族别意识,她们以女性的细腻敏感去探查民族发展过程中所承受的痛殇,思索民族现代化进程中所必然经受的阵痛,并力图在对民族历史文化的追寻中重塑民族精神。与同时期的汉族女性作家的创作相比,藏族女性作家似乎面临着更多的精神负累,作为藏民族的知识女性,她们天然地、责无旁贷地与男性作家并肩而战,以文学的方式挖掘、张扬、捍卫、守护那隐藏在血液中的族群的声音,在双重边缘的处境中发出自己族裔的声音。

女性作家以她们的创作参与到民族现代化进程之中,与男性作家一起建构了民族精神文化的大厦,她们对女性的生存现状进行了深刻的洞察,挖掘女性的生存困境,将女性的发展融入了民族发展的进程中,她们的作品在现实世界与精神领域等多个层面展开了对女性命运和对民族现状及未来的思考,描绘了女性的生命原欲,彰显了女性原始的创造力,寻找女性发展与民族前行的同一性,探寻民族文化中昂扬的生命力,同时也挖掘鞭挞民族文化存在的痼疾。"当代少数民族女性文学的小说叙事方式发生了根本性变化,即取材于个人经验的叙事转变为基于对民族、文化、历史、现实等的叙事,小说叙事内涵也由自身而及同类,立足个体生命,着眼于人类群体共同的精神处境。女性叙事视点的转折体现为从外部探索转换成对女性本体的生命与精神的深层叩问。就深层创作动机而言,触摸复杂的民族、人性精神内核,依托女性人生经验,体现了女性话语的某些特质,从对个体的关注逐渐转入了对社会、民族、历史等的关注,并寻找之间的秘密,摈弃了一种狭义的身体意义上的单纯叙事,更多的是以一种激情、理

---

① 姚新勇:《多样的女性话语》,载《南方文坛》2007 年第 6 期,第 33 页。

性，在民族的体认上包含着一种近乎神圣的情结。"① 藏族女性叙事在 20 世纪 80 年代后与民族、国家、历史保持着多层次、多角度的勾连。

探查当代藏族女性文学的创作，可以看到，女性作家不约而同地以女性视角审视女性个体心灵及外部生活、叙述民族历史，并将女性发展与民族发展相联系。如央珍的小说《无性别的神》以女性的视角去观察时代更迭中的风云巨变，对西藏现代化进程进行了反思，关注女性意识从蒙昧到觉醒的过程，在对民族解放、女性解放的书写中融入了对宗教、性别的思考，将女性的命运与民族国家的发展相联系，指出女性的真正解放是与社会解放相联系的。梅卓的小说《太阳部落》《月亮营地》在部落兴衰发展中去挖掘民族生存的困境，在爱欲情仇中去展现女性的命运，有着对女性命运的多元化思考。尽管在作品中，梅卓也刻画了许多悲剧性的女性，她们不能把握自己的命运，但她笔下的另一些女性却刚强自立，有着对爱情和传统的坚守，在部落发展的紧急关头，甚至成为挽救和影响整个部落前途命运的一股强大的力量。白玛娜珍的《拉萨红尘》《复活的度母》则运用女性视角来叙述女性自我挣扎的个性解放之路，在对女性生存困境的描写上展现了民族现代化的困境。尼玛潘多的《紫青稞》侧重表现的是城乡交织、流变中女性的精神挣扎与现实苦难，在痛苦磨砺中女性成长壮大的精神历程，在展示女性命运的同时，也有对民族现代化进程的思考。

女性自觉地将自我的发展与民族的发展相连接，与国家的现代化进程相连接，在她们的创作中，女性意识与族别意识或隐或显地紧紧纠葛胶合在一起，与内地女性文学所走过的争取被男权文化接纳、与男权文化抗衡、解构男权文化、建构女性联盟，女权意识日益彰显的道路有所不同，藏族女性文学创作呈现出了别样的特色。渗透在作品中的强烈的族性意识使其创作从总体上显得厚重而深

---

① 田泥：《可能性的寻找：在民族叙事与女性叙事之间——20 世纪 80 年代以来少数民族女性小说的叙事追求》，载《民族文学研究》2007 年第 4 期，第 82 页。

沉，鲜明的宗教色彩和雪域高原背景又使其作品呈现出了独特的魅力，同时浓厚的民族文化内蕴也使她们的创作有了向更高更远处飞翔的根基。

第三章　女性意识的凸显与独特的话语空间

本章主要探讨藏族妇女历史地位的变迁、藏族女性文学创作中女性意识的凸显与书写主体的构建，以及藏族女性作家创作文本所呈现出的独特的话语空间。

藏民族有文字的历史近两千年，然而在这漫长的历史中，关于妇女贡献的记载却寥寥无几，有限地涉及藏族妇女的文字，往往只是关于宗教女性经历或极少数的贵族女性的记叙。在一定程度上可以说，其文字所记录的只是一部藏族男性的历史，或者是宗教发展的历史。这种事实相对于藏族妇女在社会历史发展过程中的作用来说是极大的不公正。在历史发展过程中，藏族妇女在社会生产领域和家庭生活中发挥了重要的作用，也在民族文化传承等方面起着积极的作用。然而直到西藏和平解放后，藏族妇女才赢得了自己的政治地位和社会地位，开始了自我书写的历程。

第一节　藏族妇女历史地位的变迁

关于藏族人的起源传说中，最有名的是猕猴变人，这在藏族古代典籍如《西藏王统记》《贤者喜宴》等中都有类似的记载。话说远古时期，普陀山上的观世音菩萨给一只神变成的猕猴授了戒律，让它从南海到雪域高原修行。这只猕猴来到西藏，在雅砻河谷的洞穴中潜修慈悲菩提心。这时山中来了一个罗刹魔女，看中了这只猕猴，要与猕猴结合，施尽淫欲之计，但猕猴仍不从。罗刹魔女便威胁说："你如果不和我结合，那我只好自尽了。"罗刹女卧倒又站起，说："我注定降为妖魔，因和你有缘，今日专门找你要结为夫妻。如果我们成不了亲，那日后我必定成为妖魔的老婆，将要杀害千万生灵，并生下无数魔子魔孙。那时雪域高原，都是魔鬼的世界，更要残害众多的生灵。"猕猴听了这番话，心想："我若与她结成夫妻，就得破戒；我若不与她结合，又会造成大的罪恶。"因为是授菩萨之命修行，猕猴便去找观世音菩萨，请教自己该怎么办。观世音菩萨认为这是上天之意，是个吉祥的征兆，能在雪域繁衍人类，是很大的善事。于是猕猴便与罗刹女结成伴侣，生下了六只小猴。后来，这些小猴互为夫妻，继续组成家庭，经过很多年月，猴儿后代身上的毛和尾逐渐脱落，成为雪域的先民。① 猕猴神话在藏族地区广泛流传，在一些藏史著作中也有记载。如在英雄史诗《格萨尔》中，就有猕猴与岩魔女结为夫妻的篇章。15世纪的藏族学者察巴·贡噶多杰在其名著《红史》中说，藏族出自猴裔。17世纪五世达赖阿旺·罗桑嘉措在他的名著《西藏王臣记》中写道："度母点化的岩魔女与观世音点化的猕猴相合后生下了六个儿女，其类父者敏锐利落而有悲心，其类母者赤面贪恶且笨拙。"《西藏王统记》中记载："因猕猴父与女魔母，而分二类。父猴菩萨所成之类，天性温顺，具大净信，与大悲悯，精进亦大，乐善巧言，出语和柔，此父遗种。母罗刹女所成之类，贪嗔俱重，经商牟利，喜争好笑，身强而勇，行无恒毅，动作敏捷，五毒炽盛，喜闻人过，忿怒暴急，此母遗种也。"②

　　从这则神话原型中可以看到，藏民族对待妇女的态度呈现出两面性，一方面对妇女在人类起源中的作用是认可的，认为藏族是由女性和男性共同创造的，女性并不是男性的附庸，她是积极主动的；但另一方面，对女性是歧视的，女性在这则原型神话中是大胆的、淫荡

---

① 参见索南坚赞《西藏王统记》，王沂暖译，商务印书馆1955年版，第9～10页。
② 索南坚赞：《西藏王统记》，王沂暖译，商务印书馆1955年版，第10～10页。

的，是她引诱了一心修行的猕猴，因此把藏族先民的悲悯、善良、温顺等优良品德归于男性祖先神猴，而把邪恶、淫荡、贪财、易怒、急暴等不良性格归之于女性祖先魔女。因此，在藏族的历史上，对女性的态度是多元的，既有肯定的一面，又有歧视的一面。

在藏族远古时期的母系氏族社会阶段，妇女在社会生活中占据统治地位。此期，盛行原始苯教，对女神膜拜。"《吐蕃王统世系明鉴》中记载：'自聂赤赞普起至拉脱脱日年谢之间，凡二十六代，都是以苯教护持国政。'"① 这时期对女性的崇拜表现在多个方面，青藏高原上的很多山神都是女性。如传说中的"长寿五仙女"，即是喜马拉雅山上以珠穆朗玛峰为首的五座山峰的守护神，在藏族的传统信仰中，认为她们终年不辞辛劳，战风傲雪，俯视人间众生，关心黎民疾苦，因此博得了人们的敬爱与景仰。此外，与人们生活相关的土地神"十二丹玛"，据藏文史书《贤者喜宴》记载，也都是女神，这十二女神分布在广袤的藏族地区，庇护着她的子民，守护着雪域佛法。再如，藏族先民把湖泊和女性紧紧地联系在一起，形成了许多充满传奇色彩的圣湖崇拜，如藏族地区的玛旁雍措、羊卓雍措、拉姆纳木错和青海湖等著名圣湖在众多民间传说中都与女性有关。更值得关注的是，传说中的天赤七王时代，聂赤以下六王的名字：穆赤、丁赤、索赤、梅赤、达赤、塞赤均从母姓，可见在那时女性在社会政治生活中是起着主导地位的，也是备受崇敬的。

母系氏族社会要转变为父系氏族社会，父系氏族社会又必然被阶级社会所替代，这是人类社会发展的必然历程。随着藏族进入阶级社会，男权逐渐取代女权，女性地位下降。考察藏族地区社会发展历程，可以看到女性地位的下降一方面与社会生产力的发展有关，另一方面跟藏族社会宗教势力的发展有着密切的关系，随着佛教在藏族地区传播并取代苯教，藏族妇女的地位发生了较大的变化。一方面，尽管在藏传佛教中有"人人皆可以成佛"的观念，因此男女地位是平等的；同时，在密宗双修中认为女人是"智慧"，男人是"方便"，

---

① 转引自丹珠昂奔《佛教与藏族文学》，中央民族学院出版社1988年版，第19页。

男女双修可以使人得到解脱并达到理想境界，在西藏还有女活佛，史料记载的也有女性宗教大师。但另一方面，女性在一些宗教活动中则备受歧视，认为女性是不洁之物，不能随便参与一些宗教活动，因此，在佛教及受佛教影响而制定的王朝法律中，妇女的地位往往被忽视了。虽然在吐蕃时期，王室女性，特别是王妃具有较大的权力，如赤尊公主和文成公主在进言献策、修建寺院中发挥了重大的作用，大昭寺和小昭寺就是由她们组织修建而成的，在弘扬佛法上做出了很大的贡献。此外，由于舅臣在吐蕃朝廷的显赫地位，致使外戚王妃具有较大的权力，她们在佛苯斗争、权力角逐、子嗣承传等方面均发挥了重要的作用。但从总体上来看，随着佛教在西藏地位的逐渐巩固，女性地位渐趋下降。在吐蕃的法律中就有否定妇女参政的内容，《六大法律》之一是"不与女议"；《人法十六净法》有"莫听妇人言"的规定。因此，在政治和宗教生活中，女性的地位较为低下。广大西藏妇女被法律明文规定为最低等级的人。五世达赖喇嘛时期的《十三法典》中的"第七杀人命价律"中规定："旧律，人分上中下三等，每等又分上中下三级，'妇女、流浪乞丐、铁匠屠夫等皆入下等下级。'昔之旧律谓：'杀铁匠及屠夫等，偿命价为草绳一根。'"① 在法律地位上，女性是被歧视的，与铁匠、屠夫和乞丐一样地位低下。

但在日常生活中，由于大批男子入寺为僧，因此社会生产劳动的极大部分转移到了妇女的身上，在家庭生活中特别是在牧区，女性并不因为女性身体的原因而被照顾，她们在劳动中和男性一样承受着繁重的负担，而且起着更为重要的地位。这不像内地一样，通常是女主内、男主外，由男性承担繁重的体力劳动。在格央的散文中，这样写道："在西藏，传统畜牧业和农业对劳动力的分工都是一种完全自然的分工，在这种分工中，柔弱的女性和自认为强壮的男性承担起同样重要的责任，从某种意义上来讲，女性甚至发挥了更重要的作用，但是无法让人接受和不解的却是男人在任何时候都受到比女人更多的尊

---

① 喜日尼玛：《西藏古代法典选编》，周润年译注，中央民族出版社1994年版，第96页。

敬和认可,他们的这种优越性似乎与生俱来。"① 深谙西藏妇女生存状况的格央为女性承担繁重的任务的境遇流露着深深的不平。她写道:"西藏有句俗话,非常形象地对这种情景做了描述:小孩的脚磨起了茧子(放牧)、女人的手磨起了茧子(干活)、男人的屁股磨起了茧子(坐着喝茶)。"② 由于她们是社会生产的主要承担者,在经济生产生活中占据着不可忽视的地位,所以女性在家庭婚姻和社会交往中,并没有太多的制约。但从总体地位上看,女性的地位还是低于男性,由于繁重的劳动生产任务和宗教的歧视,使得她们大多局限于家庭和生产的劳作,不能参与社会政治进程。

在藏族历史上,普通的劳动妇女没有受教育的权利和机会。虽然寺庙中的尼姑和少数贵族女性能接受一定程度的教育,但对于尼姑来说,她们主要是进行基础宗教知识的了解,贵族妇女受教育也只是为了适应管理家庭财务或书写信件的需求。藏族历史上也有极个别的优秀女性,但这些优秀女性的成就主要是在宗教方面,而很少有文学或其他行业的优秀女子。在和平解放前,据现有的文献资料来看,没有妇女创作的书面文学作品,女性在藏族文学史上是失语的。伴随着解放军进军西藏,特别是在和平解放后,国家从制度层面上废除了对妇女的制约,妇女在政治、经济、文化、社会和家庭生活等方面享有和男子相等的权利,藏族妇女的地位得到了很大的提高。党和政府十分重视妇女的教育问题,建立了各级学校和培训机构,妇女接受教育的程度和机会大大提高了,女性在社会生活的各个方面都发挥了积极的作用,在各行各业都出现了一批优秀的女性。在文学创作方面,则涌现出了益西卓玛、德吉措姆、塔热·次仁玉珍、央珍、格央、梅卓、白玛娜珍、桑丹、尼玛潘多、亮炯·朗萨、梅萨等作家,她们成为当代藏族文学发展中的一支重要力量,她们通过自己的文字书写使得几千年来一直处于沉默失语状态的藏族女性,浮出历史地表,发出了自己的声音,开始了女性自我书写的历史。

---

① 格央:《西藏的女儿》,人民文学出版社2003年版,第23页。
② 格央:《西藏的女儿》,人民文学出版社2003年版,第23页。

第二节 女性意识的凸显

女性意识是西方女性主义文学批评理论的核心观念,主要是指女性作家对"女性"自身价值的体验和确认,对男权社会的质疑和颠覆,以及对女性生存状况的关注等方面的内容。是女性对自我生命本质的一种体察、反思与认识,以及由此产生的有关生存、精神、伦理及人格等方面的自省,其首要也是最为关键的就是表现女性作家对自己性别身份的自觉。在此基础上,它还包括女性作家以女性独特的眼光关注女性的生存、情感和命运,从女性立场出发审视女性所处世界并对其赋予女性生命质地的认知和评价。乔以钢教授曾这样论述:"从女性主体的角度来说,女性意识可以理解为两个层面:一是以女性的眼光洞悉自我,确定自身本质、生命意义及其在社会中的地位;二是从女性的角度出发审视外部世界,并对其加以富于女性生命特色的理解和把握。"①具体来说,女性意识指的是自觉地从女性的主体角度去体认和评价世界,表达女性的思想与愿望,肯定女性存在的价值与意义,在文学创作上有着明显的性别特征,表现出对女性话语权的强烈欲望和对女性内在生命情感的抒写,女性用自己的方式、自己的声音来呈现和表达自己,呼唤女性解放、倡导女性意识回归是女性写作的鲜明旗帜。

在中国当代文学阶段,女性主义文学的发展与中国当代政治、社会的变化有着密切的联系,经历了一系列的发展变化。"在17年期间,主流女性叙事话语共同与男性话语建构了宏大叙事,80年代以来的女性叙事获得了女性主义文化的启蒙、导引,从整体上表现出一种叙事的文化觉醒,走出了四五十年代以来对男性叙事话语的模仿和

---

① 乔以钢:《论中国女性文学的思想内涵》,载《南开大学学报》2001年第4期,第31页。

复制。80年代后期，女性写作逐渐回归内心，开始了女性私人叙事与历史叙事，到90年代已然是一个自我身体、经验的全方位的书写。"① 中国当代女性文学的繁荣得益于20世纪80年代初的思想解放和文学中"人"的意识的回归。80年代，以张洁、张辛欣、张抗抗、王安忆、铁凝等为代表的作家在其作品中张扬长期被压抑的人的本性，关注女性的生存困境和她们独立个体精神的存在，呼吁女性意识的觉醒。90年代，西方女性主义理论在中国被深入地介绍引进，同时商品经济渗透到了社会的各个层面，"大众文化"取得了主流地位，女性主义话语不断得到彰显。以林白、刘索拉、陈染等为代表的作家，她们探询女性个体生存的私人空间，围绕着女性隐秘的心理、生理经验展开抒写，挖掘女性独特的心理和情感特征，展现女性内心隐幽的世界，执着地表达女性个体的生命体验和精神旨征，从心灵层面表现她们潜在的精神追求。90年代中期之后，女性写作的世俗化消费趋向日益凸显，以卫慧、棉棉等为代表的女性作家，以一种更为前卫大胆的方式，将女性写作引向"躯体写作"，将女性对性体验的描写作为颠覆男性中心话语的主要写作策略，渲染女性欲望，把女性性经验、性感受不加掩饰地暴露在大众面前，使女性意识出现了偏离、错位。因为女性文学是女性自我意识觉醒的反映，女性写作的根本目的在于对女性生命本质的反思与体认，在此基础上寻求关于女性身份和价值的积极意义，因此仅仅一味专注于"躯体写作"而忽略精神性探求的创作已经远离女性文学的初衷。其后的木子美等所谓的"美女作家"则仅仅关心内心的冲动和身体的欲望，走上了色情化的狭窄小道，背离了女性主义发展的前提。

藏族女性文学的发展与当代西藏社会政治经济的发展也保持着较为密切的关系。藏族女性作为一股新的历史性力量走上文学创作道路是与西藏解放和现代化进程的推动密切相关的。当代藏族女性文学从无到有，女性意识从遮蔽到觉醒再到彰显都经历了漫长而曲折的历

---

① 田泥：《可能性的寻找：在民族叙事与女性叙事之间——20世纪80年代以来少数民族女性小说的叙事追求》，载《民族文学研究》2007年第4期，第82页。

程，它的发展同当代藏族社会的文明进程息息相关，是根植于社会、民族的历史变迁之中的。首先，女性作家的出现是当代藏族文坛的重大收获，因为在几千年的西藏历史上，是没有女性文学的书写者的。益西卓玛是当代藏族文坛的第一位女作家。1954 年发表了散文《山谷里的变化》，写了新社会的新变化，引起了重视。1956 年创作了电影文学剧本《在遥远的牧场上》，获得文化部和中国作家协会举办的全国电影剧本征文奖。1980 年短篇小说《美与丑》，获得全国优秀短篇小说奖及全国少数民族文学创作荣誉奖。1981 年出版的长篇儿童小说《清晨》是藏族文学史上第一部长篇儿童小说。作为藏族文学史上的第一位女性作家，益西卓玛的创作远远超过了其文本层次的意义。她以切身经历感受到了新旧社会的变化，其作品具有时代的激情，洋溢着新鲜的活力。短篇小说《美与丑》写藏族牧人和汉族技术员搞羊种改良的试验，牧人由不情愿到情愿，由赌气到主动配合，与技术员共同努力，最终完成了羊种改良的试验。这部作品较早地反映了藏族人民向往现代化生活，接受新生事物的过程。《清晨》以西藏和平解放前解放军一边修筑公路，一边进军西藏的历史为大背景，描写了藏族少年丹巴在革命队伍中成长的过程。民族文化的天然浸染，使得益西卓玛的作品显示了独特的民族生活氛围和民族文化心理，民风民情在她的小说中也得到了表现。但作品从文化归属和指向来说，与当时的政治大一统是相适应的，也就是说，她抒写的是一种时代的情绪，主要表现的是一种共同的时代的声音，与此期的内地文学呈现出了相同的美学追求，也与这一时期藏族男性作家的创作显现了相同的写作趋向，均有着主流话语的特征，但其女性的敏感细腻在她的作品中也得到了呈现。益西卓玛小说的意义在于，她最早呈现了高原女性的书写，以女性的眼光描写了雪域新旧社会的变化，展示着高原的别样人生，她的笔端流露出了对新生事物的好奇和追求，以及对新社会美好人生的憧憬。虽然作品中的一些描写现在看来有着强烈的主流意识形态的标签，但作者那种对生活的真诚和炽热仍然在强烈地感染着读者。1977 年德吉措姆发表处女作《骏马飞奔》，引起了文艺界的注意；1980 年发表《漫漫转经路》，获得西藏自治区优秀作品创作奖。《漫漫转经路》通过奶奶和孙子的不同经历,控诉封建农奴制给普通藏族人民所带来的痛苦遭遇;质疑宗教是否给藏族人民带来了幸福;最后得出的结论是只有投身于社会主义建设的大道上,藏族人民才会走上幸福的康庄大道。80年代前就开始创作的益西卓玛、德吉措姆,以及80年代中期开始创作的塔热·次仁玉珍这三位藏族作家均以其切身经历经过了新旧社会的变化,她们自热而真诚地歌颂新社会带来的崭新变化,其创作呈现出了主流话语的特征,自觉地将她们的创作纳入民族国家建构的历程之中。

80年代后期,一批在60年代前后出生的女性作家开始走上文坛。这一批作家成长在社会主义时期,基本上是在藏族地区长大,深受母族文化的影响,然后又接受了高等教育,有着较为深厚的汉文化修养。她们步入文坛的时期正值中国改革开放所带来的新的文化氛围时期,西方的文艺思潮和哲学思潮大量地涌进中国,西藏魔幻现实主义的浪潮也正如火如荼,她们的成长时期也正处于一个女性主义思想泛滥的时期。因此,她们天然地关注自我与女性的生存境遇,并展现女性与社会、时代、男性之间的关联,特殊的族别原因也使得女性作家的创作与民族、国家紧密相连。她们回顾历史、展望现实,对女性在历史和现实中的处境进行了深刻的体察和追问。女性作家以文学的方式呈现对自我、民族、国家的思考,多元文化背景和深厚的文学素养,使她们拥有了跨民族、文化和语言的优势,开阔的视野和对民族文化的坚守使得她们的创作显现出了独特的色彩。

独特的文化背景和宗教观念使得藏族女性作家笔下的女性意识具有了别样的内涵。"女性叙事转变的直接动因在于女性书写意识的改变,也在于传统的民间叙事及民族的历史、文化、思维等方面的经验积累。女性写作从性别遭遇出发,加之对现实、历史世界的想象,将女性的性别体验转换为对民族生存经验的体认,开始了有关民族、信仰、男性、女性、现实、历史等问题的探求,从而有了对民族、女性经验的双重体认,体现出独特的审美追求。这是回归女性叙事本质与书写的努力与实现。揭示女性叙事的转变,是洞悉女性写作主体的心灵变化，也是见证少数民族女性生存景观与现实的有效途径。"① 藏族女性作家正是在多样的文化语境中，在对民族、女性经验的双重体认中，追索着自我身份的建构，张扬着鲜明的文化意识。

　　藏族女性作家以女性角度观察社会人生，她们的创作呈现出了多方面的内容，如对民族历史进程中女性生存状况的理性思考和对民族痼疾的批判，对被历史所遗忘的女性命运的开掘和关怀，对当下女性生存困境的体认和展现，以女性视角演绎历史风云和社会变迁，抒写女性的情感困惑和对理想之爱的追寻等。她们以女性特有的细腻和敏感在文本中呈现了女性的内心世界，表达了对女性的深切关怀，有着对国家、民族和女性个体的独特理解，这些描写展示了藏族女性的生命意识和生存状态，同时也显示了女性对民族文化的探寻和坚守，传达出了鲜明的民族意识和民族文化身份的认同。此外，藏族女性作家作为群体性力量崛起是在 20 世纪 80 年代末、90 年代初期，这一时期寻根浪潮在西藏崛起，又渐趋衰落，西方各种文艺思潮涌进后在西藏渐趋沉淀以及民族主义的兴起，均给女性作家以极大的影响。女性身份意识和民族身份意识觉醒，两者往往相互纠缠体现在她们的作品之中，在凸现女性意识的同时彰显对民族身份的追寻和建构。在对女性自我生命体验、两性情感和女性本体欲望传达等方面，表现得比过去更为细腻和深沉，在艺术表现上，注重把个人的思考与民族的现实相联系，从女性叙事中去彰显民族历史和现状。女性内心的敏感细腻加重了其民族身份意识的深化，而民族身份意识的深化又使得她们的女性意识获得了独立的品质。与一些内地女性作家的创作相比较，藏族女作家的创作较少"小女人"或"私人化""隐私化"写作，也不会哗众取宠，仅仅去关注身体、性以及一己的哀愁与幽怨，她们的写作似乎更有一种历史纵深感，即使是苦闷和哀伤，也与整个民族行进的步伐紧密相连。

　　处于族别和性别双重边缘的女性作家，她们一方面采用了女性书

---

　　① 田泥：《可能性的寻找：在民族叙事与女性叙事之间——20 世纪 80 年代以来少数民族女性小说的叙事追求》，载《民族文学研究》2007 年第 4 期，第 81 页。

写的方式，关注被忽视和遮蔽的女性人生，感同身受地描写她们在现实生活中的处境，探索女性内心隐幽的世界；另一方面又以女性的视角审视藏民族的社会生活和历史变迁，挖掘女性在历史发展中潜在的活力，将女性个体的发展纳入民族发展的进程。这种女性书写和民族书写的努力显现出了独特的魅力，建构了其边缘的书写权威。女性作家自觉地将文本视角聚焦于本民族的女性，抒写女性在历史和现实生活中的生存及精神境遇。在她们的笔下，有对历史进程中普通女性人生的描写，如梅卓的《月亮营地》和《太阳石》、亮炯·朗萨的《布隆德誓言》中刻画了一系列光彩夺目的女性形象，这些带有群体性特征的女性并不是软弱和无能的代名词，虽然她们大多沉陷在爱欲情仇之中，但她们身上鲜活的生命力同作品中一些男性萎靡的气质形成了鲜明的对比。她们拼尽全身的气力去追寻理想之爱，在对爱的追寻中勃发出了旺盛的生命力，这与男性在爱情中功利化的追求形成了强烈的反差。此外，在对当下女性生存境遇的描写中，既从外围出发，关注女性在现实生活中的生存困境，如格央在她的一系列散文中对女性在现实处境中的不平境遇进行呼吁，要求给以女性平等和关怀；同时，又注意到女性的精神处境，在白玛娜珍的《拉萨红尘》《复活的度母》中描写了备受煎熬的现代女性，写出了她们精神上无所着落的迷茫和在现代化处境中的困惑与追求。女性作家在写作时，特别注重对女性在精神层次上的描写，"她必须写她自己，因为这是开创一种新的反叛的写作……这写作将使她实现历史上必不可少的决裂与变革……只有通过写作，通过出自妇女并且面向妇女的写作，通过接受一直由男性崇拜统治的言论的挑战，妇女才能确立自己的地位"①。女性作家对在女性精神困境的描写时，不仅注重外部生活的描写，而且深入到了女性的心灵深处，呈现了女性被遮蔽的灵魂；同时，在对女性进行抒写时，通过对男权文化的对抗性描写，使得女性书写具有女性主义批评的意义。在女性作家的笔下，女性不再是男性的附庸，

---

① [法]埃莱娜·西苏：《美杜莎的笑声》，引自张京媛《当代女性主义文学批评》，北京大学出版社1992年版，第192～193页。

在她们身上洋溢着鲜活的生命力,和男性一起构成了主导历史的力量。在《太阳石》《月亮营地》等作品中,女性是男性力量的来源,女性也比男性更为坚韧冷静,女性成为民族的精神性象征。

女性作家从女性自我的感受出发,去抒写她们对生活的体验和构筑民族国家现代化的进程,女性意识在其作品中有着不同程度的流露,她们自觉地将自己的创作纳入了民族文化重建的范畴之中,不仅仅描写个体的生活和情感遭遇,而且将个人和民族的发展紧密相连。民族情感或隐或显地流露在她们的创作中,使她们的创作超越了女性一己的悲欢,具有厚重的质地,以具有女性特质的声音加入了民族重构的征程。

第三节　独特的话语空间

"双语身份作家选择汉语写作在很多情况下不受主体控制,也就是说,作家无法决定使用什么语言写作。"① 对于当前活跃在藏族文坛的大部分汉语作家来说,母语是他们日常生活交流中所使用的语言,但他们往往无法自如地操持母语来进行文学表达,只能借助汉语的方式向外界传达自己的声音。汉语写作是他们通向外部世界的一个桥梁,是他们走向更广阔世界、让世界认识自己的一个媒介。借助汉语这种受众面相对广大的语言媒介,他们向外界传达着民族的声音,彰显着民族的气质,把相对边缘化的民族立场和民族诉求带到了更广阔的文化场域之中。藏族文学批评家德吉草曾评价道:"这些用汉语创作的藏族作家,以自我和他者合和的双重文化身份,在汉藏文化的交叉边缘地带,建构着民族文化的另一种话语叙事形态。他们笔下的民族文化不再是为迎合客体视角的审美习惯而制造出肤浅的民族符号

---

① 朱霞、宋卫红:《身份·视角·对话——浅论当代藏族作家的汉语创作》,载《西藏民族学院学报》2009年第5期,第55页。

来满足陌生化期待，他们的叙述与表达，使话语霸权下被遮蔽甚至被歪曲化的'自我'得到了还原和真实显现的机会。来去自由，穿梭于两种文化中间的自由之身，也使他们获得了比母语作家更多的话语权，赢得了更多进入文化市场的份额。"①

新时期以来，藏族女性作家以集体性的力量展现了女性文学的独特魅力，她们用文学的方式融入对民族历史探寻、重构和对当前民族现实生存境遇的思索，她们的创作不乏独到的创见，与男性作家一起构筑了藏族文学繁盛的景象。她们的写作既是一种带有鲜明个性特征的个人化叙事，同时又是一种民族立场的展现和基于民族立场的叙事。她们的汉语写作在话语建构、叙述方式、民族性立场的呈现等方面为中国女性文学提供了新的文本，展现了独特的魅力。

一、女性视角下的文化符号叙事

为了彰显民族身份，藏族作家力图在作品中凸显藏民族文化意蕴，她们的汉语写作充分调动和运用了藏民族传统的文化元素，这些元素在文本中的呈现使得其作品具有了独特的民族因子，具有浓郁的民族气息，由此，民族性得以彰显。藏族女性作家在选择用汉语来进行书写时，很自然地选择了藏族人的日常生活意象来结构写作。日常生活是人类社会实践活动的起点和终点，列斐伏尔认为："日常生活是一切活动的汇聚处、纽带和共同的根基。也只有在日常生活中，造成人类和每一个人存在的社会关系的综合，才能以完整的形态与方式体现出来。在现实中发挥出整体作用的这些联系，也只有在日常生活中才能实现与体现出来。"② 列斐伏尔强调，日常生活是人们进入外部世界与社会世界的汇聚地，是人类欲望的所在地与入口。因此，描写人类的日常生活最能呈现人在社会和政治关系中的地位，也最能展

---

① 德吉草：《文化多样性视野下的藏族母语写作及解读》，载《民族文学研究》2008年第3期，第17页。

② Henry Lefebvre: *Everyday Life in the Modern World*, The Continuum International Publishing Group, 2000, p. 125.

现整个社会面貌的真实状态。藏族作家对日常生活空间的描写意味着对藏族文化的自觉传承和再现，也是千百年来民族集体无意识的一种自然流露，通过对这些意象的描写显现了其民族身份和民族精神特质，形成了与汉族作家不同的文化表达方式。

　　身处藏族地区，宗教信仰无处不在。"只要深入藏族地区，走进民间，从人们的为人处世、待人接物，以及饮食、丧葬、节日礼仪等习俗中，我们都可以深刻地感受到宗教信仰与藏族人生活之间水乳交融的关系。藏传佛教庞大而复杂的信仰系统已经与藏民族的风俗习惯融为一体。在藏族地区，宗教意识、宗教实践、宗教情感与民族意识、民族生活实践、民族情感合而为一。宗教情感甚至在某种程度上被民族情感所替代，信仰宗教与谨守传统糅为一体，人们谨守信仰和传统就如同谨守亲人、土地和家园一样，很难从严格意义上区分什么是信仰、什么是传统、什么是风俗习惯。"① 藏传佛教信仰成为藏族人日常的生活方式，贯穿在他们的思维和行动之中。为了能够真实地刻画藏人的生活，也为了能在多元文化中张扬自己的民族性特征，在藏族作家的笔下，出现了大量的具有民族性特征的符号化描写。如雪山、玛尼石、经幡、白塔、佛堂、磕长头、转经、捻佛珠等，这些意象以鲜明的民族特色和汉族作家的文本形成对比，有效地彰显了藏族作家独特的民族身份。

　　即使在诗歌这样精炼的文学形式中，也带有鲜明的藏民族意象，如白玛娜珍的诗歌《噩梦》："这一季/树上还挂着两只苹果/再多的雨水也没能将它们穿透/像前世我造下的业/醒目不落/这时法鼓和诵经声/还有十万次扑地长磕/也赎不清今生的我/太阳刚升起/我却要再回昨日的噩梦/在轮回中遭遇地狱/在苦海中翻涌自心。"作家将藏族人的情感及生活方式进行了内蕴化的提炼。轮回、法鼓、诵经、长磕、赎罪等词汇的使用不再是简单的修辞方式，而是带有藏族人的生命体验和思维模式。再如，《我在月光中看到了你》："我只想和你/每一个晚上/牵手在转经的路上/赤裸的心神圣沐浴/无始无终圆满我

---

　　① 丹珍草：《藏族当代作家汉语创作论》，民族出版社2008年版，第42页。

们的缘起/不要尘世间的欲火焚心/只要长磕着五体投地/只要你颂祷光明的声音/和明月一起/溶入我的身口意。"转经、圣浴、缘起、长磕、身口意，这种杂糅浓郁宗教色彩的爱情书写方式与汉族女性作家的爱情书写呈现出了截然不同的风范。再如，德乾旺姆的诗歌《紫檀佛珠》中这样写道："布达拉的三十九级台阶，拾级/而上的尊严。众心所属的殿中/之宝殿。我是你渺小的拜谒者/九座神山，一世的恒心/三滴洁净之水，一颗向上的心灵/神湖里显现出轮回的身影。"通过"布达拉""宝殿""神山""神湖"等神圣意象的渲染，使其诗作具有浓厚的民族宗教色彩。通过这些带有浓厚宗教色彩的意象的抒写，女性作家一次次强化自己的民族情感，彰显自己的民族身份。

在写作手法的运用上，作家也有意识地去渲染藏族传统文化，其往往借用历史传说、宗教经典、神话故事等来组织故事。如在亮炯·朗萨的《布隆德誓言》中，每一章节的开头，均用藏族传说、民歌、经文、历史典籍等作为引言，深具文化象征意味："慈悲的寂天菩萨说——幼稚者谋求自己的利益，一切诸佛谋求别人的利益，如果我不把我的快乐与别人的痛苦交换，我就无法成佛，即使在轮回里也不会有真正的快乐"①"即使雪山变成酥油，也会被领主占了去，就是大河变成奶汁，我们也无权喝一口！高高在上的官老爷，你要仔细思量好，一再欺压老百姓，他们的肚里，正在默默打着主意"②"出身高贵王室精粹，具有无上的智慧，身材魁梧英勇无极，聪明和蔼美少年，本性慈悲有益众生，愿把生命来抛舍"③这些出自佛教典籍、民歌、藏戏中的引言的运用，使独特的民族文化内蕴得以外现。又如，在《寻找康巴汉子》经常使用一些藏族民间谚语："上师要靠僧众来装饰，武士要靠武器来制敌"④"学者的翅膀是知识，骑手的翅膀是

---

① 亮炯·朗萨：《布隆德誓言》，外文出版社2006年版，第1页。
② 亮炯·朗萨：《布隆德誓言》，外文出版社2006年版，第11页。
③ 亮炯·朗萨：《布隆德誓言》，外文出版社2006年版，第34页。
④ 亮炯·朗萨：《寻找康巴汉子》，中国书店出版社2011年版，第20页。

骏马"①"雄鹰飞得再高,影子还在地上"②"射击能瞄准靶子的是英雄,说话能掌握分寸的是智者"③,这些充满民族内蕴的独特的民间谚语的使用,使作品散发出了浓郁的民族特色。此外,如《寻找康巴汉子》在结构作品时以民间格萨尔精神作为整部作品的精神内蕴:"格萨尔完成大业归天后,留在人世的子孙和将士,在这片山谷居住下来,直到今天。登巴老人教导村里年轻人爱说的话有:记住啦,你们可是格萨尔和他的大将的子孙,不要忘了自己的祖宗!每到藏历初三,村里人几乎都是举家上山升起崭新的经幡,祭奠英雄的祖先,许下美好的愿望,祈祷先祖和神灵保佑家园幸福。山顶那座雄伟的石刻经塔就有几百年的历史,老人们口口相传,古老的岁月里,为祭奠英雄格萨尔……"④作品对民间英雄崇拜的仪式化的书写,以图将格萨尔精神永远传承下来。这样一种加揉藏族民间立场的文化叙事,使得作品不仅呈现个人文化身份特征,更显现了某种民族集体无意识。

此外,就像梅卓在其作品《太阳石》《月亮营地》中对天葬、活佛转世、寻找灵童等藏民族带有宗教色彩的生活仪轨的描写,为我们呈现了带有文化符号特征的藏民族生活面貌。再如在央珍小说《无性别的神》中,对观圣湖来预测人的命运、叔父去世后的宗教程序及寺庙中尼姑生活的描写都带有文化符号呈现的特征,这些方面的内容一方面是藏民族本真生活的呈现,另一方面又具有极强的民族文化特色。作家通过这样一些带有民族特征的符号化描写,将自我的民族文化身份不断地巩固、强化。

二、女性叙述下民族内蕴的书写

藏民族独特的人生观、价值观、文化心理往往成为作家创作的丰富资源,藏族女性作家在创作时,不仅以藏族文化符号来传达和彰显

---

① 亮炯·朗萨:《寻找康巴汉子》,中国书店出版社2011年版,第21页。
② 亮炯·朗萨:《寻找康巴汉子》,中国书店出版社2011年版,第241页。
③ 亮炯·朗萨:《寻找康巴汉子》,中国书店出版社2011年版,第187页。
④ 亮炯·朗萨:《寻找康巴汉子》,中国书店出版社2011年版,第14页。

自己的民族身份，而且以充满民族内蕴的书写来显现自己的民族特征。"在文本中将藏民族的思维模式渗透进去，则使得她们的文本呈现出一种藏汉杂糅的多语互文本，从而呈现出一种巴赫金所认为的对话式话语模式。这种对话式话语一方面将诉求于更广大的读者阅读面，另一方面则需要借助藏族思维深处的文化代码来对其进行解读。"①

藏民族独特的宗教观念使得她们对生死有着与其他民族不同的认识，这些方面都自然地呈现在作者的文本中。在《复活的度母》中，白玛娜珍这样描写生命降生和死生的轮回：

"琼芨发现自己又怀孕了，她怀上了我。惊恐不安中，琼芨只想把胎儿送回死亡和往生之间，中阴那漫长的迷途中。她就要斩断我与这个世界可能相连的脐脉了——

她的胎水像湿漉漉陈旧的牛皮绳，把我缠绕在前世黑色的狎昵里。我蜷缩着，紧闭双眼，沦陷在回忆的路上。但突然，我听到外面的太阳在哗哗流响，我多么向往那个闪着光的世界啊！"②

再如在曲桑姆弥留之际，丹竹活佛为她超度及她死后天葬的描写：

丹竹仁波切微笑道："要有信心，你很有福报，现在，该是你放下今生的一切的时候了，再不要牵挂和贪恋什么，你的肉身好比是住过的一所房子，现在房子腐朽了，你需要搬一次家。"③

天葬师刚要弯下腰，几只急不可待的秃鹫伸展着翅羽突然冲过来，只听"蹦"的一声，秃鹫铁钩似的嘴喙破了她的腹腔，腹中的肠胃被叼出来，血水拖满一地……曲桑姆见状，不由想到

---

① 吕岩：《藏族女性书写主体的构建》，载《西藏民族学院学报》2012年第3期，第80页。
② 白玛娜珍：《复活的度母》，作家出版社2007年版，第1页。
③ 白玛娜珍：《复活的度母》，作家出版社2007年版，第195页。

自己一生受用过的那些生灵，但现在终于可以以自己的血肉施鸟来偿还了；只是她的心，一时受到了惊吓，一时间，无可依附的识性狂奔如马，又似被风吹起的羽毛四处纷落。……惊慌失措的曲桑姆不禁奔回去想再拥有自己的肉身，但她纵然九次以上想要进入躯体亦属枉然，因为转瞬之间，上百的秃鹫已将她的肉身喙食得干干净净，并已飞往云层之上的天空。她的心，再也找不到栖息之所了——①

作者将藏族人的生命观，对待生死的态度及死亡的仪式以汉语的方式呈现在主流文化的视野中，只有对藏族人生存状况和精神信仰深有了解的人才能感知这其中所蕴含的独特的文化魅力。这种凸显民族心理特征、满蕴民族精神风貌的写作与汉语创作拉开了距离，带来了陌生的审美效果。此外，如梅卓的小说《月亮营地》，其中尼罗和阿·格旺之间的情感纠葛及恩怨情仇是贯穿全书的一个线索，作品写尼罗死后灵魂转到阿·格旺家的白尾牦牛身上，由此又引起了尼罗的孩子和阿·格旺之间的矛盾冲突，阿·格旺的小女儿也因此而被误杀。这些描写在汉族人看来是匪夷所思的，但对藏族人来说却都是合乎常理的，因为在藏传佛教里，人是有前世今生的，人是会投胎转世的。再如梅卓的短篇小说《转世》，写了前世今生的轮回转化：在前世，小伙子曲桑和姑娘洛洛相爱，曲桑因家人的要求被迫进入寺庙而断送了两人的爱情，分手前洛洛将自己的手腕上家传的念珠送给曲桑；在今生，姑娘曲桑经朋友介绍认识洛洛，两人一见如故，在酒醉后结合，天明洛洛就踏上了回乡的归程，姑娘曲桑发现自己爱上了小伙子，就写信表达了自己的思念，并附上念珠，但这一封信却被邮差搞丢了，两人永无可能再见面。小说以前世和今生两条线索结构小说，写出了生死轮回，前世今生，无论如何相爱和投胎转世，但宿命的结局永远无法改变，前世因为现实的原因不能结合，今生因为阴差阳错而情缘了断再不能相见，前世今生的爱情都不会完满。这篇小说揭示

---

① 白玛娜珍：《复活的度母》，作家出版社2007年版，第217～218页。

了藏族人的现世无常、生死轮回的信仰观,"前定的命运安排了这一对必然相爱的灵魂在每一世间相遇,相爱,然后去备受佛教所言人生不苦之一的'爱别离'之苦。并让他俩在每一现世里都寄托于来世,重复地说:'来世再相见。'而来世无论时代和个人身份如何不同,结局都是一样。"① 作者将藏族人这样一种生死轮回的信仰观念渗透在小说之中,为我们呈现了独特的心灵世界。

这种蕴含着藏族人生命信仰和内在体验的抒写带来了极强的陌生化效应,它将藏族人对生命的理解、对生死轮回的体认进行了富有浓厚情感特征的主体性的书写,这是一种主体视角下对自我进行审视并带有鲜明民族文化内涵的叙事,它不同于汉族以外在的猎奇角度和高高在上的态度对藏族生活的神秘化渲染,而是一种渗透着藏族人生命观念和信仰追求的文化的自然呈现和自信的文化传达,从而显现了独特的民族性特征。

三、穿行在藏语与汉语之间

叙事视角的选择往往包涵着叙事者的价值倾向和审美判断。由于立足点和切入视角的不同,同一事件在不同的叙事者的笔下就会呈现出不同的面貌。当代藏族女性作家以女性的视角契入历史和当下的女性生活,通过对女性生存境遇的描写传达着女性独特的诉求;同时,通过对男权中心话语的反叛和颠覆,发出女性的呼声,使其创作具有了女性主义批评的价值。此外,藏族女性作家在创作时又注入了本民族的立场,这一点使得其文本与主流汉语文学创作形成了不同的风貌。藏族作家用汉语写作,融入了本民族的思维习惯、价值判断和语言文化传统,藏语言本身所携带的文化基因潜移默化地渗透到她们的文化审美之中,从而使其汉语表达富有民族特性。

藏族文学评论家杨霞(丹珍草)认为20世纪80年代的藏族作家"都不同程度地受到汉语言文化的影响,都呈现出淡化母语的倾向,但他们的汉语创作却表现出日益强烈的民族文化本体意识。具

---

① 马丽华:《雪域文化与西藏文学》,湖南教育出版社1998年版,第123页。

体表现在对本民族历史文化的抒写、对种族文化中心的回归、对民族精神信仰的体认等。他们都力图在口头传统与书写传统的双重文化系统中,在两种语言文化的交汇中,在对特殊生活的心灵感受中,从创作思维的基本构型上创造性地复归母族文化……藏族作家的汉语创作也表现出了对汉语及汉语文化传统的深入把握,而且努力将自我民族文化的精神实质、认知方式、人文品格及宗教理念有机地通过诗歌小说意象、意境的创造带进汉语,使其所使用的汉语语义得到丰富,义项得以增加,从而极大地拓展为自我语言艺术的张力场,用母语文化思维同汉语表述方式进行诗意嫁接、诗意凝合、诗意昭示"①。对于藏族作家来说,汉语是她们的书面语,母语则是她们日常交流使用的语言,写作其实是在两种思维、两种文化、两种语言之间的转换与穿行。这种穿行带来奇特的体验,也带来了不同的话语空间。白玛娜珍曾在散文中描述了自己在两种语言和文化间穿行的奇特感受:

"多年以后,我渐渐在言语之外、语言之间找到了空隙,找到了自己的天地。于是,我不必像地道的藏族那样,虔诚的心根深蒂固。我可以有更多的怀疑、反思甚至否定;也不会像远道而来的异族人那般,对这片土地有许多惊奇、迷茫或者曲解。很多时候,我就像一个冷静的旁观者,注目于激流和漩涡,但绝不把脚伸进去。而在我的家庭里,我的父母渐渐地接受了如我一般的三个他们看似怪异的孩子。语言在这个家庭中成为名副其实的'工具',只负责运输我们的思维和感情。通常,我们用汉语回答父母的藏语问话,又选择最动人的藏语语汇掺杂其间,表达自己。像别的当代藏族青年一样,我们还喜欢说上一点英语,以显示自己的活泼、潇洒和入时。如果我们懂得更多的语言,相信家庭会话会更具特色更精彩。也有很多人把这些视为文化的相互侵

---

① 杨霞:《尘埃落定的空间化书写》,中国社会科学院研究生院 2009 博士论文,第 52 页。

犯和混乱。但对于我个人而言，混乱的语言之中，我对语言的选择却是主动的，为我所用。从这一点始，使我自由，也感到了自由中飞翔的愉悦。是呵，一场场关于文字、语言、关于民族、文化的纷争，好比浪涛，也许惊天动地，但水会包容它们，是它们共同的本质。"①

藏族作家往往将自己的母语文化习惯与汉语表达方式相结合，在文本中呈现母语的思维与范式。如白玛娜珍在《复活的度母》中有一段描写拉萨沐浴节时，茜玛和她的朋友在拉萨河嬉闹，这时有位内地的摄影者对水中的她们偷拍，于是茜玛的朋友把这个偷拍者衣服扒光，扔进水里：

"哭什么？刚才你偷拍我们时不是挺自以为是的吗?!"我气愤地说。

"起来吧，算了！"洛泽摇着头。但那女人没衣服，怎么也不肯站起身。

"把她扔到水里去！"白央建议。

"不行呀，没准她有性病或乙肝！"我开玩笑还没说完，洛泽的朋友们已经抬起她唱着歌朝水里跑去了，在四周人们的欢叫声中，那女人被扔进了澄水星涤荡的拉萨河……

那该是莫大的福缘，在菩萨的圣地，被具有八种功德的河水洗涤，以及远天星辰的祝福与加持……多么唯美的时刻！但那女人惊恐地从水里站起来，没命地朝岸上跑，抱起衣服、鞋子和相机逃向灌木林。

"喂，别跑，今天是沐浴节……"洛泽在她身后喊。

"她才不懂呢！让她去吧——"我对洛泽笑道。在汉地，我见过她们。在一个公共浴室，她们裸露毫无自我意识的肉体，挺着长满阴毛的腹，毫无羞耻地走来走去。或者叉开双腿，躺在众

---

① 白玛娜珍：《我拥有的世界》，载《西藏文学》2000年第4期，第86页。

人之中，像一头待宰的肥猪一般，把身体扔弃在床上，任女工翻来覆去搓揉污垢。但这些活着并不尊重自己身躯的人，死后都会要求穿上衣服还要化妆，真是愚昧啊！或者在家里的浴室每天洗澡像接受电击治疗，仿佛得不到阳光抚摸的心灵，唯有以热水才能激活生命——

我们重又在甘洌的水里领受着这秋夜，无上的恩泽。突然，我多么希望母亲，母亲她能一起来。多少比她更老的人，这晚，在水里宛若圣婴……①

在这段描述中，可以看到藏族作家虽然运用汉语进行创作，但对汉语所承载的汉文化意蕴是淡漠的，在一些作家的笔下甚至是对抗的，相反她们竭力在汉语表达中传递的是藏文化的内涵，连带起的是对汉文化体制下人们物欲横流的生活方式的弃绝。

在《复活的度母》中，当琼芨怀孕，同宿舍的央珍为了报复琼芨夺走了她所爱的巴顿，找到学校的党组织前去告发：

短暂的冬季就要结束了，校园里已呈现一片早春的景象，陆续返校的同学都换上了各色春装，只有琼芨，她一直穿着宽大的棉袄。她怀孕了。因为身材纤瘦，一直没人看出来。但同宿舍的央珍，一直暗恋着巴顿。每当琼芨在下铺看巴顿的来信时，央珍便从上铺伸头偷看。后来，她察觉琼芨和雷的隐情，她开始跟踪琼芨。一天晚上，央珍从上铺溜下来，猛然揭开琼芨的被子，当她看到仰躺的琼芨圆鼓鼓的肚子时，不由失声惊叫……

…………

那天，校园里的花儿都开了，空气里弥漫着芬芳的气息。央珍朝学校党委副书记张瑞宝的办公室疾步走去时，一只发情的公猫跳到办公楼的窗沿上，正朝着楼下草坪上的母猫叫春。像夭折的幼婴的哭叫，凄厉刺耳。央珍心里发颤，脚步有些迟疑了，这

---

① 白玛娜珍：《复活的度母》，作家出版社2007年版，第138～139页。

时，张瑞宝推开窗用一根鸡毛掸边打边骂道："去去去，野猫！"她看见了央珍。

"来，上来，我正等你来。"她对央珍说。张瑞宝的笑容使央珍心里掠过的一丝不祥之感一扫而光。她毫不犹豫地迈进了张瑞宝的办公室。

"她床上睡了，她干了他们干的事情……"央珍以倒装句和藏味儿汉语表达着，显得努力而真诚。这是她预先设计好的，藏族人原本有着极高的语言天赋，经过近三年的学习，比起张瑞宝这种小地方来的汉人，央珍已能说一口能纯正的更流利的普通话，但她故意显得笨拙，她断断续续地说："她琼芨，课不上，睡去了雷老师床上，肚子皮球大……"①

……

"我去跟她门口，里面我看，雷老师的床上琼芨抱了，地上衣服光光地脱了，还她和雷老师……"她装出欲言又止害羞的样子低下头。

"央珍，你这样向组织交心很好，以后要继续保持下去。"

央珍点点头站起来，"张老师，那我课上去了。"

"好好好，"张瑞宝连声应道，对她说，"下课后叫琼芨上我这儿来。"

作家写暗藏心计的央珍故意用倒装、短句来表达，形成了藏味儿的汉语，想竭力让人以为她笨拙、诚朴，从这可以看出，藏族作家对藏语言和汉语言之间的差异是十分清晰的，这种清晰的体认对她们自如地在藏汉两种语言和文化之间传达人物的情感起了很大的作用。

分析藏族女性作家的创作，可以看到，每位作家都有自己不同的语言习惯，加之对藏语了解及偏重程度的不同，以及多方面的文化借鉴的原因，因此对各个作家创作的语言特色不能一概而论，但不容置

---

① 白玛娜珍：《复活的度母》，作家出版社2007年版，第92页。

疑的是藏语的语法、句式、表达习惯等必然会不同程度上影响藏族作家的汉语传达；同时，在口头藏语和书面汉语两种语言间穿行的经验，也会给她们的文学表达带来独特的魅力。

第四章　身份意识觉醒后的话语实践（一）
——小说创作

处于族别和性别双重边缘的藏族女性这一特殊的身份在一定程度上决定了藏族女性作家在文学创作上的独特性。第四、五、六章将分别从小说创作、诗歌创作、散文创作等方面来分析当代藏族女性作家创作的状况。

当代藏族女性作家的创作以小说创作的成就最为丰硕，也以小说在公众视野里影响最大。女性作家不约而同以女性视角审视和叙述民族历史，并把目光投放在了对藏族女性命运的关怀上。在小说方面，本章主要介绍央珍、格央、白玛娜珍、梅卓、尼玛潘多、亮炯·朗萨等的小说创作，她们的作品在一定程度上代表了当代藏族女性作家小说创作的不同风貌。

央珍的《无性别的神》在西藏历史风云转折变化的展现和女性心理的刻画方面，堪称当代藏族文学的典范。这部作品在西藏现代化进程的背景下，一方面写出了身为女性备受压抑的精神境地和渴望突破旧的藩篱，走向新的光明的憧憬；但另一方面又表露出了对传统文化深深的依恋和不舍。独特的女性视角以及从中所传达的深厚的民族文化内蕴使这部作品成为当代藏族文学史上的一部具有里程碑意义的作品。

格央的创作从日常生活和最细微处的情感出发，感受女性在现实生活中的困境，抒写女性的不幸遭遇。她执着于自己对女性生存的独特体验，将自己对女性问题的思考融注在她的创作之中。她的小说大多围绕女性的情感经历展开叙写，重在展现女性的生存困境，不渲染，不猎奇，在她的笔下有苦难，更有苦难映现下的俗世温暖。她的作品能沉入当下或历史，不矫揉造作，带有生命的质感，抒写普通藏族女性的悲欢，为我们展现了雪域女性的风情画卷。

白玛娜珍的创作从女性视域出发，善于描写都市知识女性在现代化进程中内心的苦闷与追求，对现代女性的生存困境进行了细致的描绘和探索。她的作品一方面凸显着女性在民族前行过程中内心的隐忧，另一方面展现了女性在多元文化浪潮下内心的困惑与追求。白玛娜珍的探索是痛苦的，她笔下的女性往往陷入无可彷徨的境地，有着难以解脱的精神之殇，然而正是这种绝望的痛苦体现了一定的精神性力量。在她的长篇小说《拉萨红尘》和《复活的度母》中，女性意识和民族意识是相互纠葛地呈现在作品之中的。

梅卓在她的作品中鲜明地体现着她的民族立场和民族想象，以小说的方式建构安多藏民的历史，张扬民族精神中昂扬的生命力。长篇小说《太阳石》和《月亮营地》这两部作品抒写了特定时代安多青海藏民的生存困境，展现了作家对民族文化的追思与反省，具有鲜明的民族特色和强烈的女性意识。梅卓追溯民族既往，将安多草原藏民族部落苦难的历史和生死存亡的危机呈现在读者的面前，通过揭示马氏家族对藏民族的剥夺和镇压展现了民族生存的困境，并以一种理性精神对民族痼疾进行了批判。她的小说沉入民族历史之中，试图建构民族的苦难史，并在历史化的呈现过程中，重塑民族精神中昂扬的生命活力，展露女性被压抑的沉潜的力量。

尼玛潘多的长篇小说《紫青稞》是一部描写改革开放以来西藏农村的变化，对本民族女性生存状态进行探寻和思考，充满历史厚重感和鲜明女性意识的优秀之作。作品以当代西藏农村儿女的命运变迁、曲折情路为中心，展开了对西藏世俗生活的真切描写，为我们呈现了20世纪八九十年代转型期西藏社会的真实状况。

亮炯·朗萨的创作有着刚健的风骨，她着力以文学的方式寻找民族生命之根，在物欲横流的当今社会重塑一种精神性的力量。她以自己的生命感受写出了康巴藏地的精神风貌和内在灵魂，寄予着她对民族精神的发现和审视。在朗萨的创作中张扬着一种理想主义精神，这就是对康巴精神的追寻。她的长篇小说《布隆德誓言》和《寻找康巴汉子》呈现了康巴藏族地区异彩纷呈的历史风俗画卷，在现实和历史中去寻找民族精神中亢昂的生命力。在她的作品中，女性与男性共同成为民族历史的推动力，共同成为构建民族精神的载体。

第一节 时代转折中的女性书写

央珍是在藏族文学小说领域创作里较早引起反响的女性作家。其短篇小说《卍字的边缘》曾获得"第三届全国少数民族文学创作奖"。长篇小说《无性别的神》于1997年获得中国作家协会"全国少数民族第五届文学创作骏马奖"。《无性别的神》是当代西藏文学史上一颗璀璨的明珠，被认为是一部"西藏的《红楼梦》"。作品以贵族德康家二小姐央吉卓玛多舛的命运、坎坷的经历为线索，通过央吉卓玛的成长历程和内心感受，从侧面展现了20世纪初中叶西藏噶厦政府、贵族家庭、农村和寺院的各种状况，再现了特定时期西藏的历史风貌，现代化进程中传统和现代的冲突对峙，以及西藏社会发展进程中所经历的痛楚的嬗变。

作者以独特的儿童视角和成长主题展开故事，叙述了一个女性从懵懂到走向成熟的经历，细腻的心灵描写与博大的社会历史生活再现交相辉映，作品充满深厚的民族文化意蕴，具有独特的文化魅力。

一、现代化进程中女性命运的真实写照

央珍的这部22万字的长篇小说，不追求故事情节的曲折离奇，而是以一种细腻舒缓的田园风景描绘手法，在精致中见宏阔，细腻中见博大，凸现了特定时代西藏的历史风云变幻。小说采用了儿童视角和成长小说主题，以央吉卓玛的成长经历来展开叙述，以其敏感细腻的心灵观照来呈现西藏的风云动荡，是一部典型的成长小说。成长小

说也称启蒙小说,在西方近代文学中,歌德的《威廉·迈斯特的漫游时代》被认为是这一小说类型的原始模型。成长小说的主题通常围绕着主人公的经历展开,叙述主人公成长过程中经历的各种遭遇,刻画主人公思想和性格的发展。主人公往往要经历精神和肉体上的磨难,在挫折和困苦的磨砺中长大成人,最并终对个体和社会有了深入透彻的认识。莫迪凯·马科斯认为:"成长小说展示的是年轻主人公经历了某种切肤之痛的事件之后,或改变了原有的世界观,或改变了自己的性格,或两者兼有;这种改变使他摆脱了童年的天真,并最终把他引向一个真实而复杂的成人世界。"① 成长小说重在通过一次次的现实或精神上的危机使主人公有了新的体悟,从而性格发生变化,实现精神上的一次次成长。我们可以将央吉卓玛的成长过程细致地分为几个时期,首先是被家人抛弃,离开拉萨之前。这一时期,她主要生活在德康府邸。由于在雪天降生,被说成是不吉利的人;弟弟因肺病夭亡,认为是她带来的灾难;父亲郁郁不得志也被看作是央吉卓玛造成的厄运。当6岁的央吉卓玛出现在我们面前时,她已经听惯了别人对她所说的没有福气、不吉利的话语,她对一些不公的指责也已习以为常,但她的内心却是极为敏感的。当她在外祖母家的府邸住了一个多月后回到德康府时,父亲病重,管家的"没有福气,的确没有福气"的话语使她有种刺心的痛,倍感凄凉,作品写小小的她"站在下马石边茫然环顾,在秋日的阳光下整座大院寂静冷清,散发出废弃的古庙般荒凉的气息"②,孤独的心灵感受到彻骨的寒冷。从此,她的行为开始改变,她不像原来那样刁蛮任性,对所有的一切感到茫然不安。父亲的死更让懵懂的她有了一种莫名的惆怅。父亲死后家境的衰落,母亲的忧伤,使得年幼的央吉卓玛陷入忧郁苦闷之中:"从此,央吉卓玛常常独自一人,静静望着天空中飘游的风筝,或者墙头的经幡,或者窗外夜晚的星星,会想出一些奇奇怪怪的问题,运气到底是什么东西呢?佛国到底在哪里呢?母亲为什么要哭呢?为什么过

---

① 芮渝萍:《美国成长小说研究》,中国社会科学出版社2004年版,第5页。
② 央珍:《无性别的神》,中国青年出版社1994年版,第1页。

去常来家中玩的老爷太太现在都消失了呢?自己真的是不吉利的人吗?"① 她开始思索自己的命运及周边发生的一切。第二个时期是在帕鲁庄园和贝西庄园时期。在这个时期,母亲抛弃她带着弟弟远走,央吉卓玛有了一种被遗弃的痛楚,即便是在睡梦中,央吉卓玛也害怕被抛弃,在她的心中,唯一的亲人就是奶妈。"奶妈呢?骡马队呢?都在哪儿?奶妈是不是也像母亲那样扔下自己远去?"② 年幼的央吉卓玛没有任何安全感。在帕鲁庄园仁慈的阿叔的怀里,央吉卓玛终于有了依靠和温暖,她和受到不公待遇的阿叔相互取暖,但久病的阿叔却最终离开了人世,央吉卓玛再也找不到快乐和慰藉。阿叔的去世给央吉卓玛很大的刺激,她像游魂一样在帕鲁庄园游荡,经历了新庄主的刻薄虐待,她的内心一片冰冷。当看到屠夫宰杀绵羊时,她充满强烈的怜悯之情,从羊的眼睛中央吉卓玛看到了自己,她想要逃避饥饿、尖叫和血腥。最终,她与奶妈逃到了贝西庄园。在贝西庄园,她再次感受到了久违的亲情,但仆佣拉姆备受蹂躏的遭遇让她内心充满同情。拉姆因为寒冷和困倦,挨着温暖的炉子睡着没能及时给少爷上茶,少爷就抓起火铲将火炉中的牛粪火倒入她的脖子,这给央吉卓玛以极大的刺激。"从此,一股刺鼻呛人的焦臭味伴随着拉姆痛苦地扭曲僵躺在污水中的形象,一直留在央吉卓玛的记忆中,以至,一闻到焦臭的烟味,总使她情不自禁地想起自己受挫折的命运。"③ 看到拉姆受难,敏感的央吉卓玛同时也看到了自己命运的不堪。在这一时期,央吉卓玛经历了情感的坎坷,既有温馨的渴望已久的爱,又有难以抑制的失去的痛苦,并且在这一时期由于生活的流离失所和辗转变迁,她的视野开始扩大,敏感的心灵感受到了难以抑制的伤痛。第三个时期是回到拉萨府邸及在德康庄园求学时期,回到拉萨,她再次领略到被歧视的痛苦。由于时局的动荡,她好奇地注视着周遭的一切,关押在德康宅院内的犯人,昔日四品官员隆康老爷的死去,世事的无

---

① 央珍:《无性别的神》,中国青年出版社1994年版,第17页。
② 央珍:《无性别的神》,中国青年出版社1994年版,第47页。
③ 央珍:《无性别的神》,中国青年出版社1994年版,第142页。

常,使她感到恐怖,有着一种强烈的怅惘和伤感。由于年岁已大,母亲认为如在拉萨上学会丢脸,就把央吉卓玛送到德康庄园求学。在德康庄园,央吉卓玛终于体会到了不受歧视、受人尊重的愉悦,她喜欢上了这里无拘无束的生活和人与人淳朴的交往方式,但当她的心一天天平静下来并充满喜悦之时,却又不得不听从母亲的安排回到拉萨,她感到万分难过和委屈。在回拉萨途中朝拜圣湖的时候,她再次问自己:"这世上有神灵有佛国吗?命运到底是什么呢?自己真的是个不吉利的人吗?为什么神灵不保佑我,让我成为一个吉利的人呢?"① 她对自己不吉利的命运发出了追问。第四个时期是在寺庙及解放军进城时期。回到拉萨后的央吉卓玛被母亲以摆脱尘世轮回之苦得到幸福为名送入佛门,久已遗忘的绛红色的宁静与温暖涌入央吉卓玛的心头,她愉悦地接受了母亲的安排。在寺院中,央吉卓玛感受到了心灵的平静,师傅的关爱使她的内心充满幸福:"看来我真是个有福分的人,原来居然到了这么美妙的净地。"② 这是她第一次感受到自己是一个有福气的人,并且为之而自豪。然而,在这样一个强调众生平等的佛法圣地,梅朵却因为是铁匠的女儿而遭到歧视,央吉卓玛陷入困惑之中。但当最终知道母亲送自己进入佛门的原因不是为了她的幸福而是为了省一笔嫁妆时,央吉卓玛的心掉入冰窟,再一次体会到了被抛弃、被愚弄的悲凉,从此,她开始怀疑所有的一切,不再相信别人。那种被忽视、被冷落,甚至被欺骗的伤心和自尊心受到的羞辱所带来的痛楚,在她的记忆中永远无法抹去。她觉得家人离自己更为遥远和陌生,在她心中一直被视为崇高和圣洁的寺院也变得越来越虚无缥缈。当解放军进入拉萨,央吉卓玛感受到新生活的感召,她兴奋地渴盼着某种变化,内心产生了一种神秘而清晰的感觉,最终毅然丢弃旧有的生活,开始了崭新的生活。

作品以央吉卓玛纯洁的眼睛去看待这个尘世的美好与污秽,温暖与残酷,写出了她懵懂时期内心的伤痛、无助,在成长过程中所经历

---

① 央珍:《无性别的神》,中国青年出版社1994年版,第238页。
② 央珍:《无性别的神》,中国青年出版社1994年版,第268页。

的挫折和磨难，在一次次的磨砺之后她开始变得坚强，由彷徨苦闷走向自我选择新生活。在央吉卓玛的成长过程中，痛苦与温馨并存，苦难与希望交织，她一直用柔弱的心灵和纯洁的眼睛打量着这个世界，在痛苦中找寻温暖，她孤独的灵魂始终没有停止追寻的步伐。当对家庭的亲情与温暖的追寻落空之时，央吉卓玛开始与过去的一切决裂。在解放军进城，将有一场大变动的时候，家人逃走抛下了她，这时的她非但没有感到伤心、难过，反而沉湎在一种松弛而愉快的心境中。在经历了各种痛苦后，央吉卓玛终于有了一次蛹化成蝶的绽放，内心变得坚强无比，开始了自我追寻之旅。作品以女性的成长经历再现了西藏的重大社会变化，以女性的敏感心灵观照着时代巨变带给人们的精神困惑。

在《无性别的神》中，民族历史风云的变幻与女性命运胶合在一起，女性的苦难悲欢与民族的苦难悲欢相映照，在对过往历史的呈现中，作者对女性命运进行了深切的观照。

伴随着央吉卓玛的成长，既有人性的温暖，又有刻骨的残酷。央吉卓玛与奶妈巴桑之间的温情，央吉卓玛与阿叔之间的浓浓血脉情，央吉卓玛与姑奶奶之间的亲情，央吉卓玛与拉姆主仆之间的真挚情感，央吉卓玛与师傅之间的情谊，这些温情在央吉卓玛心里总能泛起阵阵感动的涟漪。譬如作品写帕鲁庄园的阿叔把央吉卓玛拥入怀中，告诉她这就是她的家时，"央吉卓玛浑身一颤，顿时，时光倒流到两年前。她又一次闻到那股味，牵肠挂肚的温馨和黯然伤感的苦香，从中还透出一股隐隐约约的腐烂。那是她最后一次和父亲见面时闻到的气味。想到这，她的心头生出一种无可名状的悲伤，随即，她陷入迷雾中"①。在阿叔这里，央吉卓玛找到了不受歧视地存在的欢乐，"她渐渐与阿叔有了一种无法述说的亲密，渐渐恢复了自己消失已久的感觉，渐渐又回到了两年前父亲在世时的自己：任性、快乐、淘气"②。"她在心中比较着自己的父亲和阿叔，他们之间她看不出哪些是相似

---

① 央珍：《无性别的神》，中国青年出版社1994年版，第57页。
② 央珍：《无性别的神》，中国青年出版社1994年版，第60页。

的，但她觉得他们是同一种人，从后者身上她感到自己得到了更多而不确定的东西，同时还有一种新奇的感觉。"① 然而，欢乐与宁静是短暂的，残酷总是猝不及防地来临，阿叔去世给她以很大的打击，作者写央吉卓玛茫然的痛与哀："葬礼举行完毕。现在，太阳常常从空中隐去。现在，庄楼里总是空空荡荡冷冷清清。"② 她朝田野中奔去，她痛切地感觉到阿叔已经真的死去："阿叔已经死了，自己再也走不进那个房间，我再也见不到阿叔了，从今以后这世上再也没有人疼爱我了……"③ "她走过回廊，走下楼梯。她走进大经堂，走出酿酒房。她推开所有没上锁的房门，走进去又走出来。她朝所有挂着锁的门缝向里张望，一遍又一遍。她走下石阶，在幽暗的天井里来回转悠。她拉开庄楼的大门，向庄楼西边的小溪走去，长时间地朝溪水对岸的两座褐色水磨房打探。最后，她走进北山坡上的村庄中，从一间间由地里长出来般的农舍跟前走过……"④ 她终于病倒，她面对奶妈哽咽道："那怎么办呢，我只要待在庄楼里我就想阿叔，我一坐下来我就想哭，我心里好难过呀，奶妈。"⑤ 这样的话语写出了央吉卓玛的无助和孤独的处境。

央吉卓玛从出生就被人认为是不吉利的，幼小的心灵早已受到刺痛，很小的时候她并不在乎别人的说法，只是以大哭大闹来发泄所有的不满。但当听到一向维护自己的管家也指责自己不吉利的时候，她感到刺耳惊心、备受伤害。央吉卓玛父亲死后，母亲与管家偷情，只有6岁的央吉卓玛什么都不懂，作品写央吉卓玛通过纱窗看母亲的房间："管家悄无声息地出现在母亲的床榻后面，一看见他，央吉卓玛的心里便感到不痛快，她缩回了脖子。她更不愿管家看见自己。"⑥ 幼小的心灵备感压抑。当央吉卓玛进入寺庙，感受到所有人的尊敬，

---

① 央珍：《无性别的神》，中国青年出版社1994年版，第63页。
② 央珍：《无性别的神》，中国青年出版社1994年版，第73页。
③ 央珍：《无性别的神》，中国青年出版社1994年版，第74页。
④ 央珍：《无性别的神》，中国青年出版社1994年版，第75页。
⑤ 央珍：《无性别的神》，中国青年出版社1994年版，第78页。
⑥ 央珍：《无性别的神》，中国青年出版社1994年版，第15页。

她开始觉得自己是个有福分的人时,奶妈女儿达娃却说:"二小姐,您到现在还蒙在羊肚袋里呢,这大院中谁不知道太太是因为不愿给您置办嫁妆,是为了给家中省下一大笔钱,这才送您当尼姑呢。"① 这句话对央吉卓玛来说不啻于晴天霹雳:"她的脸部抽搐了一下,身体微微前倾,疑惑的目光直勾勾地盯着达娃,心里感到阵阵痛苦,感到一种混沌中的惆怅,感到神思恍惚,仿佛一个心神迷乱的人,脑子里有万千紊乱的思绪,同时却又是白茫茫的一片空白。"② 现实对央吉卓玛来说十分残酷。然而央吉卓玛在残酷中寻找温情,用温情去点缀与化解残酷,作品写出了女性柔韧的生命意识。

二、时代转折中的民族历史呈现

在《无性别的神》中,从作者所描写的历史事件来看,叙述时间段大致是从1940年到1951年西藏和平解放这一时期,这10余年间是西藏社会生活发生巨大变动的时期。这一时期,十三世达赖喇嘛圆寂,热振活佛上台出任摄政王,热振活佛被迫让位给达札,以及后来热振活佛与达札的争斗,僧人的暴动,噶厦政府的镇压,热振活佛被关押致死,一批跟随他的成员被肃反,和解放军进军西藏,新的时代风云的到来。这10余年是西藏历史风云迭起动荡的时期,然而,充满刀光剑影的热振与噶厦政府之间的势力火并,剧烈的时代风云动荡却通过小姑娘央吉卓玛的眼睛向我们描绘,难以承受的历史之重和生命之痛以一个善感柔弱的小姑娘的心灵体验呈现在我们面前。如热振活佛在政治斗争失败惨死后,他的同伙隆康老爷被关押在德康府邸,央吉卓玛小小的心灵不能明白为什么昔日荣光的老爷变成了现在衣衫褴褛的囚犯,备受侮辱,在死后还要被埋进乱坟岗,她感到惆怅和伤感。央珍是细腻敏感的,她的独特之处在于她能以小见大,让我们看到激烈动荡的时代风云变幻以及在历史风貌掩映之下心灵的颤抖。如通过隆康老爷的叙述我们得知央吉卓玛父亲的经历,央吉卓玛

---

① 央珍:《无性别的神》,中国青年出版社1994年版,第282页。
② 央珍:《无性别的神》,中国青年出版社1994年版,第282页。

的父亲曾是噶厦政府的四品大官,由于留学西方,所以思想激进,行为西化,与环境格格不入,时运不济,郁郁寡欢,年龄不到40岁就去世了。从侧面描写了西藏的改革派与顽固保守势力的斗争以及顽固守旧派最终的得势,改革派的没落,这些描写都有历史的依据。宏大的历史通过细腻柔婉的心灵呈现在读者面前,朴素的日常生活背后掩映着历史的刀光剑影。

在《无性别的神》中,西藏的典章制度和贵族风俗也自然而然地融入了作品之中。如小说写央吉卓玛的父亲死后,家族中没有男人就会失掉庄园。母亲起初不愿意找人入赘。但家庭越来越败落,从原来的大宅院搬到了一座独门小院,仆佣也少了许多,不久,母亲招赘了继父,母亲以德康家族的名分为他在噶厦处捐到了七品官位。后来因为这个七品官的收入太少,外祖母和姑太太就花银两为他换了一个收入更高的官职。我们从中可以看到贵族官僚制度的世袭性与腐败性。另外,我们在央珍的作品中还能看到央珍对旧西藏政治体制的细致了解,如她写央吉卓玛的母亲在德康庄园的时候去拜见当地的县长,描写县长的府邸建在高高的城堡里,在拜见时有一系列的礼仪,当我去考查西藏的典章制度和风俗的时候,可以看到央珍的这些描写经得起政治历史习俗的考验,细节的真实使得央珍的作品具有脚踏实地的真切感。

央珍很熟悉西藏的生活,在她笔下,西藏的风情风俗是自然而然的呈现,而不是为了吸引读者的眼光,与那些一味以西藏的神秘渲染来吸引读者眼光的作品有着天壤之别。央珍在谈到写这部小说的创作时说:"我在写这部小说的时候,力求阐明西藏的形象既不是有些人单一视为的"净土"和"香巴拉",更不是单一的"落后"和"野蛮"之地;西藏人的形象既不是"天天灿烂微笑"的人们,更不是电影《农奴》中的强巴们。它的形象的确是独特的,这种独特就在于文明与野蛮、信仰与亵渎、皈依与反叛、生灵与自然的交织相容,它的美与丑准确地说不在那块土地,而是在生存于那块土地上的人们的心灵里。"① 可以看到，央珍在写作时有意识去建构民族的和自我的立场，避免民族和个体成为一种符号化的象征，从而被隐没于主流文化的历史中去。在五六十年代的西藏文学创作中，民族特色表现为一些外在的特色，如雪域雄景，如经幡、玛尼堆、转经筒等物化的描写。而在八九十年代民族意识逐渐崛起的时代，我们能看到藏族作家在他们的作品中对民族精神的建构与追寻，但这种建构和追寻更多的是一种理念化的东西。在央珍的创作中，我们看到的是一种自然而然的藏民族文化内蕴的流露。作品在精神层次上展现了西藏10余年间的历史，对心灵的细致抒写与对时代风云变幻的勾勒融合在一起，使我们看到西藏噶厦政权的变动，看到贵族的生活，看到田园的清景与寺庙的生活。大的时代主题通过一个小姑娘的心灵感受呈现在我们面前，作品博大与细致，广阔与精微浑然融合。同时，央珍有意识地想用文学的方式呈现西藏真实的一面，显现了女性有意识地建构民族历史的努力。在作品最后，作者这样写道：

> 她想看看外面的世界，想看看汉人罗桑的家乡、拉姆学习的地方，想看看其他地方的人是怎么生活，还想看看这世道怎么个新法、会变成什么样。她不知道自己这样离开拉萨离开寺院对不对，不知道应该像法友白姆和德吉那样安心在寺院祈祷念经，还是走向另一个有广阔的平原有大海有人人平等的新地方？不知道自己会从此继续穿着袈裟还是脱下它，像拉姆那样穿上军装？她就这样，带着激动、带着新奇和几分渺茫，等待着踏上另一片土地的日子。
>
> 不久，在西藏地方政府官员和班禅代表欢送的哈达丛中，在中国人民解放军的锣鼓声中，在许多老人和僧人甩围腰甩膀子的唾骂之中，曲珍和她的同伴们爬上了一条条用绳子拴住的牛皮筏，在拉萨河夏日波涛滚滚的河面上，浩浩荡荡离开了圣地。

---

① 央珍：《走进西藏》，载《文艺报》1996年2月9日。

对新奇世界和制度的渴望正是文化交流和民族现代化的欲求，央珍以女性书写展示了女性在建构民族国家之途上的艰苦的心理历程。《无性别的神》是当代西藏文学史上的一部杰作。这部作品虽然篇幅不长，但却显示了广阔的社会生活画面。央珍以女性的视角切入，在对女性成长经历的描写中，呈现了西藏近百年的现代化进程，在不露声色中，展现了西藏刀光剑影的历史。独特的女性视角以及从中所传达的深厚的民族文化内蕴使得这部作品意蕴丰厚。

第二节 困顿现实中的女性人生面相

格央是当代藏族女性作家中成就卓著的一位，她在20世纪90年代走上文坛，以其独特的创作风格引起了广泛的注意。1996年开始文学创作，1997年获西藏作家协会颁发的首届"新世纪文学奖"，1998年获"全国少数民族文学创作研究新人奖"，2002年获"全国第二届春天文学奖"入围奖。

从数量上来说，格央的小说并不多，主要有短篇小说《一个老尼的自述》，中篇小说《灵魂穿洞》《小镇故事》《天意指引》，长篇小说《让爱慢慢永恒》等。作为一名女性，格央执着于自己对女性生存的独特体验，将自己对女性问题的思考融注在她的创作之中，她的小说大多围绕女性的情感经历展开叙写，重在通过日常生活去展现女性的生存困境，不渲染、不猎奇，在她的笔下有苦难，更有苦难映现下的俗世温暖。格央以女性细腻的内心去再现藏族女性在日常生活中所承受的重负以及她们内心的向善、美好、坚韧，对女性命运的关怀使得她的作品具有浓厚的悲悯情怀。

一、困顿现实中的女性人生

格央深深理解本民族女性的生存困境，她的创作往往以女性的敏感细腻，去审视雪域高原女性的心灵世界，她的小说主要围绕女性的情感和命运展开描写,在她的笔下,女性大多为现世的情感所困,她们寻求着心灵的解脱和幸福的生活,然而却生活在冰与火的边缘,感受着痛苦的煎熬,寻求着灵魂的解脱。

《一个老尼的自述》以第一人称"我"写来,抒写了一个女人的曲折坎坷的一生。8岁时即被父母送去寺庙做尼姑,习惯了寺庙的清贫和孤寂,16岁时因为姐姐的去世而被接回庄园代替她的身份嫁给一个贵族,开始俗世的生活。婚后,面对丈夫姐姐的刁难,她委曲求全,渐渐习惯以致麻木。进入婚姻10年后方感丈夫的温情,体会到做妻子的幸福。丈夫死后,克服重重困难,坚韧地带领孩子走向平稳人生。当所有的责任都可以放下,已到两鬓斑白的年龄,她选择了出家以寻找心灵的最终归宿。从最初的被动接受命运的安排,到最后主动选择心灵的归宿,她整整走过了一生。作品轻缓自如地写来,无忧无怨,道出了一个坚强隐忍的女性对生命的探索和追问。是追求灵魂自由还是追寻俗世生活,女性自觉地让自己承担生活的重担,不去逃避,不去躲藏,直面现世人生,让我们为女性内心的隐忍、坚强而感动。没有过多的矫情,有的只是生活的从容以及对美好人生信念的永不泯灭。在雪域高原,许多不为人知的女性就这样平凡地生活在这片土地上。作者格央活画出了这样一些默默无闻女性的形象,在她们的平淡生活中,我们看到了别样的人生情景与人生信念。

在《灵魂穿洞》中,作者同样去抒写了现世生活中女性的境遇和她们情感的悲欢。娣一生孤苦,有着一份深爱,但不能去接受,她的女儿妮为情欲所苦,追逐着想要的幸福,但连平静的生活也难以得到。身处高位的朗多太太,虽然享有太太的名分,但她一生却没有得到丈夫的爱。女性沉陷在爱与欲的漩涡中,备受情感的折磨。相对于充满生命活力的女性而言,作品中的男性是空洞无力的,朗多老爷尽管拥有美丽的妻子,但却没能拥有自己心仪的女人,一生充满着痛苦。而他的儿子松,却在酒、女人、赌博中成为一个毫无人性的浪荡子。从中我们可以看到纠葛的故事,看到人性的复杂与丑恶。朗多太太为了让女儿央能够得到自己没有得到的爱情,处心积虑地隐瞒了央是活佛转世的事实,让妮成为活佛,但最终,央还是毅然决然脱离红尘，走向佛门。而妮虽然当了活佛，却难敌红尘的诱惑，跟随医学院采药的学生次仁私奔，生下了瘫痪的女儿，最终却对这种家庭生活厌倦至极，遇上了有钱的松，便抛弃了次仁。岂知松却是个无情无义之人，在葬送完家产之后，又想来霸占娣和妮的财产，娣为了保护女儿，杀死了松，然后自尽，妮疯掉。这部作品人物情感曲折，故事性很强，凸显了两代女性坎坷的情感经历。女性的天空是狭窄的，一生追随求之不得的爱，陷入情欲的泥淖，无力自拔，最终走向毁灭。作者将女性的困境呈现在读者的面前，没有夸饰，只是自然的写来。从妮身上，我们看到了女性的欲望，以及在欲望操控下女性的疯狂与无奈。在央身上，我们又看到了女性对宗教的献身精神，尽管经历过波折，但向佛的心始终没有改变。在娣身上，我们看到了女性的高洁，隐忍以及作为母亲所具有的让人感动的母爱力量。俗世中有着太多的无奈和痛苦，女性就在这样一个困顿的现实中无力地销蚀着生命。

《小镇故事》中画师东葛的大女儿姆娣爱着一个并不爱她的人，被父亲以权衡利益的态度嫁给一个她不愿嫁的门巴，没有爱情的婚姻让她变得虚荣而乖戾，最终在生孩子的时候死去。虚荣的门巴内心喜欢能给他带来无限柔情但不能带给他脸面的女人央金，被镇上有威望的东葛选作女婿，他受宠若惊，于是抛弃了央金。在姆娣死后，门巴需要央金，央金再次回到他的身边。但当功于算计的东葛准备将小女儿雍宗嫁给门巴时，门巴毫不犹豫地再次将央金抛弃。雍宗和央金最后结伴出走，使得东葛和门巴颜面失尽。作品写了小镇的风情，人心的冷暖，像一副素描风景画呈现在我们面前。东葛家的四个女儿各自性格的发展和命运的起伏让我们看到了女性所面临的生存和情感的困境，而央金的遭遇让我们体会到门第观念给女性带来的精神和肉体的伤害。

在《天意指引》中，格央写了卓玉与林浩基、达旺之间的情感纠葛，当年卓玉深爱着林浩基，但因为误会两人永远地分手，与达旺在一起，她心里思念的却是林浩基，达旺深爱着卓玉，宁愿自己痛苦，也要成全自己心爱的女人，男子汉的气概使得卓玉最终深深地爱上了达旺，并以自己的生命来回报自己所爱的男人。同时，作品中还写了达旺的妹妹梅吉，因为哥哥的义气，她嫁给了三个男人为妻，忍受着自己难以忍受的生活，最终离开家庭，来到寺庙，却因为抚养卓玉的孩子收获了爱情和幸福。在这部作品中，既展现了卓玉对感情的执着以及她身上女性的野性之美，又展现了梅吉身上女性的温婉之美。在格央笔下，女性，因为对爱情和女性独立人格的追寻而显得光洁无比。

　　长篇小说《让爱慢慢永恒》围绕两位女性，姬姆措与嫂子玉拉的情感生活展开。来自安多的少女姬姆措在哥哥的小绸缎店里帮忙，命运使她与嘎乌府三少爷平杰相遇，两人擦出爱恋的火花。可是不久之后，为了替病重的父亲还愿，平杰不得不出家为僧。无奈之中，有了身孕的姬姆措在新年来临的前几天离家出走。同一天，嫂嫂玉拉也抛弃掉她的丈夫，与曾经抛弃自己的嘎朵离家出走。两人都经历过生活的坎坷。在相隔8年后玉拉和姬姆措又重新相遇了，此时的玉拉已经是失去丈夫的伤心妻子，她头发蓬乱，眼神暗淡无光，面色憔悴颓废。而姬姆措则在经历过苦难之后，有了新的爱情，获得了心灵的平静。整部作品视野宽阔，从拉萨到锡金大吉岭，寺庙到庄园，绘制出了一副广阔的画面。在这幅苍凉空旷的画面中，有女性对爱情的苦苦追寻，有对生命的思考，有对永恒平静美好的追寻。有苦难的现实，充满着女性苦涩而真实的情感追求。格央融入女性的生存困境，去展现她们在俗世中的困惑，有着深刻的女性关怀意识。

　　在当代西藏文学史上，格央独辟蹊径，写出了许多我们还未触摸到的灵魂。她以女性特有的敏感细腻去关照生活，体会雪域女性的欢乐与痛苦。在她笔下，普通藏族女性的命运呈现在我们面前，她没有去渲染，没有故作神秘，而是平实地去抒写，自如地表现普通藏族妇女的情感和她们的生活。

　　在格央的笔下，女性面临着各种生存或情感困境，不管是身居高位的太太小姐，还是普通农妇仆佣，她们都有着自己对生活的理解和追求，尽管在芸芸众生中，她们有着生存的苦难，在滚滚红尘中她们为情欲所苦，难以走出情感的泥淖，备受折磨和煎熬，然而她们始终没有对未来丧失信心，她们的灵魂亦因宗教向善力量的指引而显得高洁无比。在困顿的现实中，由于对美好未来的追寻，女性生命在苦难的映照下显现出迷人的光彩。

二、苦难映衬下的女性心灵

"文学不仅要写人世，它还要写人世里有天道，有高远的心灵，有渴望实现的希望和梦想。有了这些，人世才堪称是可珍贵的人世——中国当代文学惯于写黑暗的心，写欲望的景观，写速朽的物质快乐，唯独写不出那值得珍贵的人世。——为何写不出'可珍贵的人世'？因为在作家的视野里，早已没有多少值得珍贵的事物了，他们可以把恶写得尖锐，把黑暗写得惊心动魄，把欲望写得炽热而狂放，但我们何曾见到有几个作家能写出一颗善的、温暖的、真实的、充满力量的心灵？苦难确是存在的，可苦难背后还会有希望；心灵可能是痛苦的，可痛苦背后一定还有一种坚定的力量在推动人类往前走。"① 格央的作品总有一种温暖人心的力量的存在。作品洋溢着藏传佛教的宽容、忍耐，有着一种宽阔无边的精神性力量的存在。

藏传佛教的精神性力量倾注在格央的血液之中，她以自己博大的悲悯情怀面对尘世的一切。作品中的人物各自都有生命中的幸与不幸，都有内心的苦闷，然而每个女性的身上都有着我们难以企及的对生命的执着与坚韧。如姬姆措，她以少女的纯洁之心爱着平杰，然而这种幸福短暂而又恍惚，正当姬姆措准备献上她的一生时，平杰却要转身离开。平杰进了哲蚌寺，过往的欢乐全成了令人心碎的回忆，怀着身孕的姬姆措跟着商队艰难远走大吉岭，忍受了生活的磨难与儿子夭亡的锥心之痛。当尘埃慢慢淡定之时，她如水中的莲花，充满仁慈与生活的智慧，最终得到了吉苏亚的真心之爱。"他痛苦时，她出现了，自然而又天意。她痛苦时，他靠近了她，温暖而贴心。"她蛹化成蝶，显得温馨而又美丽，收获了幸福。而玉拉，她的一生更多的是盲目地追随爱，盲目地忍耐，在她身上，既有女性的坚韧，又有女性

---

① 谢有顺：《被忽视的精神——中国当代长篇小说的一种读法》，吉林出版集团有限责任公司 2009 年版，第 12 页。

的柔弱，然而，她的端庄、她的爱心又使她的灵魂显得高贵无比。因为宗教力量的照耀，在经历过所有的苦难后，她能坦然应对苦难的生活，还能怀着宽爱之心，面对杀死自己丈夫的士兵，她请求能够宽恕他们，对生命的尊重使得卑微的她的灵魂显得高洁无比。

在《小镇故事》中，央金的身上，同样有种女性的隐忍，她从内心深处喜欢门巴，将自己的所有一切都托付给他，然而门巴为了攀附门第，抛弃了她。在门巴妻子死后，再次需要帮助的时候，她抛弃前怨，来到门巴的身边，尽心帮助他，然而，在以为幸福再次来临的时刻，又再次遭到门巴的遗弃，终于看清了门巴的虚荣、无情，毅然与雍宗一起出走。女性最终从爱情的幻影中走出，开始了自我的追寻。作品写出了女性宽阔无边的爱，写出了她们无私的付出，以及她们精神上的追求。卓玉也是一位有着独立自我精神的女性，她勇于拒绝自己不想要的情感，追逐着自我的内心需求，显示了女性的独立意识和对美好未来的清醒认识与追寻。

在《一个老尼的自述》中，主人公"我"一生是很平凡的，情感似乎是波澜不惊的，但我们从中能看到她对丈夫、对亲人的深爱。正是因为这种爱，使得生命不再单调，在素朴之中有种华丽的色彩隐映其中：

> 经过那段岁月，我发现人生中最美丽的不是你所处的荣华富贵，不是你处处居高临下的地位，而是因你自己一步一步的努力，一步一步地克服而得到的肯定。
> 养一群孩子真是一件美好的事情，许多从你自己的人生中不曾得到过的东西，你会因为他们而得到。孩子是生命的希望，那么老人呢？这时候的我，已经白发初来了。
> 可是，年老又有什么关系呢？年老只是一种现象，它并不代表希望的失去。在我生命历程中所有有过的希望我现在都有，而那些痛苦，对两鬓银发的我来说，已经变成了美丽。①

---

① 格央：《一个老尼的自述》，载《西藏文学》1996 年第 1 期。

作品写出了普通藏族女性的人生经历，写出了经过岁月洗礼后对生活的朴素认识，写出了她们隐忍克制的灵魂和在苦难中坚韧的生命力。

在格央的作品中，我们看到的是寻常人生中生命的常态，有苦难，有平凡，有痛苦，有纠缠的爱欲情仇，有生存的残酷，有情感的无依，有内心的挣扎，然而藏传佛教的精神性力量潜存其中，成为人物内心的支撑，支持着人物走过他们的苦难，走过人生的春夏秋冬。因为宗教精神的照耀，因为女性对爱的执着追求，使得格央的作品有种温暖人心的力量。

在困顿的现实生活中，因为爱，女性的生命变得不再那么荒瘠。因为宗教的悲悯情怀及人世的温暖，使得女性在苦难的现世里不再感到冰冷，因为温暖的存在，即使有苦难，人世也显得珍贵无比。格央在她的作品中，为我们呈现了高原女性宽阔的心灵。

三、民族文化内蕴的呈现与雍容典雅的女性叙事

格央小说的叙事具有一种雍容典雅的特征，这种雍容典雅来自于作家个人的独特气质，来自于她作品中民族文化意蕴的自然流露，也来自于她作品中女性高雅灵魂的显现，还来自于她作品独特的语言风格。

在格央的作品中，雍容典雅叙事的底蕴是蕴藏在作品中的民族文化精神。藏传佛教精神性的力量贯穿在她的作品之中，使之成为人物的灵魂。格央很熟悉西藏的生活，在她笔下，西藏的风情风俗是自然而然的呈现，而不是为了吸引读者的眼光，藏传佛教的精神性力量融化在她的骨子之中，使之天然地成为西藏文化的载体，与那些一味以西藏的神秘的渲染来吸引读者眼光的作品有着天壤之别。回溯当代西藏文学的创作，在五六十年代，民族特色在作品中主要表现为一些外在的景观特色，如雪域雄景，如经幡、玛尼堆、转经筒等物化的描写。而在八九十年代民族意识逐渐崛起的时代，我们能看到藏族作家在他们的作品中对民族精神的建构与追寻，但这种建构和追寻更多的

是一种理念化的寻根。而在格央的创作中，民族精神内蕴自然地呈现在她的作品之中，通过对女性人生的抒写展现了西藏的世俗生活。从她的作品中，我们可以看到从拉萨到边境小镇，从城市到乡村，从贵族庄园到寺院的风情，她笔下的人物，有贵族老爷夫人、有活佛尼姑、有医生画师，更有许多为情所困的女子，这一切，作者都毫无渲染，平实地写来，民族文化的内蕴隐含其中。

因为宗教精神的照耀，格央笔下的女性人物都带有雍容典雅的气质。如《让爱慢慢永恒》，写两位藏族女性如何走过青春的四季，如何寻找爱情，如何在爱的寻找过程中艰难跋涉，她们怎么走过生命的困顿，来寻找灵魂的解脱，以及在现世中不得不承受的生命的悲欢。两位女性都承受了生活中太多的苦难，然而，她们身上始终保持着女性天然的优雅从容。如姬姆措，爱情的夭亡，心爱的男人当了僧侣，远走大吉岭，生下了孩子，承受生命的苦难，艰难哺育孩子，最后又失去了孩子，当所有的打击都来临的时候，她却一步步走向成熟，女性特有的优雅从容在她的身上展露无遗。同样，在《灵魂出洞》中，朗多太太和娣身上也天然地具有一种女性的从容典雅，而这些精神性东西的存在，使得格央的作品显现出了独特的魅力。

格央的叙事是一种充满内蕴的雍容典雅的叙事。譬如，在描写姬姆措前去哲蚌寺看平杰的这一幕，明明可以写得十分的悲痛伤感，但作者的处理却异常的平实，以一种克制的态度去写悲苦："兀地，她看到那张曾经亲切、温柔和揪心的脸，看到了曾经为之心动的笑容。他穿着一件崭新的红袈裟，肩上搭着黄布缠裹的经书，一边不太熟练地把袈裟往肩上披，一边愉快地躲着同伴的挑逗。辫子没了，一头短发，看上去显得更年轻、更轻松……姬姆措嗖地一下站起来，呆立在那儿，心里空荡荡又挤塞塞的。"① 格央冷静自然地写来，带有一份从容和优雅，然而这种从容优雅之下更能显示出姬姆措破碎的心。

格央的创作在藏族文学史上具有其独特的意义，她从女性独特的视角出发，关怀女性的生存现实，平实地去抒写女性的现世生活，透

---

① 格央：《让爱慢慢永恒》，太白文艺出版社2006年版，第28页。

射出深沉的人文关怀;同时,她的叙事也是带有民族内蕴的雍容典雅的叙事。在《雪域文化与西藏文学》中,马丽华曾这样论述格央的创作:"天真单纯也是一种美,尽管单薄一些。格央把它处理成纯净明丽的画面,并从那里传来低低的叹息。这是她的动人之处。同时,她的文笔美,与这幅画面相谐调,恬淡而不乏机智的叙述使画面生动起来。再有就是,我们仿佛很久没有听到有头有尾的故事了。"马丽华还说:"格央年轻,但起点之高是许多作者难比的,我们有理由喜爱她,并将充满希望地眼见她的成长。"① 这是马丽华在格央创作初期对格央的一个评价。格央的作品起点确实是很高的,我们从她最早发表的《小镇故事》《一个老尼的自述》中已经看到格央在构架故事、语言处理方面的能力。在随后的创作中,格央还在人物描绘的深度与内涵的丰富性方面进行了拓展,从天真单纯走向了厚实质朴,对人物的描绘也由初期的简单浮面走向了深入。

在当代藏族女性文学创作中,格央的创作具有其独特的价值,她的作品能沉入当下或历史,不矫揉造作,带有生命的质感,抒写普通藏族女性的悲欢,关注她们的生存困境,也展现了在宗教精神指引下女性宽阔的精神世界,带有浓厚的女性关怀意识,显现出了浓郁的民族文化色彩。

第三节 红尘中的痛殇与救赎

白玛娜珍是当代藏族女性作家中女性意识较为浓厚的一位,她的创作善于挖掘女性隐幽的内心世界,写出她们在现代化进程中精神上的困惑和追求。

白玛娜珍的创作从女性视域出发,题材不外是生活的点滴、人世的情感、男女的纠葛、宗教的情怀,然而在这些景象下往往隐含着作

---

① 马丽华:《雪域文化与西藏文学》,湖南教育出版社1998年版,第147~148页。

者精神上的追求，以及对永恒困境的探索。"好的作家，总是能够通过生活现象和世事变化，看到人心万象，看到生活背后始终存在的各种疑难。文学就是对精神疑难的探询，这个精神疑难，可能是永远也解答不了的，文学对这些问题的苦苦追问，就是为了使人类不断地自我反省。"①白玛娜珍作品中对现代女性的生存困境进行了细致的描绘和探索，她的探索是痛苦的，她笔下的女性往往陷入无可彷徨的境地，有着难以解脱的精神之殇，然而正是这种绝望的痛苦体现了一定的精神性力量，因清醒而绝望，因绝望而透彻，因透彻而探索，因探索而催生希望。白玛娜珍深刻地写出了女性的生存与精神困境。

白玛娜珍的长篇小说《拉萨红尘》《复活的度母》以细腻、忧伤和悲悯的情怀的情怀书写了女性的困顿人生，并将其放在历史进程和民族现代化的视野之中，由此将对女性的观照和民族历史与现状的思考紧密相连。

一、女性生存的困境的展现

白玛娜珍的作品表现了女性在现实生活中的困境及突围，然而最终迷失自我的困顿与无奈。尘世的喧嚣、生存的无奈、情感的空虚、理想的虚无是白玛娜珍作品的主题。《拉萨红尘》中的雅玛和朗萨，竭其一生都在追逐爱情，然而最终一切都成虚空。雅玛的情感周旋在三个男人之间，军医学校毕业后与同学泽旦结婚，在平淡的生活之中，与医院同事迪旧情复燃，然而只是肉体的享欢，找寻不到精神的抚慰，当昔日的同学徐楠多年后再现于拉萨，雅玛重又对爱情充满了幻想。泽旦后来经商，变得越来越世俗低劣，为了逃避无望的生活，雅玛借进修的机会来到上海，但看到徐楠挣扎在生存线上的拮据生活后，她终于离开徐楠，回到拉萨，与泽旦离婚。白玛娜珍通过雅玛的爱情追求写出了女性在尘世中的怅惘与自我寻找的过程。女性的困境是相通的，在两性世界中，女人和男人相互依靠寻找存在的温暖又相

---

① 谢有顺：《从密室到旷野——中国当代文学的精神转型》，海峡文艺出版社2010年版，第119页。

互排斥。然而像雅玛这样的女性，她把所有的追求都建筑在男性的身上，注定了这种寻找只能归为虚无。"男人可以在其合理选择的过程中组建自己的未来，而女人的本性则决定了她的行为，限制了她的思维，使她永远只能依靠情感而度过一生。"① 在作品中，我们可以看到雅玛一次次地对男人失望。泽旦，这个最早让她极度渴望的男人带给她的只是第一次堕胎的冰冷记忆以及婚后生活的无望；迪，也只是给她带来身体上的记忆与远离的愁怨；而徐楠对于雅玛来说只是一个像弟弟一样只能引起她怜惜的男人。在与这三个男人的周旋中，雅玛一次次地绝望，在绝望中，她甚至与一个只有一面之缘的男人在医院肉体放纵，从而使得一个无辜的生命逝去。雅玛就生活在这样一个充满放纵气息的尘俗之中，在男人身上寻找希望，最终陷入困惑和绝望的境地。

作品中的另外一个女性朗萨，是雅玛的好朋友，在军医院校上学时被所谓的爱情哄弄，相信了一个看似单纯的农民的孩子，感受到的却是耻辱。朗萨等待着爱情的到来，从遥远的藏、回、汉杂居的西藏边缘地带来拉萨朝圣的莞尔玛终于来到了朗萨的身边，朗萨说："莞尔玛，亲爱的人，带我去吧，我要跟随你，从'今生的泥潭中奔赴解脱的干地'！"② 两人最后离开红尘滚滚的拉萨，遁世隐居。可以看到，朗萨与雅玛实质上是同一个人，两人是异人同体，两人的个性没有太多的区别，朗萨的追求与雅玛没有任何的不同，都是把个人的悲欢建立在男性的身上。

在现实的生存困境中，我们看到，白玛娜珍笔下的女性对男性是无比失望的，雅玛遍寻不到理想的男性。在与男性的情感纠葛中，女性的内心游移向同性之爱。作品写出了女性的自恋意识，在作品的开头，写雅玛"她去抚摸那身体，试着从肩，一点一点……一阵奇妙的快感传遍了周身，她不得不闭上眼，又有些迟疑，胆怯。它们的战

---

① 张京媛：《当代女性主义文学批评》，北京大学出版社 1992 年版，第 11 页。
② 白玛娜珍：《拉萨红尘》，西藏人民出版社 2002 年版，第 111 页。

栗，使她不由自主。它们在她之外，仿佛遥不可及……"①。此外，作品还写朗萨和雅玛在一起，"微风吹散了她的长发。她粉色的乳头上，一滴水珠轻轻落下去，碎了。我用指尖去触那湿渍，又把湿的手指尖按在她的乳头上。……夕阳随着我纤细的手指在雅玛身上游动。我激动不安，我抚摸着她颀长的手臂，纯情的锁骨，吻她刚生长出来的花蕊一般粉色的娇嫩的乳"②。通过女性之爱，或者说是隐藏在内心的自恋，由此揭示了女性对情感的极度渴望与女性内心深处不可知的隐秘渴盼。

《复活的度母》是白玛娜珍的第二部长篇小说，抒写的同样是女性题材。与《拉萨红尘》相比，作者的视野更为幽广，对女性心理的描写更加细致与深入。通过琼芨及茜玛两代女性心理的悲欢展现了时代变化中藏族女性所面临的处境，以及陷身于其中的无奈与难以超越。琼芨是希薇庄园里最小的小姐，生活在霞光萦绕的充满爱意的庄园。然而命运之神早已注定琼芨这一生会历尽劫难。16岁这一年，西藏的时政发生了变化，曾经抛弃琼芨的父亲参加了反革命暴乱，这使得希薇庄园受到牵连，家产被没收，此时，她的活佛哥哥也在一场大火中去世。曾经拥有的荣华与美好现在都成幻影，家庭的灾祸近在咫尺。琼芨不愿顺从命运，独自去往拉萨，寻找一位叫刘军的官员。在刘军的帮助安排下，琼芨先在农场当上了一名普通的工人，后被派往内地学习深造。在内地学习期间，情窦初开的她与英俊的巴顿相恋。但在巴顿毕业回拉萨之后，琼芨的汉语文老师、学院的才子雷也爱上了这个美丽纯洁的藏族少女，并使琼芨初尝禁果并怀孕。琼芨被学校强行堕胎，雷被作为反革命强奸犯放逐内蒙古草原。琼芨从学校返回拉萨，与巴顿匆匆结婚，生下了儿子旺杰。"文化大革命"时期，因不同的立场和派别使琼芨与巴顿的婚姻出现危机，再加之巴顿身边所环绕的女性，巴顿与琼芨分居。这时，从前在农场的战友洛桑突然出现在她的身边，说他一直爱着琼芨。琼芨开始和洛桑暗中约

---

① 白玛娜珍：《拉萨红尘》，西藏人民出版社2002年版，第1页。
② 白玛娜珍：《拉萨红尘》，西藏人民出版社2002年版，第37页。

会,并怀上了茜玛。琼芨与巴顿的婚姻破裂,与洛桑结合。不久,琼芨的家庭成分被揭露,被单位免职,沦为一名清洁工。洛桑因此受到牵连,被下放到某干校学习改造。在为姐姐曲桑姆秘密进行临终救度时,失踪多年的活佛丹竹仁波切悄然出现,他曾是琼芨大哥所在寺院的转世。他为琼芨的姐姐做超度法事,并在生活上给予琼芨和孩子们多方关爱。前世的种子已经萌芽,命中的劫数再次降临,琼芨爱上了活佛。洛桑终于发现琼芨的隐情,琼芨与洛桑的婚姻名存实亡。10年"文革"终告结束,洛桑与琼芨离婚,琼芨内心深处一直渴盼着丹竹,但丹竹却远走印度学佛……小说中琼芨的命运让人不无唏嘘之感。作者将琼芨的命运放在时代变迁中去展现,女性生存空间是如此的狭小和冰冷,难言的情感悲欢与政治劫难相互交织,重压着柔弱的女性。此外,作品中琼芨女儿茜玛的故事与琼芨的故事交错展开,以茜玛的情感经历来作为另一条情节线索,茜玛经历了画家老岩、来自印度的藏族青年洛泽、普萨王子、年轻的活佛甘珠的情与欲的纠葛,在红尘中迷失了自己。"爱情早已幻灭,人生不过是一场苦难的烈酒。世界离我们已越来越远了;老岩、我的初恋情人普萨王子以及后来的洛泽、甘珠——他们走过我青春的四季,已永远消失。"① 母女两代有着很不同的生活经历,然而她们内心对情感的渴求又一脉相承,永远在情与欲的漩涡中挣扎。在《复活的度母》中,通过琼芨及茜玛两代女性情感的悲欢,可以看到时代转折过程中女性断裂的心扉。白玛娜珍在作品中还写出了畸形的情感变异和人性的变态。琼芨嫉妒儿子旺杰与媳妇黛拉之间的情感,变态地索要儿子的温情,茜玛对哥哥旺杰也有特殊的情愫,变态地排挤与孤立黛拉,使得旺杰与黛拉最终离婚。白玛娜珍对女性之间互相排斥和女性得不到情感满足之后的变态欲望的描写,呈现了女性自私、阴暗的灵魂一隅。

  白玛娜珍的作品以女性的情感纠葛为中心,揭示了女性在情爱追求中的痛殇。作为一名接受过现代文明洗礼的藏族知识女性,白玛娜珍能够站在高处,以知识女性的敏感,在滚滚红尘的顶端,探看芸芸

---

① 白玛娜珍:《复活的度母》,作家出版社2007年版,第334页。

女性的生存现状，在作品中对女性的生存困境进行了细致的描绘和探讨，她的作品围绕女性生活去展开，对其笔下的人物寄予了深深的理解与同情，展露了对现代高原女性精神的痛彻洞见。在白玛娜珍笔下，女性的天空是狭窄与拥挤的，所有的悲欢都围绕男人展开，女性缺乏的是自我的体认与追寻，她们存在的幸福是建立在男性体认的基础之上的，她们终其一生不过是在寻找男人，情欲与生命相始终，悲剧因此而无休止。在《拉萨红尘》中雅玛遍寻不到理想中的男性，只能退回自我，并以此来保护自己敏感的心灵。《复活的度母》中琼芨及茜玛在男人的泥淖中打转，得到的只是伤痕累累，最终使得琼芨沦为一个变态的老妇人，而年轻的茜玛也经历了带有几分美好、带有几分希望然而更多的是绝望的情欲之旅，现实冰冷而琐碎，欲望却时时充斥人物内心，难以熄灭，让女性战栗与疯狂。

白玛娜珍写出了女性强烈的欲望，以及对自我、对男人、对整个世界的无望。在《拉萨红尘》中，雅玛柔弱而韧性的生命力化为对生命原欲的追寻，对情感世界的执着；在《复活的度母》中，琼芨强烈的情欲转化为变态的心理，对儿媳百般嫉妒，正是在这样一种生命的非常态中，我们看到了作品中人物身上炽烈的生命力，所以，白玛娜珍笔下的女性并没有因为生活和情感的压抑而扁伏在地，而是站立起来，内心充满张力，是有力量的，她们的力量在于追寻，在于对生活中并不存在的美好的追求，在于对这个充满尘俗气息的绝望世界的不妥协。虽然这个无望的追寻也许带有破坏性，但这种潜藏在内心深处的向往与追求对女性来说至关重要，她们都在爱的寻找的过程中迷失了自己，陷入痛苦的绝地，作品对女性的人生充满着一种透彻心骨的绝望。白玛娜珍以女性视角出发，对知识女性的心理及其精神困境的描写显得真实而犀利。

二、女性精神困境与宗教的救赎

白玛娜珍关注女性人生，她看到了女性生存的困境，看到了宗教生活的困境以及女性在现代化进程中难言的悲歌。在现代化进程中，传统的一切都在发生变化，白玛娜珍对此是绝望的，她将她的绝望浸透在她的作品之中，以女性的敏感去揭示在现代文明进程下女性的内心世界。作品中的女性，陷于痛苦的泥潭之中，走不出情感的宿命，理想中的彼岸世界永远不会到达，而现实总是显露出它狰狞的一面。女性，如何能够找到自己的伊甸园？这不仅仅是作品中人物的追问，更是白玛娜珍自我的追问。白玛娜珍对她笔下的女性是怀着感同身受的关怀的，她不仅写了欲望，这欲望包括肉体的、心灵的欲望，还写了精神，写了有追求的灵魂。如何在这纷纷扰扰的尘世，让心灵不再有尘埃，让女性不再有磨难，也许是白玛娜珍作品探索的意义所在。作为一名女性，她深刻地体会到了女性在现实世界中的无奈，将女性绝望的深渊呈现出来，给人以清醒的刺痛。

在白玛娜珍笔下，女性的命运是多劫的。《复活的度母》中的琼芨，孩童时代是那样的幸福美好，有着慈爱的母亲、温暖的继父、美丽的姐姐、疼爱自己的哥哥，然而时代风云的到来，使所有的一切化为泡影。倔强的她为了逃避命运的安排，走出家庭，外出寻找庇护，以为这样就能走出劫难。然而家庭出身的阴霾如影随形地跟随着她，让她的生活有着无穷的苦难，而且，看似美好的情感给她带来的只有累累伤痕。对现世情感的绝望，使她的内心倾向于给她带来心灵温暖的活佛，以为能有久远的慰藉，然而所有的一切最终都成为泡影。曾经纯洁饱满的琼芨失去了心中最后一帘幽光，变成一个心胸狭隘的变态老女人，在一心想保住此生唯一的一个男人——儿子的癫狂中，制造了儿子的婚姻悲剧。政治是无情的，情感是不可捉摸的，政治的风云落在一个女子的身上，情感的困惑又纠缠着她，所有的这一切都给主人公带来无法承受之重。作者写出了历史政治风云对女性的挤压以及女性在困境中的突围，对女性的描写有着较强的审视意味。

在《拉萨红尘》中，雅玛迷失在商品化大潮之中，她身边的男人全为物质的欲望所裹挟，迪想在西藏寻求让他一生都得以温饱的宝物，泽旦原本清净向上，最终也陷入堕落的生活，徐楠则在上海被生活所挤压。雅玛理想的纯净爱情追求在这些男人身上永远不可能实现，她的追求因此显得与这个物质社会是那样的格格不入。然而希望永远不会泯灭，正如《拉萨红尘》结尾的时候朗萨所听见的召唤：

"我是一汪停泊经年的湖泊／每一天的宁静／封冻着激情／你是否为我化作雪山矗立／而爱如寒剑／心被离分／你无上的圣莲／是否为我唇上的火焰／绽开燃烧的春天。"① 女性对两性之爱的永恒追求使她们堕入困苦的境地。

如何使女性不再在红尘之中苦恼，如何使女性走出生命的困境、走出迷失的天空，白玛娜珍体察着女性的精神困境，进行着痛苦的思索。在白玛娜珍的作品中，宗教似乎为人们提供了灵魂救赎的道路。曲桑姆，希薇庄园美丽的大小姐，她曾经那么沉静美好，在家庭遭受劫难之际，为了了结前世与今生的尘缘，将自己交付给了牧人平措，在贫穷的生活中，变成一个蓬头垢面的酗酒老妇，在病痛中遭受折磨，但在将逝之际，丹竹仁波切的法音使她回复了生命的尊严，面容呈现出无限恬静，沉浸于憧憬之中。宗教的力量最终解除了一生磨难造成的心灵的粗糙，让将死的心灵有了尊严，重新再回到恬静与美好之中。而琼芨，只有与丹竹在一起时，才享受到生活的平静与美好，感到有了依靠，她在丹竹面前，永远如孩子般的信赖，这种信赖与宗教情怀是联系在一切的。丹竹心中也爱着琼芨，最终分离时给琼芨留下了一箱足以保证她今后生活的财物，他对琼芨是真心的疼爱，但丹竹却担负着宗教的使命，在离别时他泪流满面地对琼芨说："琼芨，月亮和太阳的光辉遍照大地，但却有自己的轨迹，所以我和你，我的使命也使我不能有个人的生活，我所能做的，就是证得日月一般的明光，回去给有情众生，当然也包括你。"② 丹竹这样一种宗教的慈悲的情怀，成为作品中一种温暖的力量，温暖着琼芨，成为琼芨苦难人生的一份依靠。

然而，在这宗教救赎的情怀下又有着白玛娜珍隐隐的忧患，丹竹是深爱着琼芨的，他们之间的情愫也是作品中最让人感动的，但通过琼芨女儿的眼睛去观望，看到的却是丹竹对她母亲最无情的施舍，因为他没有给母亲真实的爱，而任由母亲枯萎。宗教与世俗情感的矛盾

---

① 白玛娜珍：《拉萨红尘》，西藏人民出版社 2002 年版，第 292 页。
② 白玛娜珍：《复活的度母》，作家出版社 2007 年版，第 315 页。

在白玛娜珍笔下得到了呈现。六世达赖喇嘛仓央嘉措在他的情歌中这样写道："我观修的喇嘛的脸面,却不能在心中显现;没观修的情人容颜,却在心中明朗地映见。"写出了宗教与世俗的冲突。在《复活的度母》中,我们同样看到了宗教与世俗的纠葛,琼芨深爱着丹竹仁波切,丹竹仁波切也对琼芨深怀爱恋。但为了弘扬佛法,丹竹要抛下尘俗的一切,远去印度。当丹竹仁波切和琼芨告别的时候,看到丹竹的泪流满面,琼芨只能露出无望的笑容。活佛的悲悯情怀与琼芨的无助让人体会到现世世界中情感的无奈。当琼芨含着泪水追问丹竹:"您能告诉我,为什么,人的心里总是那么苦……为什么会有那么多不如意的事?"丹竹凝视着琼芨,忧伤地叹气说道:"我们的佛经里说:要想了知前世的罪孽,看我们今生的报果;要想得到来生的福报,也要看我们今生如何作为……"而琼芨泪流如注地说:"可是,丹竹仁波切,无论前世和来世怎样,我却活在现在,感受到的只是人的生命这么短,这么苦……"① 灵魂的苦难显得如此之重,宗教的力量在拯救女性精神的荒芜的同时,又有着许多难以企及之处,女性情感之压抑永无解脱。

面对现代化进程中物质的泛滥,宗教能否继续给人们提供精神的救赎,白玛娜珍是犹疑的。作品中的新一代活佛甘珠有着时尚的外表,开着女施主提供的跑车,和女朋友在拉萨街头兜风,穿着上万元一件的毛衣,听着流行的歌碟。这与丹珠仁波切有着太大的不同。作品通过茜玛的口写道:"我是这样一个女人,渴望奇迹。甘珠,年轻的转世,我原以为,但我得到的仍然如此平庸,我的内心仍然如此寂寥。"② 琼芨爱着活佛丹竹,但却不能与他永远相依,内心充满悲苦,茜玛得到了活佛,却也无法获得心灵的充盈。作品弥漫着浓厚的宗教氛围,然而在这个物欲横流的时代,宗教又能给人们提供多少精神的力量,永恒的救赎和希望又在哪里?

在《拉萨红尘》中,白玛娜珍为雅玛和朗萨安排了两条出路:

---

① 白玛娜珍:《复活的度母》,作家出版社 2007 年版,第 249 页。
② 白玛娜珍:《复活的度母》,作家出版社 2007 年版,第 235 页。

女性投身于事业和女性隐遁于宗教。由此我们也看到白玛娜珍的困惑，女性的出路是在哪里，现实的事业，还是宗教的隐遁？在现实和宗教中，女性如何能够获得心灵的解脱与满足，这两条道路哪一条能够使女性走出内心的困顿，直达幸福的彼岸，白玛娜珍也难以抉择。

如何使得女性不再幽闭于狭小的情感，如何使女性获得自由的天空，白玛娜珍是矛盾的。怎样将女性从苍白的内心生活中解救出来，如何从红尘中复活，白玛娜珍以其细腻的笔触为我们提供了对现代高原女性命运的思考。她将女性的情感遭遇与社会时代的变迁相联系，由此对女性命运的思考便带有民族审视的意味，而这正是白玛娜珍作品的意义之所在。

第四节　民族生存困境下的女性人生

梅卓著有长篇小说《太阳石》《月亮营地》，短篇小说集《人在高处》《麝香之爱》。她的创作为我们呈现了安多青海藏族地区独特的人文景观和历史风貌，显现了鲜明的民族立场和对民族精神复兴的诉求。

梅卓的长篇小说《太阳石》和《月亮营地》无疑是梅卓所有作品中分量最重的，最能体现她的民族立场和民族想象的作品。这两部作品抒写了特定时代安多青海藏民的生存困境，展现了作者对民族历史的追思与反省，具有鲜明的民族特色和强烈的女性意识，独特的民族内蕴使其作品迥异于汉族作家的创作，同时大气豪阔与雍容典雅兼备的叙事又使其与其他藏族女性作家的创作相比，显现出不同的风貌。

一、民族历史的追溯与重构

梅卓出生在位于藏地三区的安多藏族地区的青海，虽然长在城镇，学习的是汉语，无论日常生活还是思维习惯，都相对疏离于安多的藏民族传统,但血液中深藏的民族根性,使得她成年之后重回故乡时,找到了自己文化精神的原乡,那就是青海的伊扎大草原。草原上那千年的历史风云,深厚的民族文化积淀,深深地吸引了梅卓,由此,她将对故乡的深情、对民族历史的追思融注在对伊扎大草原的描绘之中,并以此来建构她笔下的文学版图。

民国时期,各地军阀割据,青海藏族地区则直接沦为马氏家族的统治辖区,该家族掌握青海军政大权40年间,为了维护其封建统治,对各族人民采取了制造矛盾、挑拨关系、军事镇压及经济掠夺的反动政策,而对玉树、果洛、黄南等地的藏族部落进行了更野蛮的统治和更惨绝人寰的血腥镇压,犯下了不可饶恕的罪行。梅卓追溯民族既往,将安多草原藏民部落苦难的历史和生死存亡的危机呈现在读者的面前,她的长篇小说《太阳石》和《月亮营地》在对安多伊扎大草原部落纷争的描写中呈现了宏阔的历史风貌,通过揭示马氏家族对藏族部落的剥夺和镇压展现了民族生存的困境,并以一种理性精神对民族痼疾进行了批判。她的创作拓展了藏族文学的题材范围,为当代藏族小说创作提供了一片崭新的风景。

追溯民族历史,抒写安多草原上的部落纷争,张扬民族精神,批判民族痼疾,是梅卓小说创作的鲜明主题。《太阳石》中,贯穿全书的线索是伊扎部落与沃赛部落之间的争斗。伊扎与沃赛常常为草山等纠纷而常年不睦。多年前,伊扎千户为使两部落和睦相处、共同兴旺,将自己的妹妹下嫁给沃赛部落的头人,这样,两部落相安无事了几年,但等头人夫妇去世,部落大权传到了其弟弟手中,他把哥嫂留下的两个孤儿送还给伊扎千户,至此,两部落的关系再次紧张起来,为了争夺领地而处心积虑地争斗。长年绵延的争斗,消耗了各自的实力,并使得觊觎已久的马家军团获得了机会,由此,草原部落蒙受了毁灭性的打击。伊扎与沃赛之间的矛盾实质上是由县府引起的,县府将一份地的地契造了两份,一份卖给了伊扎,一份卖给了沃赛,引起了不明真相的两个部落的争斗。狡猾的索白联合县府的士兵攻陷了沃赛部落,沃赛头人被索白射死,夫人自尽,儿子嘎嘎不知所终,沃赛部落肥沃的草场成为县府的一个军马场,沃赛成群的牛羊成为索白的家畜。然而县府的目的是逐渐消灭和占有草原上的所有部落,最终伊扎部落也沦为了一片废墟。作者批判了民族根性中的蒙昧自私、冥顽狭隘,张扬了民族团结的理性精神。

《月亮营地》中的头人阿·格旺鼠目寸光、自私愚笨,缺乏抵御外侮的民族意识,在章代部落遭受灭顶之灾时不愿伸手援助,使得章代部落沦为废墟,大女儿阿·吉失去了丈夫,并且因为贪婪和自私,不肯将昔日情人尼罗灵魂附身的白尾巴牦牛卖给甲桑,由此酿成了一系列悲剧。尼罗深爱着阿·格旺,但尼罗在世的时候阿·格旺不懂得珍惜,在尼罗死后,他却沉浸于一己的悲欢之中。部落里的年轻人喝酒斗闹,把勇敢剽悍消磨在无谓的争斗和个人的恩怨情仇之中,浑浑噩噩地浪费着青春和生命。经历马家军团的一连串的打击,在即将面临灭顶之灾之际,部落之间终于体会到唇亡齿寒的切肤之痛,月亮营地的人开始觉醒,阿·格旺、甲桑、云丹嘉措等开始捐弃私人之间的恩怨情仇和利益争斗,联合起来团结御侮,为争取民族生存而并肩作战。

梅卓的这两部作品都是将部落命运放在生死存亡的危急时刻,作品中都有一个共同的敌人反动兵团,作品的主题都是张扬民族团结,都有着浓重的反思色彩。在抒写民族精神逐渐站立的同时,梅卓笔触的重点还落在对阻碍草原发展的民族痼疾的批判上面。索白和阿·格旺作为部落头人均自私愚昧,不知道唇亡齿寒的道理,在民族危亡之际,陷身于内讧之中,最终使草原部落遭到灭顶之灾。在《太阳部落》中,索白不顾曾经的亲情,去攻打沃赛部落,沃赛部落头人的夫人说:"索白,当年你曾答应过与沃赛部落共存亡,我把最心爱的妹妹嫁给了你,可是想不到你这么快就违背诺言,把枪口对准了自己的同胞,算什么男人?今天沃赛部落血流成河,明天伊扎部落就会充满灾难,一切全是你一手所为,这笔账会算到你头上的,上天有眼,你终会得到报应!"① 部落之间只为个体的利益着想,在内讧之中消磨了实力,最终使得草原上的部落遭到了马家军团的屠戮。

---

① 梅卓:《太阳石》,太白文艺出版社 2006 年版,第 149 页。

作者以理性的眼光审视民族发展过程中的盲目保守，指出正是由于狭隘短见、个人恩怨和蛮勇无知使得草原部落惨遭劫难。与此同时，作品还呈现出了一种民族精英意识："索白坐在自己的经堂里，看着满壁的经卷。县府、省府里的军政要员中没有一个是藏人，因为语言不通，文字不通，所以无法使人理解自己的民族，更无法受人尊敬，你的文字神秘莫测，你的文化不可为外人知道，你的习俗与思维简单而又复杂，你善良的心灵被取笑和利用，你的一切被推入山凹，即将埋没。"① 虽然这些心理描写与索白的形象不是很符合，显得有点突兀，显然这是梅卓借索白之口表达出来的民族诉求，但正是因为这样的表述，让我们听到了民族作家浮出地表的声音。

梅卓有着强烈的民族情结，她找到了自己的精神原乡，将自己对民族历史的反思融注入自己的作品之中，在面对民族文化根性中的痼疾的时候，有着一种感同身受的痛苦与悲哀，她以对藏文化的痼疾进行反思和批判的精神建构着自我的民族文化身份。她的作品写出了藏文化在强势文化面前所面临的困惑与挫折，企望以惨痛的民族记忆来唤起潜存的豪猛威武的民族精神。

二、女性命运的关怀

抒写儿女情仇，凸显女性意识，是梅卓长篇小说创作的另一个重要特点。

在梅卓的作品中，构架故事的线索大致有两条，一条是部落纷争，一条是儿女情仇，民族叙事与女性叙事相互交织，在民族叙事中凸显了藏民族儿女难言的情感悲欢，蕴含着浓烈的女性意识。

爱是一种永恒性的话题，因为爱的存在，尘世才会变得不那么荒芜。在梅卓的作品中，爱是炽烈的，以生命相许的。在梅卓的作品中，洋溢着一种原始的生命力，她笔下的人物可以为爱而生，也可以为爱而死。在《太阳石》中，伊扎部落老千户大人深爱自己的妻子，在妻子去世之后，千户大人也伤感而逝。沃赛部落的头人被索白射死

---

① 梅卓：《太阳石》，太白文艺出版社2006年版，第94页。

后，头人妻子自尽在自己丈夫身边。这是怎样的一种深爱，才能以自己的生命作为交付，感天动地。

然而，在梅卓的作品中，更多的是女性爱的无奈、爱的伤痛。她笔下的女子大多为爱所困，沉陷在爱的苦海之中，在情与欲的纠缠中尝尽辛酸。在《太阳石》中，贵为头人之妻的耶喜，享有荣华富贵，一生却受尽情感的折磨。她不爱索白，却因部落的利益被姐姐嫁给了索白，尽管她在索白面前可以恣意而为，但享受不了丝毫的快乐，她占有了与情人相像的管家完德扎西，却没能占有他的心，在完德扎西死后，她投河自尽，被汉人教师救起，她的情感开始转向这个汉人，但这个汉人却胆怯地后退。耶喜的一生，是痛苦挣扎的一生，在情感上永远没能完满的一生。桑丹卓玛的丈夫嘉措在女儿香萨2岁的时候，离开伊扎部落，做了劫富救贫的英雄好汉。桑丹卓玛承受着生活的艰苦，得到了洛桑达吉的照顾，孤苦的她爱上了洛桑达吉。但洛桑达吉却没有勇气与倾心相爱的桑丹卓玛私奔，任由桑丹卓玛悲苦一生。尕金的母亲阿多因为年轻时遭到有钱丈夫的抛弃，便将这种被抛弃的怨恨和痛苦变态地发泄在对他们新婚时所用白毡的日复一日的鞭打上。她的女儿尕金认为是钱给父亲带来了自由，所以她选择了一无所有的长工作为自己的丈夫，但婚后丈夫却整日酗酒，终有一天又离家出走。虚荣的尕金幻想能够当上百户大人丹增才让的夫人，得到的却是侮辱，尕金认清现实，诱惑洛桑达吉做了自己的丈夫，但洛桑达吉深爱的却是桑丹卓玛。尕金和她的母亲一样，需要的是一份真爱，尽管她用尽了各种方法，但却无法得到一份真爱，孤独的尕金像自己的母亲阿多一样，只能鞭打与洛桑达吉新婚时所用的白毡，发泄着心中的郁闷和难言的痛楚。而厨娘万玛措与其女儿的悲剧更是让人感伤。万玛措爱着索白，但索白对万玛措却只是玩弄，承受不了打击的万玛措跑回家中，失魂落魄中把碱面当盐撒入茶壶中，丈夫扎西洛哲却以为要毒死自己，委屈伤心的万玛措义无反顾地跟着杂货商出走。沉浸在对妻子的诅咒之中的扎西洛哲，当看着姿态如妻子一样的女儿时，就把仇恨发泄在与母亲相像的女儿身上，"她的美丽，使村里的姑娘们羡慕，却使她的父亲感到痛苦。他一看到女儿，就立刻会想到妻子，他仇恨出走的妻子，也因此开始怨恨女儿，不为别的，就因为她太像她的母亲，仅这一点，就足以使他有理由对自己的女儿拳脚相加"①。雪玛唯一的慰藉就是尕金的大儿子夏仲益西，他们倾心相爱，但贪财的尕金却要为夏仲益西娶百户的女儿。雪玛在山上等待夏仲益西，等来的却是厄运，被酗酒的索白的小儿子才扎强奸。备受蹂躏的雪玛不仅没得到父亲的安慰，反而被父亲责骂勾引少爷。她去寻找夏仲益西，却受到尕金的嘲弄与拒绝，只能绝望而走，最终雪玛发疯。多年后，"她那张姣好的脸上早已沾满了一层层的污垢，嘴里那两排曾经非常美丽的牙齿，现在遗失得干干净净，她就那样张着黑洞洞的嘴巴，朝着喇嘛们无声地笑着"②。爱就是这么残忍，给人带来无尽的痛苦。《月亮营地》中，尼罗在年轻时与阿·格旺相爱，并且生下了他们的孩子甲桑，但阿·格旺由于贪图权势和富贵，入赘成为阿府的女婿，尼罗只能默默守护着这份感情，养大自己的孩子。在阿府女主人去世后，尼罗充满了希望，以为多年的等待有了结果，然而阿·格旺却娶了年轻漂亮的娜波，抛弃了这份感情，使得尼罗身心俱灰，最终幽怨地死去。尼罗死后，将自己的灵魂寄托在白尾牦牛的身上，久久在空中追随着自己的孩子和阿·格旺。女性的世界是那样的狭窄，她们的天地就是男人和男人的情爱，一生的悲欢也系结于此。女人，缺乏更为远见的思想的烛照，由此使得她们艰难处境中的命运更为悲苦。然而面对现实的困境和内心的困惑她们又能如何？梅卓感同身受，对她笔下的女性寄予了深切的同情。

  梅卓以其对女性命运的细致探查和精微呈现显现了她对藏民族女性的深刻关怀。这种关怀是沉潜在作品之中的，以对女性不幸命运的抒写呈现出来的。《太阳石》和《月亮营地》中众多的女性，从千户夫人到仆佣之女，她们的爱都是那样的诚挚、真实，然而得到的只是伤痛，但在这种粗粝的痛苦中，却显现了一种生命的原欲和磅礴的激情，具有一种康健之力。

---

① 梅卓：《太阳石》，太白文艺出版社2006年版，第208页。
② 梅卓：《太阳石》，太白文艺出版社2006年版，第286页。

与充满生命质感的女性相对照，梅卓笔下所呈现的男性大多显得委顿，缺乏生命的活力和担当意识。《太阳石》中的中心人物索白，贪婪自私，在要被送到寺院之时装病，让自己的弟弟丹麻代替他去了寺院，在千户大人死后，他借机获得了继承权，背叛了疼爱自己的千户大人。他得到了美丽的椰喜，却没能得到椰喜的心，他内心对桑丹卓玛一往情深，却又撩拨厨娘万玛措。在民族危机的关头，作为伊扎的头人，不能从大局出发，使得伊扎部落遭受灭顶之灾。而完德扎西与他的父亲均贵为管家，但父子两人却均如影子一样在主子的身后，没有自己的声音。完德扎西深爱自己的妻子，却经受不住千户妻子的引诱，最终又因此被千户惩罚去守磨坊，妻子措毛在替他守磨坊时不幸被水车夹死。完德扎西尽管对妻子一往情深，但他却是懦弱无声的，是他葬送了妻子的性命。英雄嘉措也是一个毫无责任感的男人，与桑丹卓玛结合生下孩子后，却突然离家出走，让桑丹卓玛陷于无依无靠之中。而桑丹卓玛深爱的洛桑达吉也是一个懦夫，他不爱尕金，但经受不住诱惑，做了尕金的丈夫；他爱着桑丹卓玛，但不能给她以庇护，也没有勇气与她一起出走。《月亮营地》中的阿·格旺是一个自私冷酷的人，为了荣华富贵，抛弃深爱自己的女人，做了阿府的主人，明明知道尼罗对自己的期盼，却在阿府女主人去世之后，又娶了年轻美貌的新娘，致使尼罗悲伤死去。梅卓笔下的男人大多是怯懦的，即使是爱，也不是那样的炽烈和一往无前；相反，她笔下的女性，她们的爱是那样的火热和决绝，她们是男性前行的动力，也正是因为她们的爱，使得男性在民族存亡的危急关头开始变得勇猛无畏（如因为阿·吉、茜达的爱使得甲桑和云丹嘉措最终变得勇猛无比）。在与男性的对照中，我们看到了女性的柔韧之美，她们身上旺盛的生命力，使得她们成为男性的力量之源。

　　梅卓的作品抒写了草原上的部落纷争，显得豪迈阔大，但在抒写女性命运时又显得异常委婉细腻。她以其对女性情感的细致体察，写出了她们对爱的执着，以及在寻爱的过程中所感受到的痛楚。在对女性命运的抒写中她张扬了女性身上炽热的生命活力，然而又对她们在现实生活中的困境寄予了深切的同情。

作为一名藏族作家，尽管在充满汉化的环境中长大，但骨子里流淌的血液，使她天然地亲近藏文化，梅卓以精英知识分子的姿态，在向世人展现着藏民族的风貌。

三、民族文化的呈现

在梅卓的作品中，我们可以领略到安多青海藏族地区的苍凉和芬芳，了解到草原上的藏地风情。在这里，我们可以看到恢宏的神山祭奠仪式："直到清晨，身穿节日盛装、肩披彩绸、头戴红缨高帽、帽上斜插两支口剑、腰悬利刃短刀的男子们，在法师的祝福声中，携带柏树树枝走上一座略显平坦的山顶。山顶早已有煨桑的柏香飘散。在营地中享有无上荣誉的年老法师正手敲龙鼓，高声大呼达日神山山神的尊名。桑堆上有敬献的哈达、酥油、炒面和青稞美酒。桑烟在龙鼓声中渐渐升向高处……"① 从这些描写中我们可以看到原始部落祭奠的遗存风貌，可以看到民族精神中健旺的一面，显现了别样的民族气质和风情。

此外，作者还为我们呈现了神秘的天葬仪式："这是伊扎最大的一次天葬仪式，暗红色的袈裟铺满了整座山冈。那是一个金色的黎明，部落里成千上万的人都伏在山冈下，他们把低下去的头抬起来，看见成群结队的鹰鹫迎面而来。"② 作者的写作大气而又充满神秘的气息，对藏民族丧葬习俗的刻画显得真实而又震撼人心。

梅卓将藏地神圣的宗教仪式呈现在了她的笔下。作品中活佛的转世、灵童的寻访和认定，这一部分的描写十分吸引人，先是写活佛的圆寂，通过活佛塑像的方位暗示灵童出现在西方，于是去圣湖观察幻影、求神的指示："一天后，圣湖突然掀起了一阵波涛，波涛过后，湖面恢复了平静，变得光滑如缎，清明若镜，湖内渐渐显示出一幅幻景，二位喇嘛虔诚地伏在湖畔，看到那一幅幻景里，先出现的仿佛是一座岔路口，路口正中有一个留着小辫子的男孩……可是一眨眼的工

---

① 梅卓：《月亮营地》，敦煌文艺出版社2009年版，第2页。
② 梅卓：《太阳石》，太白文艺出版社2006年版，第8页。

夫,小男孩不见了,代之而出现的是一个院墙很高的庄廓,一位妇女抱着一个男孩站在门前,门前长着一棵叶片繁茂的白杨,白杨下面围着一圈小孩,孩子们中间的一个小男孩正张着嘴说着什么……"① 根据圣湖神示,找到了三个小孩子,然后又通过各种迹象的测试,最终认定噶丹为转世灵童:"噶丹嘉措活佛叩谢了大活佛,然后向大殿内的佛像敬献哈达和曼荼罗。经师与丹麻喇嘛抓起金黄色的吉祥青稞粒,撒向四方。这时天空中豁然出现一道七色彩虹,仿佛一道圣光,直接通向尘世的彼岸。当圣湖的泥土触及你的肌体/你将会进入梵天的天国/当圣湖的神水触及你的嘴唇/你将会步入梵天的天堂/从千百次生死轮回中解救/圣湖之水如粒粒珍珠闪烁光芒。"② 梅卓的写作细致而又传神,把神圣而庄严的宗教仪轨呈现在了读者面前。

此外,作者还写了闭关修行等独特的宗教习俗。香萨在阿莽死后,十分绝望,于是她用自己的断指和头发做了一个小姑娘,放进了阿莽的坟茔,完成了与阿莽相守的诺言,然后在神秘的山洞闭关修行。完德扎西在妻子措毛卷入水车丧身后,陷入极大的悲痛之中,因为妻子是带着怨气走的,所以他要惩罚自己帮助妻子走出歧途,于是他闭关修行、闭目思过。这些描写都具有藏传佛教的神秘色彩,显现了民族文化的独特内涵。

梅卓的作品在整体行文风格上显得大气恢宏,她的语言亦显得大气蓬勃、华丽大方、简洁明朗。如在《太阳石》中,作品开头的描写就显出了一种气势恢宏的面貌:"伊扎部落坐落在黄河上游谷地之中,酋长是一位老千户。千户为爵位名称,世袭而来。伊扎部落下属有四个小部落:亚塞仓、松仁仓、亚浪仓和恰姜仓。伊扎部落东临严家庄,西临沃赛部落。"③ 再如在《月亮营地》中,她在介绍阿·格旺时这样写道:"阿·格旺带领众人创建了这座像月亮一般美丽的营地,在这里,他辉煌过,他拥有所有的权利,他是这营地的无冕之

---

① 梅卓:《太阳石》,太白文艺出版社2006年版,第159页。
② 梅卓:《太阳石》,太白文艺出版社2006年版,第164页。
③ 梅卓:《太阳石》,太白文艺出版社2006年版,第1页。

王,直到他入赘营地最富有的阿家,在自己的名字前面冠上阿的姓氏,直到阿夫人去世,他新娶漂亮的年轻寡妇娜波,一夜之间,他忽然觉得自己老了,老得再也不能目睹穿插口剑的仪式了。"语言相当的简洁而又富有张力。即使在情爱描写方面,她的语言也显得落落有致,譬如在《太阳石》中,写洛桑达吉与桑丹卓玛两人在山洞缠绵,这样写道:"柔情似水,他们紧紧拥抱。眼睛看着对方,那朦胧的睫毛下的阴影,迟迟不肯映照出渺茫的未来,而此时,上天使他们成为出色的一对,施爱与被爱,被爱与施爱,她紧随他的引导,努力抗拒着分离的到来。他们漂浮于幸福之上,你就是那黑暗中的光芒,你就是那破云驱雾的光芒……她知道他正在帮他,他们正在互相弥补,在弥补生命的苍白,在补充生存的色彩……"① 与惯常写情爱时缠绵悱恻的语言不同,梅卓的语言华丽而张扬。

  梅卓的作品在藏文化的展现和民族内蕴的抒写上还充满魔幻色彩,如在《月亮营地》中,当面临马家军团的侵袭,部落之间还不知道共同抵御外辱时,作品写一个早晨,人们彼此望着熟悉的面庞,却记不起对方的名字,甚至连形形色色的绰号都忘记了。当团结起来战斗的时候,人们终于找回了失去的记忆。这种抒写方式将强烈的民族情怀以沉痛的方式展现出来。此外,尼罗死后,魂灵久久不散去,附身在白尾牦牛的身上,并且亦真亦幻地与女儿的对话,将尼罗不甘被遗弃的命运以及对儿女难舍的牵挂写了出来,这种带有魔幻色彩的叙事透露出了极强的民族文化内蕴。

  梅卓的作品充满浓厚的藏域特色,她的写作为我们开拓了藏地叙事的新的题材,提供了别样的藏地叙事风格。作为一个离开故土的藏族人,梅卓有着强烈的民族文化身份认同意识,通过学习和重回故土游历,她想要在作品中建构自己的民族身份和重塑民族文化大厦,显现了民族精英知识分子对民族过去和未来的深远思考。

---

① 梅卓:《太阳石》,太白文艺出版社 2006 年版,第 56~57 页。

第五节　城乡冲突中的女性书写

　　20 世纪 80 年代以来，伴随着改革开放，整个中国社会的政治、经济、文化都发生了历史性的变化。西藏虽然处在祖国的边疆，传统文化和宗教思想在人们的观念中起着根深蒂固的作用，但改革开放的潮流也在不断地洗涤着旧的一切。现代文明与古老传统的强烈碰撞，新的时代政治经济因素的影响，多种文化交碰的冲突和女性自身主体意识的日益加强，使得现代化进程中藏族女性的生存环境、生存结构及个人境遇和追求等各方面都发生了很大改变，由此整个藏族女性文学的潜在发展轨迹、创作主旨以及创作技巧等方面都有了巨大的变化。一方面，面对现代文明与古老传统的冲突，面对时代巨变和民族传统中因袭的负累，藏族女性作家往往能够直面民族前行过程中的悲欢，侧重于对本民族文化的探求与追寻，力图以自己的创作重构新的民族文化精神；另一方面，女性作家从女性特异的性别视角出发，以敏感细腻的心灵对现实世界进行独特的体验，并将女性的性别体验上升到对民族生存经验的体认，在其作品中反映藏族女性在社会嬗变过程中女性意识由懵懂到自觉的过程。

　　尼玛潘多的长篇小说《紫青稞》就是这样一部描写广阔社会生活面，对本民族女性生存状态进行探寻和思考，充满历史厚重感和鲜明女性意识的优秀之作。它以当代西藏农村儿女的命运变迁、曲折情路为中心，展开了对现实世俗生活的真切描写，为我们呈现了 20 世纪八九十年代转型期西藏社会真实的一面。

一、民族生存困境的展现

　　面对藏民族在发展过程中必然也要经历的城市文明与乡村文明的对立冲突中，尼玛潘多既没有一味去美化乡村，对城市文明持批判态度，也没有片面地高扬现代化的旗帜，去批判农村的不合时宜，而是将现代化路途中藏族女性的命运转折放在民族历史的长河中去审视，在女性命运与民族发展之间寻找创作的最佳结合点，展现女性生存困境的同时也展现了民族生存困境。

《紫青稞》以宏大的时代转变为背景，在现代文明的进程中去看待藏民族前行过程中艰苦的蜕变，以一种理性精神对民族传统文化心理进行了新的审视。"紫青稞"在作品中充满了象征色彩，代表的是一种苦难、一种坚忍，一种生命的顽强。"普村是嘎东县各自然村中，离县城最远的村庄，这里恶劣的自然条件，使紫青稞这种极具生命力的植物，成为这里的主要农作物。"这里的自然条件是那样的恶劣，然而这里却洋溢着最热烈的生命力："只要男人的扎年琴弹起来，女人的歌声就会和起来，连足尖也会舞蹈起来。无论日子多么窘迫，他们的歌声从来没有断过，他们的舞步也从没停过。"正是在这样一种民族精神的哺育下，普村的男男女女他们从来都是达观地对待生活，洋溢着一种原始的生命张力，即使洪水冲毁了家园，他们也会很快从困苦的阴影中走出，放声歌唱。藏传佛教和民族传统精神中的粗犷豪放使藏族人能够达观地对待生命中的苦与乐。所以阿妈曲宗在面对生活苦难时，都能够以坚韧的态度，乐观地去对待生命过程中的一切；与此同时，宗教信仰向善的力量，也使得作品中人物的灵魂最终获得了升华，如格桑的母亲，因为想与大叔结合和贪图大叔的家产，起初对达吉怀着嫉恨的心理，但宗教精神中向善的力量使她自觉卑劣，从而最终改变了自己对待大叔一家的态度。

但是，这里仍然有许多阴霾，在贫瘠的普村，传统的等级制度还根深蒂固地存在着。在旧西藏，铁匠被认为是罪孽深重之人，是黑骨头，因为他们炼制各种器械，这些器械常被用于杀生和战争，而佛教认为杀生和屠戮是罪恶的，所以铁匠在旧时地位十分低下。旧西藏通行了几百年的《十三法典》《十六法典》，明文规定铁匠属于下等人，其命价为一根草绳。铁匠的子女也被认为血液不干净，因此世代被人瞧不起。罗布旦增爱上了铁匠的女儿措姆，阿妈曲宗坚决不答应，"阿妈曲宗一家日子过得紧了点，可在村里算得上是有'身份'的人，是能和其他村民共用一个酒碗喝酒的人；而铁匠扎西这几年靠手艺挣了一些钱，家境不错，可毕竟出身低贱，村里没人跟他们共用一个酒碗喝酒，这是明眼人有目共睹的事情"。尽管扎西每年都要把从牧区带来的酥油、奶渣、牛羊肉，分一些给日子过得紧张的家庭，但这些人在吃着送来的牛羊肉时，言语中仍然少不了对铁匠的歧视。而铁匠扎西也自觉自己家低人一等，尽管凭着头脑灵活，挣了一些钱，但在盖房时，也不肯跟高贵的强苏家盖的一模一样，扎西说："我们铁匠毕竟比别人家低一等，这房子与住户也有个配与不配的问题，不能攀比。"罗布旦增与措姆相爱，但就是这种根深蒂固的等级观念，使得传统的阿妈曲宗不能接受铁匠的女儿，罗布旦增为了爱情，走出了家庭，来到措姆家入赘，也正是因为作为家庭的希望的罗布旦增的出走，阿妈曲宗家由此渐趋破败。达吉爱着铁匠的儿子旺久，也只好把这情愫潜埋于心底。同时，桑吉爱着出身高贵的多吉，也因为哥哥的婚事，心里埋下了阴影，"如果不是大哥突然住进铁匠家，执意要做铁匠的女婿，强苏家没有理由拒绝他们的婚事；但现在可以了，一个高贵家族怎能接受和铁匠家沾亲带故的媳妇"。阿妈曲宗家儿女的悲剧情感由此拉开。作者在这里对这种传统血亲观念和等级制度进行了无言的控诉。

然而，随着时代的发展，这样一种传统的等级制度和血统观念，也逐渐在现代文明与现世物质的冲击下开始动摇，旺久凭着自己的精明能干在生意场上如鱼得水，得到了人们的尊敬，出身与血统不再成为一道屏障，作品写普拉"亲眼看见旺久身边的人是如何巴结旺久的，假如旺久喝酒，那些人一定会争着和他共用一个酒杯……"。旺久的精明能干、豁朗大度，也使达吉有了坚固的依靠。虽然与普拉结婚，但旺久却一直驻留在达吉的心中，而普拉好高骛远、狭隘猜疑，最终失去了达吉。固守传统观念的阿叔也因为旺久的能干热情而对旺久十分感恩，连小妹妹边吉也对旺久充满敬意。而与旺久相对的是多吉，他虽然血统高贵，却好逸恶劳、品性龌龊、风流成性，辜负了深爱他的桑吉，到最后人人厌恶、唾弃他，还被抓进了公安局。可以看出，在社会转型期，传统的门第观念已经受到了很大的冲击，年轻一辈已经逐渐走出历史的禁锢，在情感的世界里开始向自由的天空翱翔。

此外，作品还通过城乡对比，通过森格村与普村的对比，来揭示在社会转型过程中的城乡差别。普村的人羡慕住在城边的森格村人，森格村人天然地对贫苦的普村人有种优越感，但森格村人却对县城怀着一种敬畏的心理。"达吉也一样，喜欢看县城里的花花绿绿，喜欢县城繁华的样子，她和别人不同的是，她还喜欢县城的名分，生活在县城附近，她觉得自己也变得高贵起来。"对城市的向往与追求，实质上是对现代文明的追求。然而，强大的城乡差别，使得我们的乡村儿女倍感压抑。桑吉到了城里，感受到的不是城市的温暖而是城市的冷漠，"城市再大，也没有一处墙根会让你歇息；城市再富，也没有一碗清茶供你解渴；城市再美，也没有一样美丽为你存在。桑吉真真切切地感受到了农村与城市的不同"。城市，在农村人面前，是一种冷漠的存在。强烈的城乡差异，反映了社会转型期藏族地区的真实面貌，在社会发展中，这样一种城乡差异及其给农村人带来的精神压抑，如同汉地一样，让我们倍感痛苦和无能为力。

尼玛潘多看到了现代文明对西藏乡村社会的冲击，感受到了传统习俗对世俗人生的禁锢，并由此反思民族传统文化的魅力及弊端，写出了社会嬗变过程中必然带来的精神情感的变化，并因为对普村、森格村、嘎东县城及拉萨生活的描写，为我们呈现了从农村到城市的广阔的世俗生活画卷。对民族前行过程中社会面貌和民众心理的真切描写，使得尼玛潘多的创作带有极强的现实性，我们能够通过她的抒写去体会一个民族在时代转型期所面临的生机和精神上的困惑。

二、女性命运的抒写

尼玛潘多拒绝对西藏神秘化的表现，她说："我只是想讲一个故事，一个普通藏族人家的故事，一个和其他地方一样面临生活、生存问题的故事。在很多媒介中，西藏已经符号化了，或是神秘的，或是艰险的。我想做的就是剥去西藏的神秘与玄奥的外衣，以普通藏族人的真实生活展现跨越民族界限的、人类共通的真实情感。"① 小说以女性独具的细腻、敏感，描绘了转型期西藏社会的世俗生活，通过女性真实的生命体验，展示了西藏农村女性的生活面貌，传递着藏民族女性独特的生存体验、精神状态、价值观念，以及她们在时代转变过程中面临的多重考验和精神抉择。

1. 达吉——自我意识高扬的女性

达吉是作品中最有生命活力的女性，她性格坚韧、冷静，勇敢无畏而执着地追求新的生活。贫穷的普村与达吉是那样的格格不入，"达吉的美和这个荒凉的村庄，特别是和她家破旧的房子极不协调。鹅蛋形的脸，细长的眼睛，上挑的眉毛，白净的肤色，处处透着一股媚气。即使打着补丁的黑氆氇藏袍，也压不住她的冷艳和孤傲，像个没落贵族家庭的小姐，达吉的美让普村的男人望而止步"。在这个贫穷闭塞的村庄，达吉感受到是死一般的窒息，"破落得感受不到一丝希望的家，让达吉厌烦。整天吃糌粑喝清茶，她不觉得日子有多苦，最苦的是，没有一双不露脚趾头的鞋子，没有一件不打补丁的衣裳，连多洗几次内衣，也要被阿妈责怪浪费了皂粉。人与人之间，怎么这么不一样呀。去城里打过工的达吉，常被这个问题困惑。每当这时，她就会想起穿拖地藏袍，脚登皮鞋的城里女人"。对新生活的向往，使达吉义无反顾地跟随叔叔来到挨着县城的森格村，离开普村，离开阿妈曲宗，达吉没有半点忧伤，走时连个眷恋的眼神都不曾有过，她一心想去拥抱新的生活。

成为阿叔的领养女儿，达吉经过了各种敌意的考验，首先是阿叔已死妻子的姐姐，她想霸占阿叔的家产，要把女儿过继给阿叔。另外，还有阿叔的邻居，一对母女，打着心思想将两家合成一家，达吉的到来，打破了她们的如意算盘，达吉成为她们的假想敌。靠着自己的灵敏、机智、朴实耐劳，达吉赢得了阿叔的信任，开始了自己对新生活的向往，在森格村如鱼得水，并被县妇联主席赏识，带领贫困妇女组成互助组，制作奶渣和酥油。虽然创业最终失败了，但达吉却在

---

① 刘峥：《尼玛潘多，紫青稞是一种精神》，载《西藏商报》2010年3月15日。

生活中磨炼了自己。

　　在爱情的取舍上，达吉也完全听从自己的内心，不像自己的姐姐桑吉那样逆来顺受。达吉得到了其他女人想尽手段都想要得到的男人普拉，但当与事业有成的旺久相遇时，久已埋藏在心底的爱再次潜流，这让普拉很不满，两人之间发生了隔阂，再加之普拉拿阿叔留给达吉的胸饰做抵押贷款的事，使得两人之间存在太多的不信任，虽然结婚了，但因为旺久的存在，普拉的猜疑使得夫妻之间危机重重，最终，普拉出走了。经过短暂的伤痛后，达吉在旺久的帮助下，开了个噶东县最大的一家批发商店。"坐在柜台后的达吉精心装扮了一番，俨然一副女商人的模样，也许因为内心激荡着创业的热情，整个人变得神采飞扬。"由此，达吉又开始了一个新的飞跃，展现在她面前的是明媚的广阔天地，不仅有美好的爱情，还有蒸蒸向上的事业。

　　达吉身上更多地寄托了作者的理想，她的成长如蜕，在这本书中得到了具体细致的呈现。达吉经过了现代文明的洗礼，从农村走向城市，越来越成熟老练，她身上的故事颇能折射出现代女性在追求自我实现的过程中的艰难蜕变。她对自身的境遇有清醒的认识，敢去追求自己想要的生活，是一个能够主宰自己命运的人，也是一个在社会转型期能够紧跟时代发展脚步的坚韧的女性。达吉的成长过程反映了在时代转型期藏族女性对自我命运的把握与女性意识不断深化的过程。

2. 桑吉——被遮蔽的温婉女性

　　相对达吉而言，桑吉是一个传统的女性，桑吉的世界是一个广袤空旷的世界，同时也是一个粗粝的世界，柔弱的心灵不断地受到伤害。在她身上，更多地体现了女性隐忍的一面，这种忍耐是一种宽阔无边的忍耐，夹杂着苦涩和一丝丝难以忘怀的美丽，在永恒的困境之中显得那样忧伤和无助。与达吉的果断不同，桑吉温婉传统，她爱上了出身高贵的强苏家的小儿子多吉，但这种爱给她带来的更多的是一种悲凉，仅仅因为朦胧的好感和青春期对爱情的向往，便将自己的全部身心都给了这个她所不懂的、不能承担责任的男人，然而这个男人给她的却只是伤痛。在一次并不愉快的交欢之后，桑吉有了身孕，此时强苏却流落在城市，过着荒唐堕落的生活，完全忘记了桑吉。她是母亲的最爱也是母亲的依靠,却不得不抛下母亲到城里去寻找多吉,忍受着苦楚与屈辱,经历了千般痛苦,甚至为了生存,还去乞讨,在一次次的隐忍中,销蚀了昔日对多吉的刻骨之爱。在这个喧嚣的都市,桑吉痛切地感到:"城市再大,也没有一处墙根会让你歇息;城市再富,也没有一碗清茶供你解渴;城市再美,也没有一样美丽为你存在……"桑吉就流落在这样陌生的城市中,柔弱的心灵承受了太多的苦难,所幸,她遇到了善良的老阿妈,收留了她,在她最需要帮助的时候给予她关怀,最终还促成了她与强巴的结合。

在桑吉的性格中,更多的是一种隐忍与传统。她有着传统的美德、温婉、善良、娴顺,与妹妹达吉不同,她保守着乡村的传统习惯,"城市对桑吉没有太多的诱惑,因此她对城市的态度也有些散漫,不像有些已步入城市的农村人,恨不得一天去掉身上任何农村的影子。她仍然是粗辫子上缠着大红大绿的扎秀(头绳),邻居的女人叫她不要缠那种大红大绿的扎秀,让人一眼就看出是农村人,她始终是笑笑却不取下来,她坚守着普村人的审美标准,不愿也不敢跨入城里人的行列"。桑吉是一个缺乏自主性的女性,她对命运与爱情的选择,也不像达吉一样具有自己的主张,她是被环境推着一步步无可奈何地朝前,苦难与痛苦一直伴随着她前行的道路,虽然作者安排桑吉最后与强巴在一起,但我们也很难知道桑吉是否有个美好的未来。

3. 边吉——迷途的少女

作为一个惘然懵懂的小孩子,边吉在母亲和姐姐桑吉的爱抚下在普村度过了自己贫穷的、无忧无虑的少年时代,在一场大洪水后,房屋被冲刷走,阿妈死去,边吉被有主见的姐姐达吉接到森格村,为了不被叔叔当成吃闲饭的,她被姐姐安排到路边的茶馆,帮姐姐照料生意。然而作为一个贪玩的十五六岁的小姑娘,一群爱慕虚荣的小姐妹们潜移默化的影响和边吉内心的空虚一碰撞,就有了一种难以置信的变化,边吉希望过一种没有拘束的生活。虽然笨拙,但她却性格倔强,在达吉与普拉结合后,她对普拉特别反感,终于,在极度的压抑之后,边吉搬起了石头,砸向普拉汽车的挡风玻璃,然后义无反顾地离家出走了。

在三姐妹中，作者对边吉的刻画显得较为薄弱，边吉的性格不是很鲜明，对边吉最终结局的处理也显得仓促而简单。但从边吉这个人物的身上，可以看到在时代变异的进程中，藏民族的儿女在物质与精神的双重考验中，她们灵魂的焦灼与困惑。现代化给农村带来了一些变化，但与此同时，也给人们的精神以很大的冲击，贫瘠的现实与都市生活的繁荣，也给女性以很大冲击，在边吉的出走里带有作者深沉的忧思。

尼玛潘多以细致的笔触描写了时代变化中三个女性命运的悲欢，融注了她对女性生存、民族困境的思考，她的写作没有局限在女性狭小的个人情感的天地，而是将女性的命运与民族发展的特定背景联系在一起，从而具有较为深广的历史内涵。

尼玛潘多是一位善于思考的、视野开阔的、有着历史责任感和民族使命感的作家，她的《紫青稞》关注民族生存的现实，反映藏族女性在现代化进程中所经历的时代风雨，展现了传统文化对藏族女性生存的规定与制约，写出了在历史嬗变过程中藏族女性的生存状态及女性主体意识日益增强的过程。

第六节　民族精神之追寻

在藏族作家中，亮炯·朗萨所受到的关注和评价并不太高，但我认为，在小说创作方面，她与梅卓、白玛娜珍、尼玛潘多可能是当前活跃在当代藏族文坛的最优秀、最富艺术活力的几位女性作家。

和其他几位藏族女性作家的不同之处在于，亮炯·朗萨的创作充满着一种刚健的风骨，她着力以文学的方式寻找民族生命之根，在物欲横流的当今社会重塑一种精神性的力量。她以自己的生命感受写出了康巴藏地的精神风貌和内在灵魂，寄予着她对民族精神的发现和审视。亮炯·朗萨出生于甘孜藏族地区的乡城，相传这里曾是第一世香巴拉国王修行之所，也是藏传佛教发达的地区，七世达赖和九世达赖经师等十几位名扬海内外的高僧都诞生在乡城,同时,这里也是多民族聚居地方,聚集了藏族、汉族、回族、白族、纳西族等民族。在大学毕业之后,她又长期工作在甘孜藏族自治州的首府所在地——康定。康定自古以来就是康巴地区政治、文化的中心,亦是汉藏茶马互市的中心,这里也是藏族、汉族、维吾尔、彝族、羌族、苗族等多民族杂居地。格萨尔的故事在康巴藏地广为传颂,并影响了这里的民风民情。历史上的康巴人大都豪放奔烈、骁勇善战。康巴地区独特的地域特征、宗教背景和多民族交汇的文化氛围显然对这里的作家有很大的影响。康巴地区的文学从总体来看,是大气恢宏的。在这块土地上成长起来的作家也显现出了与其他藏地作家创作的不同风貌,譬如达真的小说给人以豪阔的人文景观,桑丹的诗歌有着悲壮绚烂之美,列美平措的诗歌沉郁奔放,而亮炯·朗萨的创作则给人以恢宏的气势。

康巴藏地的地域文化影响和支撑了亮炯·朗萨的创作,使得她的创作显现出了独特的风貌。其代表作有长篇小说《布隆德誓言》和《寻找康巴汉子》,此外还有散文集《恢宏千年茶马古道》等。亮炯·朗萨在文学创作上是有抱负的,这就是描绘她脚下的康巴大地,展现了藏民族精神。一方面,她以历史考古学的方式丈量着脚下的土地,其散文集《恢宏千年茶马古道》是她行走川藏线、考察茶马古道踪迹、走遍康巴藏地、展现川藏茶马古道的历史和文化的优秀之作;另一方面,她又以小说的方式为我们呈现了历史和现实中的康巴大地。

长篇小说《布隆德誓言》讲述的是一个关于复仇、誓言和爱情的故事。翁扎土司在一次出席头人的盛宴时,被头人算计。头人妖娆风流的女儿与马夫偷欢后怀上了孩子,醉酒后的翁扎土司却以为是自己冒犯了这个漂亮的姑娘,于是娶了头人女儿为二太太,生下了儿子多吉旺登,土司对这个小儿子十分疼爱。长大后的多吉旺登残暴骄横,在他20岁的这一年,草原上来了跳热巴舞的流浪艺人一家三口,多吉旺登被美貌的舞女吸引,想要强行霸占,身为多吉生父的流浪艺人被迫道出了实情。因怕自己非土司血脉的真相暴露,多吉旺登杀死了流浪艺人一家三口。几年后,土司去世,翁扎土司的职位传给了大儿子阿伦杰布。多疑残暴的多吉旺登设计杀死了仁慈的阿伦杰布，登上了土司的职位，并且要霸占嫂子泽尔，泽尔带着儿子坚赞（郎吉）逃难投奔哥哥，一路历尽艰辛，在临死前她告诉了儿子翁扎家族的事情。坚赞在马帮聪本的帮助下来到舅舅家，由于舅母的骄蛮多变，坚赞回到马帮。身怀血海深仇的坚赞第一次刺杀土司失败，第二次又被土司关入地牢。然而土司多吉旺登两个美丽高雅、貌似天仙的女儿却都爱上了坚赞，坚赞喜欢的却是善良的小女儿沃措玛，沃措玛放走了坚赞。坚赞在草原上掀起了起义的队伍。备受家庭惩罚的沃措玛最终和坚赞相遇结合生下了孩子。大女儿萨都措得不到坚赞，因爱生恨，发誓要毁灭坚赞。沃措玛看望病重的母亲被拘土司宫寨，被姐姐萨都措误杀。坚赞为了复仇攻入宫寨，在萨都措和官兵的火攻下，坚赞和多吉旺登同归于尽。整部作品气势恢宏，在开阔的时空中，书写了一个家族的恩怨情仇，在家族叙事的背景下，也展现了康巴地区独特的风貌、千百年来的生活习俗、藏族土司和寺庙的宗教仪轨仪式、权力的魅力、土司政权的残暴、部落之间的斗殴、藏人的生命信仰、行走在茶马古道上的马帮的独特生活。朗萨的文笔豪放奔涌，她为我们描写了康巴藏地的历史风云变幻和人物命运的起伏跌宕。

　　亮炯·朗萨将女性对历史的思考灌注到了她的文学创作之中，她寻找着一种民族精神之根，也就是在格萨尔精神照耀下的民族健硕的生命力。在她的笔下，先祖豪迈奔放、骁勇善战、敢爱敢恨，这样的一种精神一直潜藏在康巴藏人的心中，使得他们的生命显得激情洋溢。在她的作品中，她将民族精神中豪壮的生命力放置在以坚赞为代表的康巴汉子身上。坚赞生来似乎就背负着复仇的使命，但他与懦弱犹豫的哈姆雷特不同，他性格坚韧、刚毅果敢，坚赞活着的目的就是为了复仇，就是为了他的布隆德誓言，为了广大受苦的群众，他揭竿起义，最后与篡位的多吉旺登同归于尽。此外，马帮头领聪本、聪本的儿子塔森、牧民的后代尼玛等人物，他们重义气、重兄弟情义，以一种群体性的力量出现在作品中，显现了一往无前、亢昂奋进的民族精神。

　　与此同时，作为一名女性作家，亮炯·朗萨天然地关注女性的命运，在作品中对女性的生活和情感进行了细致的描述。在《布隆德誓言》中，出现了一系列光彩动人的女性形象，从下层牧民妇人、土司官寨佣人、马帮妻子到土司太太、小姐，均显现出了人性的光辉。尕泽，美貌贤惠坚贞，深爱自己的土司丈夫，在丈夫遇害后，她头脑清醒，坚贞不屈，最后带领儿子出逃。马帮聪本的妻子松吉措多情善良、美艳刚烈，面对土司少爷的调戏侮辱，她以命相搏。沃措玛美丽善良、仁慈善感，她在坚赞和父亲之间彷徨苦闷，出于对坚赞的深爱，她勇敢地放走了被关在地牢里的坚赞，她的善良温婉赢得了坚赞的心。而萨都措敢爱敢恨，她被坚赞身上的英雄气概所吸引，为了得到坚赞的爱，她大胆热烈，一次次委屈自己，但坚赞却毫不心动，因爱生恨，她发誓，自己得不到的东西，必将亲手毁灭掉，这是一个爱和恨都很极端的女性。然而在毁灭掉一切之后，她又陷入了深深的忏悔之中，用剩余的生命来赎罪。直到生命的最后一刻，她都在爱着坚赞。萨都措是一个将爱和生存紧紧联系在一起的女性，也是在作品中塑造的性格最丰满的女性。即使是所犯的罪恶也足以被她的深情所抵挡！在这些女性身上，洋溢着蓬勃的生命力。这就是对爱、仁慈、善良的追寻，即使是萨都措，她虽然毁灭了一切，但她虔诚的赎罪也在昭示着向善的努力。这些女性虽然性格迥异，但都显现了亢昂的康巴精神，洋溢着一种生命的活力。

《寻找康巴汉子》是作者从历史转化到现实的杰作。朗萨深入到甘孜南部和北部的农村牧区调研，采访农村干部几十人，不断思考理想和现实，个人和社会的价值，发现民间恒久残存的美德，寻找民族精神在当下社会的转换。在《寻找康巴汉子》中，康巴汉子尼玛吾杰是一个有理想、有作为的青年，在高中毕业后便离开康巴山村噶麦，跟着哥哥到城市闯荡，经过打拼，小有成就，然而重要的人生选择摆在了他的面前：是留在城市享受成功的喜悦，还是回到家乡改变家乡贫困的旧貌。经过犹豫和思考，他回到了噶麦村，当上了小小的村干部，在转变乡村旧貌的过程中，他经历了重重困难和考验。在发展家乡的过程中，既有物质上的禁锢，又有人际关系和官本位体制下对人的发展的制约，不乏精神上的磨难，但他却收获了更多的肯定和赞扬。整部作品闪现着理想主义和英雄主义情怀,展现着康巴精神的真谛。通过对基层干部的真实生活与藏民族文化风情的描述,十分鲜活地展示了当代康巴藏族文化的精神特质。

  从总体上来看,在朗萨的创作中张扬着一种理想主义精神,这就是对康巴精神的追寻,她的作品中,多次有格萨尔精神的彰显,格萨尔精神隐藏在人物内心的对理想人格的探求。在《布隆德誓言》和《寻找康巴汉子》中,都有理想化的康巴汉子,在坚赞和尼玛吾杰的身上,都显示了康巴精神,这就是对理想信念的执着,为了理想一往无前。此外,她的小说呈现了康巴藏族地区异彩纷呈的历史风俗画卷,既有对历史上康巴精神的探寻,又有对现实人生的思考。从《布隆德誓言》到《寻找康巴汉子》,我们还可以看到朗萨的思考历程是从历史走向了当下,自觉地将对民族历史和现状的思考融入自己的笔下,挖掘民族精神中亢昂的生命力。

  亮炯·朗萨的写作激情源于对先祖遗存的精神和风骨的向往,她对民族文化的发展和传承有着强烈的担当意识和责任感,对故土的热爱和对民族文化的依恋使得亮炯·朗萨的创作显现出了独特的魅力,深厚的民族文化背景和开放的思维使得她的创作对民族心理有着深刻的把握,对男性和女性在历史和现实中的地位能给以平等的观照,在她的作品中,女性与男性共同成为民族历史的推动力,共同成为构建民族精神的载体。

第五章　身份意识觉醒后的话语实践（二）
——散文创作

　　作为一种抒情性文体，散文以其缘情而发、散漫自由的特征深得女性作家的喜爱。虽然西藏在和平解放后，就有一些藏族作家用散文的形式展现西藏的风貌，但藏族女性作家的散文创作是从 20 世纪 70 年代才开始的。进入 90 年代，特别是进入 21 世纪以来，女性散文在社会的变革、历史的流变和时代转折的氛围中，有了长足的发展。相对于其他文体如小说、诗歌来说，散文创作的作家队伍更为壮大，散文创作的内容也更为广泛；同时，作为一种侧重于表达内心体验和抒发内心情感的文学样式，散文对于客观生活或自然万象的再现，往往反射或融合着作者的主观感情，因此散文创作更能展现出藏民族女性的日常生活，也更能显现女性作家的精神面貌。此外，随着西方女性主义思想的广泛引介，女性作家对于女性问题的思考也超越了单纯抒一己之情的套路，她们关注女性的生存状况和精神处境，关注女性与民族国家的关系，将对女性命运的思考投射到一个更广阔的语境之中，有着对历史的梳理和对自身境遇的深刻体察。在其散文创作里，一方面显现了女性作家的个体情感、思想面貌、文化涵养，另一方面也显现了女性作家对民族性的反思与构建。她们将个体的发展、女性的命运与民族的行进历程联系在一起，以女性的敏感、细腻展现着她们对自我和民族发展的思考。

　　当代藏族女性作家用散文的方式呈现了她们对生命的思考，对民族精神的探寻，她们的创作一方面彰显了女性意识，另一方面又显现了她们的民族精英立场。塔热·次仁玉珍以高昂的激情呈现了雪域高原的风土地貌。唯色的散文对民族文化的失落表现了深切的忧郁，在她的散文中，有着对民族文化身份建构的痛楚与无奈。格央的散文抒写历史、传说和现实生活中女性的生存境遇，对女性所处的不平处境进行了抗议，具有浓厚的女性关怀意识与民族文化反思意味。白玛娜珍早期的散文以女性特有的敏感和细腻的情思展现了她对生活的认识，具有斑斓的色彩，90年代中后期，她的散文除了继续抒写女性内心的情怀外，还表现了民族现代化过程中深深的忧虑，民族身份意识的觉醒使得她的散文有种理性的痛苦。梅卓的散文大气恢宏，她以游历的方式呈现了民族文化的风貌，展现了自己赤子情怀，进行着民族的想象和建构。

  相对于其他文体的文学形式，散文是一种主观色彩更为浓郁的文体，尤其适宜于探求和展现人类及个体生命内涵，表现创作者自我强烈的生命意识。女性作家的散文创作大多是从日常生活出发，具有浓厚的个人情感，藏族女性作家的散文创作也同样如此。对生命体悟的深度阐发是当代藏族女性作家创作的一个特点。在宗教精神的指引下，关注个体生命的存在状态，思辨生命的价值和意义，一直是藏族文学的传统。不过，在古典文学阶段，藏族文学中对生命的追索和探查最终都归结到人生万般皆苦，只有皈依宗教、现世修佛，才能有来生的美满。而在当代文学阶段，藏族文学与西方现代主义文学接轨，开始考察孤独的个体，关注到人的多元的复杂需求，虽然在作品中也有以宗教来解脱自己以寻求现世心灵的安稳，但创作者更多地从现实生活出发，来抒写自己对个体生命的独特体验。面对相对恶劣的自然环境、艰难的生存环境和社会经济的缓慢发展以及独特的宗教文化氛围，藏族作家更重视内心体验，更注重精神性的张扬。就像白玛娜珍在她的散文《满溢的月光——佛诞月笔记》中所说："只有几百万人。在严寒缺氧的生命的极地。物质贫乏，心，充满能量。这是我的西藏，西藏的人民。"藏族女性作家在这片与天空更近的高原上，她们更注重内心深处的体验，没有矫揉造作，有的只是真诚的心灵的流露。她们在散文中关注女性的生存境遇和情感追求，对现世中受难的灵魂有着感同身受的体会。此外，注重精神家园的皈依与探求是藏族女性作家创作的另一个特点。相对于汉族作家的创作，藏族作家的创作往往自觉地展现了民族文化的风貌，彰显着对藏文化的体认、皈依与弘扬。在她们的散文中，能看到一种强烈的民族认同感。特别是在经历了"文化大革命"对传统文化的破坏和否定后，藏族女作家在她们的创作中力图通过精神性的回归来建构自己的民族身份，来追寻自己的精神家园。

第一节　民族风貌的昂扬再现

　　20 世纪 40 年代出生的塔热·次仁玉珍，在西藏和平解放后一直从事行政领导职务，从 20 世纪 80 年代开始发表文学作品，作品集有《藏北民间故事》和散文集《我和羌塘草原》；另外，还有一些散见于《东方艺术》《中国西藏》《西藏青年报》《西藏旅游》《西藏民俗》等报纸杂志上的散文，如《无国籍的人》《阿里踏古》《拉普公路的尽头》《苯教徒的节日和祭祀》《恐怖谷中的女隐士》《寻踪采风七十里》《无鹰的天葬台》《再致天湖》《沐浴桑烟的情歌》等。1995 年，她获得西藏自治区珠穆朗玛文学艺术奖。

　　塔热·次仁玉珍的散文主要是自己田野采风考察的真实记录，在很大程度上为我们呈现了世俗西藏的真实一面，作品风格质朴，具有极强的民俗色彩。她的散文以自己的行走经历为线索，贯穿各种神话和传说，具有真情实感，在朴素的语言中洋溢着对本民族文化的认同与思考。

　　《恐怖谷中的女隐士》讲了在密宗盛行的雪域高原，无论哪种派别的僧侣们都喜欢隐居修行，以求悟得普度众生之正道。作者拜访了一名噶举派隐士，讲述了这位年过七旬、满头灰发、面黄肌瘦的隐士修行的经历，这位隐士年轻时曾英俊潇洒，但当他射杀了一头野羊，野羊的惨状使他领悟到人生便是邪恶之源，于是他放弃家业，进入荒山,虽然没有什么文化,也不会念诵更多的经书,只是终生隐居修行,反复无数次地口诵六字真言,意依千手千眼佛。作者还写了位于海拔七千多米的念青唐拉雪山深处的山谷中的女隐士,这块山谷因为有大面积的古都遗址和许多令人毛骨悚然的传说而被人称为"恐怖谷",在恐怖谷中有7位女隐士,她们最大的年过七旬,最小的才二十几岁,有的在此已经隐居40多年了,她们坚定地打算终生在此修行,每天天还没亮就开始静坐禅修,以求得来世的幸福。作者在这篇文章中,客观地讲述了修行的苦况,虽然对这样一些修行是否有价值作者是持保留态度的,但洋溢在字里行间的情感显示着她对民族文化的包容和认同态度。

在藏族宗教信仰中,每座山上都有山神,山神庇护着她的子民,所以,藏族人经常去转神山,以求得山神的庇护和来生的幸福。《难忘雪山》中讲到了羌塘雪山一年四季的地貌变化,写了草原上孩子们的童年、牧羊女的辛苦劳作、男人们的驼盐、牧民们喜气洋洋地剪羊毛,作者充满感情地写道:"冬去春来,花开花落,无情的岁月转眼过了三十多个春秋。我始终固守着对雪山的思念。尽管是一种漫长和苦涩的思念,但却难忘那圣洁的雪山。"《拉普公路的尽头》尽显了作者对冈底斯神山的敬仰之情,还对玄舞艺术发出了由衷的赞美,呼吁保护民族文化。《魂系冈底斯》中写了民众对冈底斯神山的敬仰之情,写了冈底斯山的雄奇之貌,充溢着自豪之情。在《寻踪采风七十里》中,作者和普通信众一样转山,沿路采访了许多虔敬的转山者,"在转山路上,无论同何人攀谈,都说是为去彼岸而准备盘缠。由此看来,人们把冈底斯当作净化自我意识的圣沽地,在那里寻找他们精神的寄托,自古至今均系如此"。宗教的信仰与生命相始终,作者写出了藏民对信仰的执着。

在《沐浴桑烟的情歌》里,介绍了藏族地区烧桑的来历,烧桑的宗教仪轨,写了藏族地区一些宗教节日的有趣传说,如藏历十月十五号的护法神女贝拉姆与神子宗普巴的相望日的传说、藏族地区悬挂风马旗的来历等。《矮门之谜》讲了过去在日喀则、拉萨、林芝等地区民房的门很矮,目的是防止人死后会起尸,作者绘声绘色地讲了一些起尸的恐怖见闻，让人有身临其境之感。塔热·次仁玉珍将西藏原生态的民族文化绘声绘色地呈现于读者的面前，亦真亦幻，充满了神奇的色彩和无穷的魅力。

塔热·次仁玉珍的写作满蕴情感，这源于她发自内心地对雪域大地的热爱。她的双脚丈量过藏北大草原，以自己的写作为我们展现了藏北草原的雄奇壮丽。她的文字赤诚浑朴，毫不做作。此外，十分难能可贵的是她的写作既不是政治激情下的歌颂和赞美，也不是仅仅展现女性一己的哀戚和惆怅，而是洋溢着生命的激情、民族的情怀，十分感染人。此外，她的写作真实地呈现了藏民族的俗世生活，如她的《矮门之谜》写的起尸见闻，在我们外人看来是充满魔幻色彩的、是迷信的，但在西藏，在宗教观念的影响下，这一切在人们的心理上又是真实的。塔热·次仁玉珍在当代藏族文学史上的贡献在于她有意识地用文字来展现西藏的地貌历史、宗教文化、民俗民情，并对之进行知识化处理，以一种开放乐观而自然的态度呈现藏族地区的山水人文。

塔热·次仁玉珍的散文中洋溢着高蹈的生命意识，她的散文有着一种磅礴的生命的张力，在她的笔下，雪山、草地、戈壁滩都充满生命的活力。她游走在广袤的藏北高原，以生命体验的方式从荒寒的山川风物中找寻富有原始血性野性的生命体，从雄奇、荒寒、贫瘠、苍凉的雪域大地汲取生命力，汇聚成了饱含个体生命情感的精神力量，她的散文融进了大自然的精魄，为我们营造了丰满充沛、大气磅礴又自强不息的理想人格和理想人生。她将自己的生命与藏北高原紧紧地联系在一起，升腾起了一种生命的豪情，在这种豪情之下是对芸芸众生的一种关怀。

第二节　女性人生的现实关怀

格央的散文作品集中在《西藏的女儿》《雪域的女儿》这两部作

品集中,分别出版于 2003 年和 2004 年。① 与其他作家的散文创作相比,格央的散文较少去关注个人的悲欢与一己的情绪,她的作品主要从女性视角出发,抒写历史、传说和现实生活中女性的生存境遇,具有浓厚的女性关怀意识与民族文化反思意味。此外,作为一名雪域高原的女儿,格央的创作立足于藏文化土壤,具有浓郁的藏地民俗文化色彩和强烈的宗教意味。

一、强烈的女性意识

格央的创作具有强烈的女性意识,但格央的女性意识又与当代文化语境下的女权主义意识有着很大的不同,她是从女性个体生命体验中本能地去关怀女性,关注女性的生存之累。在藏族社会文化传统中,女性所处的地位与扮演的角色与汉族女性有着很大的不同,女子在社会劳动和家庭生活中起着很重要的作用,甚至在家庭生活中她们的地位更高,而且与生产方式和分工相联系,藏族女子在农区和牧区与男子一样劳作,甚至更为辛苦,并不像汉族传统文化中女性被锁在深闺或浅闺之中。因此,有的研究者认为藏族女性的传统地位正是解放妇女的代表,是一种值得效仿的妇女的生存方式。但格央却从切身的生存经验中看到了这并非女性自主选择,而是被迫地在社会和家庭生活中承受重压,以及这些重压给女子所带来的身心之累。

在藏族文化中,有女性崇拜的传统,从民间文化的丰富资料中可以看到许多早期藏族女性崇拜的遗存。比如在西藏民间广泛流传的有关神山、神湖等传说,山神和湖神大多为女性神,她们被视为雪域大地的守护神,庇护着一方四土,福禄着世间万物。马克思曾指出:"女神的地位,乃是关于妇女以前更自由和更有势力与地位的回忆。"② 在现实社会发展中,追踪民间历史资料,我们看到,西藏也曾经存在母系氏族时期,母性曾占据统治地位。此外,在吐蕃时期,

---

① 《西藏的女儿》于 2003 年出版,包括 8 篇散文、2 篇小说。《雪域的女儿》于 2004 年出版,包括 15 篇散文,而这 15 篇散文中包括《西藏的女儿》中已收录的 8 篇。

② 马克思:《摩尔根〈古代社会〉一书摘要》,人民出版社 1965 年版,第 39 页。

藏族妇女社会地位并不低，妇女与男子的地位基本平等。从记载中我们可以看到吐蕃王朝的王妃、母后以及外戚等在社会政治生活中曾经扮演着重要的角色，她们不仅可以直接参与政事，而且在很大程度上影响着吐蕃社会的发展、强盛和灭亡。但在西藏人的起源神话中，又有忠厚老实的猕猴和罗刹魔女结合延续雪域高原子民的神话。最初带有母亲角色的女性竟然是一种妖魔的形象，她狡诈自私、阴谋多端，充满淫邪和贪欲。在这样一种文化原型中，透露了传统文化对女性的蔑视。此外，随着社会的进一步发展，随着佛教进入藏族地区，妇女的地位逐步下降。虽然藏传佛教提倡众生平等，在宗教方面，在藏传佛教中还有女活佛，她们的地位很高，甚至在佛教的高级阶段修密宗的时候需要男女双修，认为男性为方法，女性为智慧，双修可达到一种更高的境界，这些都说明了女性地位的重要。但在俗世中，妇女却被歧视，在政治上开始出现"不与女人议政""莫听妇人言""妇人不参政"等法律规定，在日常生活中也开始由男性主导，妇女地位低下，甚至被认为是不洁，至今一些寺院庙堂不许女性朝拜。但在实际的家庭和劳动生活中，女性却承担着重要的责任，不管是在牧区还是在农区，女性在生活和生产中都承担着重要的职责，但却很被动地被排除在享受宗教特权、参与政治活动之外。从旧制度的覆亡到新制度的诞生，藏族妇女在法律上的地位有了本质性的变化，女性和男性享有平等的地位和权力，这是一个历史性的进步。然而旧的传统的因袭在社会生活中仍有残留，在日常生活中要消除人们内心深处长久遗存下来的对妇女的歧视并不是能够立刻实现的。

　　藏族女性在实际的劳动生活中扮演着重要的角色，然而长久以来的潜意识文化传承，使得藏族妇女一方面承担着繁重的生产劳动，另一方面却又受到轻视和压抑。格央在她的创作中，对女性的生存境遇进行了关注和展现，对民族传统文化进行了反思。在《西藏的女儿》这篇散文中，格央对藏族女性的生存环境进行了深深的体察。在西藏，虽然不像汉地一样有着强烈的重男轻女的思想，因为在传统的观念中，男女都一样，但在事实上，特别是在农村和牧区，女性比男性要更多地承担劳作的辛苦。因此会有谚语：小孩的脚磨起了茧子

（放牧），女人的手磨起了茧子（干活），男人的屁股磨起了茧子（坐着喝茶）。格央写西藏的女性，她们从事繁重的劳动，抛头露面，不论是在田地里，还是在牧场上，甚至是在激烈的商业竞争中，她们都起着主导作用，表现了极大的忍耐力和聪明智慧，能够在生活中担当重负，她们这种外在表现给外人一种解放了的感觉，被认为是享有较多权利和自由的女性，认为她们有管理家产、土地和经济事业的能力，因此认为西藏女性的传统地位正是解放妇女的代表，是一种值得效仿的妇女的生存方式。但格央从女性个体处境出发，却看到了女性所承受的生存之累，格央不由得感慨："很多小说里浪漫地把女性比喻成水，但是在我的感觉里，生活在雪域高原上的女性是用世界上最坚硬的钢做成的。"① 她看到了女性承受的生命、生产之苦，"说句很实在的话，从某种角度上来讲，我甚至连旧时代的内地女性都羡慕。因为最起码她们被当成一个全方面的弱者，她们自然多多少少会受到一些照顾……"②。格央以自己的眼睛观察着这个由男性占主导的社会，以自己的所见所闻，对女性辛苦劳作的处境有着深深的洞察，并对男性发出了这样的呼吁："请把你们的快乐建立在我们的快乐之上，请把你们的幸福建筑在我们的幸福之上。"③

在《农牧场主的妻子》中，格央刻画了一个独特的女性玻铂，这是一个由农牧区来到拉萨但仍保持着一些固有传统的女性，对丈夫全身心地付出，任劳任怨，自然、淳朴、豪爽，即使是面对不怀好意的讨债人，玻铂也是热情地端上一大盆子肉来招待。在回到牧区后，经历着繁重的生活，经历着草原上的爱恨情仇，丈夫被杀，她还能保持着复仇的理性，一种女性的坚韧弥漫在作品之中。在《一女有四夫》中，格央对藏族的复婚制度进行了描绘，琼是一家四兄弟共同的妻子。老二、老三两个老实的丈夫留在家里做农活，精明一些的老大和老四带着琼来到拉萨做生意，琼似乎对这样的婚姻心满意足了，

---

① 格央：《雪域的女儿》，西藏人民出版社2004年版，第1页。
② 格央：《雪域的女儿》，西藏人民出版社2004年版，第26页。
③ 格央：《雪域的女儿》，西藏人民出版社2004年版，第27页。

但是有一天她的小丈夫在外面有了新的爱人，琼陷入自责之中，"丈夫要离开家，做妻子的自然会有责任"①。"丈夫们的轻浮行为对于婚姻关系并不造成威胁，但是对妻子却是一个大大的挑战，她的任务是抓住这种不规矩的行为，感化丈夫，使之最终回到自己的身边，服从自己，如果她做不到这一点，那么非难在指向丈夫的时候，无可避免地也会落到她自己的身上。"② 通过对琼的描写，写出了女性宽阔无比的忍耐，对琼的遭遇寄予了深深的同情，同时对这种复婚制度发出了自己的见解："就爱情和婚姻来讲，没有任何一种形式是完美无瑕的，任何人都无法依靠形式赋予的权利去获取真正的幸福感情，在婚姻关系上，一个人所能依靠的只有对方的良心和真诚，那颗曾经爱你的心是否持久，并不在于婚姻形式本身，而在于那颗心的高尚与善良。"③ 在《八角街里的康巴女子》中，格央描绘了康巴女子的美丽、坚强，她为这些女子的坚强而感动。央吉泼辣大胆，不愿意嫁给三个丈夫，怀着对美好生活的向往奔向拉萨，认为"自己想要的生活是等不来的，需要自己去追求和争取"。宗措原本是一个穷困潦倒的小姑娘，凭着自己的艰辛努力、聪明才智和顽强不屈的精神最终成长为一个商界女强人。格央对这些女性深怀赞美之情，欣赏她们的聪慧与韧性，但与此同时，又对她们生命中的艰难处境予以深深的同情。

格央关注女性、深深地体察女性，但格央并不是一个女权主义者，她是从女性的个体处境出发，认为西藏女性承受了太多的生产之累。在格央的作品中，她对女性在现世生活中所受的挤压进行了深切的关注。女性在生产生活中发挥着重要的作用，但在深层意识中女性却受到歧视，在日常生活中有许多女性禁忌，如有的庙宇女性不能进入，女性不能坐在男孩子的衣服上，因为怕女性的不洁玷污了高贵的男性们。这就引起格央深深的忧虑："我实在搞不清楚这种认为女性身上有某种不洁的东西观点是从什么时候开始的？这种观点和我们传

---

① 格央：《雪域的女儿》，西藏人民出版社2004年版，第171页。
② 格央：《雪域的女儿》，西藏人民出版社2004年版，第172页。
③ 格央：《雪域的女儿》，西藏人民出版社2004年版，第181页。

统的古老宗教有关吗？我也搞不清楚这种不洁的东西到底是什么？我只知道这种观点的结果造成了西藏女性在生活上的很多遗憾，制约了那些聪慧的女性的发展……"①

在格央的作品中，我们还看到了女性所受到的出身、血统的窒锢。在《铁匠的女儿》中，传统的因袭的宗教负累呈现在她的笔下，姆娣出身于铁匠家庭，因为铁匠的血液被认为是不洁的，所以在西藏，铁匠是备受歧视的，一般家庭也不愿意与铁匠出身人家的子女联姻。美丽的姆娣与表哥相爱，但因为出身而被表哥的家庭所唾弃，无奈最终皈依宗教，成为一个尼姑，虽然宗教的信仰使她走出了心灵的困伤，但我们显然能够看出她的心头有多少的无奈和哀伤。在这篇作品中，格央对这种社会习俗给姆娣所带来的痛苦充满同情，她认为女性更重感情，而男人却更多地去注重利益和体面，这使得女性有着更多的不幸。

格央以其生命体验对雪域高原女性的生存状态进行了思考，她的思考是有生活根基的，她自己说，她在八廓街生活了多年，也去过农牧区，对女性的现世生活有着深深的体验，她的写作抛开了一般高高在上的女权色彩，行走在这片雪域高原，具有一种脚踏实地的人文关怀。

二、浓郁的民俗文化特色

格央的散文洋溢着浓厚的民俗文化色彩，读格央的散文，仿佛在我们面前铺开了具有浓厚民俗色彩的西藏风俗画卷。在作品中，她为我们娓娓道来，不急不缓，西藏生活便活跃在我们眼前。笔者在采访格央时曾经问她，她的散文多是纪实的还是虚构的，格央肯定地告诉我，她的散文都是纪实的，即使是在我看来那充满魔幻色彩的亦真亦幻的内容，格央也认为那是纪实的。也许在西藏这充满宗教色彩的地方，在这神灵栖居的地方，那些外来者如我们看来是不可思议的事物，在西藏本土人看来都是真实可感的。格央以自己的眼睛去观照她

---

① 格央：《雪域的女儿》，西藏人民出版社2004年版，第13页。

所处的世界，为我们带来了浓郁的藏地民俗文化风情。

在《女巫师》中，作者对西藏的降神者进行了描写。"在西藏人的世界里，神是无所不在，无时不在的。天、地、水三界都有神，河流、树木、高山、泉水等等都是神可能栖身的地方，在山口、路边、水中有看不见的精灵，甚至在家庭里也有家神，这些神与人们的日常生活、生产、祸福有密切的关系，会给人们带来帮助和祝福，但是如果触怒了他们，就会有灾难降临，因此，西藏人从出生的第一天起直到生命的结束，都要和各种各样的神打交道。可以说人和神的世界是交叉在一起的。"① 在人与神的沟通中，就需要降神者这样的角色。在几千年的西藏政教合一的体制中，降神者是一个古老的职业，过去西藏噶厦政府的重大活动包括达赖喇嘛的灵童寻访，都需要向降神者请教后才能裁决。作者为我们介绍了西藏著名的"乃琼"降神者、"丹玛森康"女巫师，写出了他们神奇的法力。此外，在百姓的日常生活中遇到重大事情需要决策或普通百姓遇到病患时通常也要寻求降神者的帮助。作者通过自己的日常生活，通过亲眼所见，写了这些巫师法术的神奇灵验。在《女巫师》中，作者对巫师的法术进行了描绘，"对西藏人来讲，在有难题的时候如果能够遇到一个自己信任的巫师是一件很让人安慰的事情"② 譬如有些疾病的治疗，这些巫师以现代文明看来是迷信不可思议的方式来治病，"在外来人的感觉里，这种治疗疾病的方法一定既原始又很不可思议，而且还有点可怕，但是在西藏的土地上这样的治疗方式是得到认可和信任的，很多的患者由此恢复。我想如果有一些接受过高等科学教育的医学专家能够抛开正统地位的清高，对此做一些实践的考查，也许会得到某种有益的经验，这对痛苦的患者和患者的家人来说真是一个福音"③。

此外，在《被称为"魔鬼"的女人》中，格央对亦真亦幻的西藏现世生活进行了描绘，让我们仿佛置身于虚幻的世界之中，在这些

---

① 格央：《雪域的女儿》，西藏人民出版社2004年版，第45页。
② 格央：《雪域的女儿》，西藏人民出版社2004年版，第55页。
③ 格央：《雪域的女儿》，西藏人民出版社2004年版，第54页。

被称为魔鬼的女人中,既有令人同情的阿佳,还有让人憎恨的仓和老太婆,她们都有非同寻常的功能,而这些功能给周围人带来了恐惧和灾难。作品中的描写充满神秘色彩,但在西藏,似乎这一切又都那样真切可信。阿佳被认为是个魔鬼,她会莫名其妙地出现在某些场合,她对自己的所作所为无力改变,受人歧视。甚至包括作者自己都曾看见阿佳的幻形,格央说:"我相信这个世界上是有神灵存在的,那么相对于神灵,自然会有鬼怪的存在,在我看来这是很正常很理所当然的。"① 这样的世界对于异族人来说十分神奇,但对于藏族人来说,这就是本真的生活,格央写出了藏民族的世俗生活,带有较强的民俗文化色彩。

格央还写了如格萨尔的王妃(《格萨尔的王妃——珠姆》)这样一些具有传奇色彩的女性人物形象,写了珠姆对爱的坚贞、执着、忧伤与怨恨。在她笔下,珠姆的身上有着凡尘女子特有的女人味,她对格萨尔有着一种强烈的爱,她经历了世界上最残酷的战争,面对了最血腥的场面,享受了最富贵的生活,也得到了最感人的爱情。她有着一般人所不能体会到的幸福和快乐,也被一般人所不能承受的痛苦和悲伤折磨过。在《一代女王樨玛勒》中,樨玛勒是一个不太幸运的王妃,但她也是一个很坚强的女性,失去了丈夫,带着遗腹子在刁难和不如意中努力维持王室的权力,为子孙保持王位,最终把心爱的孙子扶持上王位,把王权交还给了悉不野家族。这些具有传奇色彩的人物在西藏被广为传唱,作品将这些人物栩栩如生地呈现在我们面前,显现出了西藏传统文化的魅力。

此外,在《格萨尔王传的女说唱艺人》中,格央给我们介绍了伟大的格萨尔史诗。在藏族人的历史上,没有任何一部作品像《格萨尔王传》那样流传广泛、深入人心,那样受到广大人民的喜爱,也没有任何一部作品像它那样在广大人民的心中产生如此广泛而深刻的影响。说唱格萨尔的艺人有三类:曲仲(佛授)、包仲(神授)、退仲(学来的)。作者对神奇的格萨尔艺人玉梅进行了介绍。在16

---

① 格央:《雪域的女儿》,西藏人民出版社2004年版,第105页。

岁之前，玉梅是一个非常普通的牧女，但一天在草地上睡着，被仙女托梦。接着生了重病，最后奇迹般恢复了正常，从此变得嗓音清晰、语调圆润，可以说出很多格萨尔的故事，这一切是多么的神奇。西藏的《格萨尔史诗》就是这样被这些充满神奇色彩的民间艺人传承下来的。

格央将她眼中的西藏呈现在读者面前，神圣而梦幻、真实而神秘，自然地显现了独特的民族风貌。其散文因对西藏文化的娴熟了解和自然呈现，使得她的散文具有浓郁的藏地风情和民俗特色，显示出了独特的魅力。

三、强烈的宗教情感

格央的散文透露出了强烈的民族宗教情感。在这两部作品集中，作者以崇敬之情写了一些宗教女性。格央笔下，神圣庄严的宗教女性身上既有神性的光彩，又有人性的魅力，她们和凡俗女子一样有着爱恨情仇。在《西藏的护法神——班丹拉姆》中，写了西藏著名的护法神班丹拉姆，作者写班丹拉姆年轻的时候，长得非常漂亮，所以很多男人围着她转，她因此而被宠坏，变得性格暴躁任性、行为放荡。父亲一怒之下把她关起来，然后她带着自己的妹妹出走，嫁给了罗刹国国王，也学会了吃人，后来终于在佛的感召下，幡然醒悟，成了藏传佛教的护法神，在伟大的女神班丹拉姆身上，有着凡人的世俗情感，有着美好的爱情，她与情人的伟大爱情被演绎成一个节日，每年藏历十月十五日，僧众把班丹拉姆的塑像从大昭寺抬出来，在拉萨城区游行，并隔河与她情人的塑像遥遥相对。在格央笔下，神也是那样可爱，具有凡人的七情六欲，既有庄严的神性又有复杂的人性。在《慈悲的度母》中，作者娓娓而谈度母的传说，在作品结尾，作者充满感情地写道："山是美的，果子是甜的，空气是洁净的，那林中忽隐忽现的风声是最动人的歌声，而那歌者就是漂亮慈悲的度母。"[①]宗教中的女神美丽而慈悲，她们能够给人间带来福禄，给普通子民以

[①] 格央：《雪域的女儿》，西藏人民出版社2004年版，第167页。

极大的帮助和慰藉。

在格央的作品中，还对宗教女性给予了极大的赞美。在《女密宗大师劳准玛及觉宇派》中，写了女密宗大师劳准玛的成长过程，她小的时候聪慧异常，12岁时母亲的去世使她看到生命无奈而痛苦的一面，知道只有修佛才能使自己获得解脱；16岁时父亲与世长辞，她再次认识到了生命原本的困难，这使她坚定了学佛的信心。在喇嘛的指引下，为创立女觉宇派的思想体系打下了理论基础。后来她与印度班智达结成夫妻，生儿育女，然而为了宗教事业，最终抛家弃子，一心修炼佛法，通过苦修成为一代著名的女密宗大师。作者写道："在我的心目中她是智慧和完美的象征，是力量和努力的源泉。多少次我感觉到她就在我的身边，用她的光芒照耀着我，用她的智慧指引着我……对生活在雪域高原这片土地上的女性来说，劳准玛就是我们最伟大的、最崇高的母亲。"① 在格央笔下，这些宗教女性都是有血有肉的，她们并不是高高在上的，而是同样承受着红尘中的困惑，但最终以强烈的宗教虔诚之心献身于宗教事业，格央为我们呈现了许多不为人知的女性人生。

格央除了写这些传说中的宗教人物外，还描绘了现实生活中的宗教女性，如《尼姑女人》，写了日常生活中的尼姑，"在西藏，尼姑们穿的是那种赭红色的裙袍，她们的鞋子、帽子、经常带在身上的简单的布包都是同一色系的，而冬天用的手套和围巾也绝对是相近的颜色，甚至偶尔穿的毛衣和御寒用的外套也会选择相差不大的颜色。因此，我从小就对这种颜色有着一种特殊的感觉，在我的感觉里，这种颜色是庄严和神秘的象征"②。格央将我们看来是神秘的尼姑生活细致地道来，写她们的日常生活，写出了她们也有自己的情感与不同的经历和命运，让我们了解了一个看似特殊的女性群体。

藏族地区长久以来独特而深厚的宗教文化成为作家创作的精神资源和民间资源。佛教自7世纪传入藏地以来，经历过双方的斗争，逐

---

① 格央：《雪域的女儿》，西藏人民出版社2004年版，第119页。
② 格央：《雪域的女儿》，西藏人民出版社2004年版，第123页。

渐和苯教相结合,形成了藏传佛教,并且最终实现了政教合一的统治方式。藏传佛教的哲学思想和价值观念作为藏族传统文化的主体和核心,引导和影响着藏文化的各个方面。格央作为藏文化的传承人,她的作品自然而然地显露了极强的宗教情怀。

在格央的散文中,她以女性的柔婉细腻,感受着历史和现实,日常生活和神界中的女性,描绘着她们的现实生活与情感追求。既有对宗教女性和历史上伟大女性的赞美,又有着对普通女性所经受的身体和心灵创伤的关切,她的创作立足于西藏的文化土壤,关注这片土地上女性的命运,既有历史的沉思又有现实的关怀,这使得格央的创作显得丰厚而阔大。

从格央散文创作的精神内蕴来看,她散文深沉的文化追思凝练出凝重丰厚的诗性情感,她把散文创作推向了意蕴绵长的境界。她散文内在的精神突出地表现为鲜明的文化反思意味。这种文化反思植根在对藏族女性生存现状的深层次关怀上。她在散文中,一方面发掘历史和传说中女性身上的光辉和现实生活中女性的坚强果敢,另一方面对女性在生活中的负重与所受到的不平待遇给予了极大的同情与关怀。正是作品中这种对女性命运的深刻反思和文本中所传达的生命意识与精神人格,使得格央的散文超越了个人一己情怀,具有了深沉的人文关怀力度。与此同时,夹杂在对女性命运思考中的对民族痼疾的痛挞和对民族因袭中的负面精神的忧虑,又使得她的作品显示了极强的民族文化反思意味。

此外,因为文本中所蕴含的丰厚的藏族民间文化和宗教信仰素材,使得格央一定程度上成为当代藏文化的传承人。格央的创作与一般的涉奇猎艳的文本有着很大的不同,因为格央深深地植根于本民族文化土壤,藏族文化内蕴自然而然地流露在她的作品之中。她的文本是一种融合了鲜明的女性视点和丰富的民俗文化的文本,以女性的视角去展现本民族女性的生存面貌,为女性研究和民俗研究提供了特殊的文本参照。

从散文的体式来看,格央的散文属于文化大散文,她的散文篇幅较长,涉及面很广,蕴含了丰富的历史和社会生活内容,在取材和行文上表现出了鲜明的文化意味和理性思考色彩，显示了一种精神层次上的追求，有着深厚的人文色彩。此外，她的散文是一种带有浓厚的叙事意味的散文，她的一些散文如《一女有四夫》《铁匠的女儿》《牧场主的妻子》等，因为叙事的细致、情感的深挚，使得作品中的人物栩栩如生，读起来更像是小说。在叙事中凸显真实生动可感的人物形象，这是格央散文创作的一个重要特色。

从总体风格上来说，格央的散文有一种醇厚质朴的特色，她的散文植根在藏文化的土壤上，不尚雕琢、自然质朴、醇厚久远。作为雪域的女儿，她站在这片阔大的高原上，笔触掠过历史的天空、现实的大地，与心灵紧紧联系在一起，抒写了自己对女性命运的关怀与思考，以醇厚质朴的赤子之心展露着对雪域大地的挚爱。谢有顺曾说："散文界在相当长的时间里，都弥漫着尚大之风，举目所见，都是宏大的历史追溯和山水感叹，唯独见不到那个渺小、真实的个人。"① 可喜的是，从格央的创作中，我们不仅看到了真实的毫不虚饰的雪域大地，还看到了隐藏在表层抒写下的对女性生活的关切和对民族发展的忧思，这都显示了格央散文创作的独特魅力。

第三节 现代化进程中女性的忧思

白玛娜珍的第一本散文集《生命的颜色》出版于1997年，这部文集中的作品多是一些随感性的文章，文笔清新稚嫩，写尽了青春少女的迷茫、敏感和细腻如丝的情怀。2012年出版的《西藏的月光》这部文集收录了白玛娜珍近些年所创作的散文，主要抒写了藏家女儿对故乡的热爱，对生命的感悟，对现世的思考，对女性生存困境的挖掘和对民族发展困境的忧思。白玛娜珍对生活有着尖锐的发现，她的创作呈现出了民族精英知识分子强烈的忧患意识和鲜明的承担精神。

---

① 谢有顺：《文学的常道》，作家出版社2009年版，第86页。

一、寻找精神的栖居地

寻找精神的原乡，是白玛娜珍散文的一个重要精神走向。文学要有根基，每个作家都有自己的精神栖息地，"伟大的作家往往都热衷于写自己所熟悉的故乡。鲁迅写绍兴、沈从文写湘西、莫言写高密东北乡、贾平凹写商州、福克纳写自己那像邮票一样大小的家乡——每一个伟大的作家，往往都有一个自己的写作根据地，这个根据地，如同白洋淀之于孙犁，北京之于老舍，上海之于张爱玲，沱江之于李劼人……"①。对于白玛娜珍来说，拉萨，不仅是她熟悉的地方，更是她心灵相依的地方，是她精神的原乡地，是她剪不断、理还乱的前世今生。在《108 般的情与念（七）》中，白玛娜珍借用张承志在《鲜花的废墟》里的话语："人必须爱一座城市，否则人就如一只乌鸦，绕树三匝，无枝可依。"白玛娜珍以文学的方式寻找自己的精神栖息地，她指出了自己精神的依恋地就是拉萨，她挚爱着这座城市，以女性那敏感细腻的心思感受着这座城市迷幻的色彩。

通过对故土的追寻，实质上展现的是对一种民族传统精神的追寻。因为千年以来，拉萨始终是藏族人心中的圣地，也是他们精神的原乡，许多藏人历尽千辛万苦也要到拉萨朝圣，即使死在朝圣的路上也在所不惜。在白玛娜珍的笔下，拉萨，始终是她灵魂的栖居地，始终是她内心深处最温暖的地方，即使在梦中，这座城市都给她以心灵的惊喜："这天早晨，我驾车穿行在我爱的城市。每一处细微改变，都被我如数家珍。我感到即便在梦里，走错了一段，都是一段惊喜。"（《108 般的情与念（七）》）这样的一份欣喜，都源自于对故乡的深爱。在《请伸开手臂》中，作者写出了即将要回拉萨的喜悦："我真的就要回去了吗？曾经多少时候，我回味着那片洁净的天空，想象夜里，远河飘着歌。哪怕只在家里的小院吧，也能细听墙外湿透的白桦林，随风窸窣的声音而遐思不尽。每天清晨起来，鸟雀就像滴

---

① 谢有顺：《从密室到旷野——中国当代文学的精神转型》，海峡文艺出版社 2010 年版，第 186 页。

在屋檐的雨，欢快地鸣叫着，使我心里充满了温情。草坪上，阳光泛着一洼一洼的银光，几乎令人心醉神迷！在上班的人流里，每一束长发都飞舞着，好像蓝天里的白云，铺成波浪般的清溪。"拉萨，在她的心头是那样的柔软而美丽，她的身体，即使处在喧嚣的尘土，而心早已归去，归去在拉萨，在文章的末尾，她用美丽的诗句写道："于是我渴望着，渴望寒风再一次撕裂我／渴望刻骨的圣洁在我的血液里涌动／渴望用额头去触及如冰的石头／渴望成为一座越来越挺拔的雪峰／呵，西藏！我已洗净身上的尘土，请你伸开手臂！"

　　对精神家园的追寻是白玛娜珍散文的基调。故土拉萨，是白玛娜珍的心灵家园，"不论什么时候什么季节，太阳永远亲切地爱抚着西藏高原。那里有黝黑的儿童、硬朗的老人；有金黄的庙宇、红色的墙；还有坦荡的草原、碧蓝的湖泊"（《呵，拉萨雨》）。白玛娜珍在她的散文中，为读者呈现了带有感情化色彩的拉萨，鲜明地表现了作者的民族立场和文化立场。藏民族文化精神内蕴成为白玛娜珍创作的生命源泉，"自己所能看到的现实是有限的、具体的、窄小的，而伟大的写作，往往就是从一个很窄小的路径进入现实，再通达一个广大的人心世界的。这是写作最重要的秘密之一"①。拉萨，这座心灵的家园，为白玛娜珍带来了无尽的心灵宽慰，也是她走向更深远的精神隧道的伊甸园，她在这里自由地徜徉，感知这座城市独到的文化魅力，感受心灵的喜悦和尘世的悲欢。在《108 般的情与念（一）》中她写道："我的生活，像退潮的海；余下的光阴不多。我的此生属于西藏。我的文字和生命，会变成西藏的一捧土。"

　　白玛娜珍将自己的心灵、创作、生命与拉萨紧紧地连在了一起，她的散文满蕴对故土的热爱。这种对故土的热爱，在白玛娜珍的作品中最终升华成一种对出生地、对传统文化的坚守，她以圣徒般的朝圣之心在爱着她脚下的土地，展现着她对本民族文化的皈依。

---

　　① 谢有顺：《从密室到旷野——中国当代文学的精神转型》，海峡文艺出版社 2010 年版，第 200 页。

二、深沉的民族忧患意识

白玛娜珍是感性的,然而在感性之中又有理性,从这理性中升腾起的是一种对生命的热爱与对现世的思考,理性光辉的照耀,使白玛娜珍越出了一般女性一己的哀戚,她的散文对人间生活有着尖锐的发现,对脚下的土地有着承担精神。

任何民族在发展过程中都要经受现代化浪潮的冲击,西藏在20世纪中后期也不可避免地受到了现代化浪潮的洗礼。白玛娜珍的作品写出了现代女性对情感的不懈追求,以及她们在红尘中的困惑无着。在她的笔下,拉萨女子豪爽、坚韧、敢爱敢恨,但她们又往往为情所累,在对情感的追逐中或孤独寂寞或放纵狂欢。白玛娜珍对女性内心难言的隐忧洞察入微,同情与悲悯使得她的作品有着内在的张力。

白玛娜珍深爱着自己的精神原乡,但在现代商品经济大潮的涌动下,拉萨也和内地一样有着太多的喧嚣和浮华,作者对拉萨现代化途中的变异给予了深切的关注。在《拉萨的活路(一)》中,作者写道:"山下的拉萨,那些灯火已不仅是供奉在佛前的长明灯,簇动的人流也不仅只是朝圣的人群……""难道今天的成都或者北京上海,就是拉萨想要的未来。"面对一个民族在前行过程中所面临的传统文化的逐渐消逝,白玛娜珍内心有着深深的忧虑。她将这种不安与痛苦灌注在她的笔下,对民族发展进程中的困境有着哲理的思考。如她的作品所展示的,藏民族是一个乐观的、载歌载舞的民族,在物质贫瘠、辛勤劳苦中,他们不缺乏心灵的喜悦,白玛娜珍也极为珍视这种民族精神中接近天性自然的一面,但她却不无悲哀地看到,藏民族的这种天性在逐渐泯灭,为了生存,为了所谓的效率,他们开始和内地人一样,不苟言笑,在劳作中放弃歌舞,"也许,伴随这种遥远的期望,动听的歌谣将永远消失。而没有歌声的劳动,剩下的,只有劳动的残酷;同样,从劳作中分离的那些歌谣,保护下来以后,复原的只能是一种假装的表演,而非一个民族快乐的智慧。那么,我们该要什么呢?是底层人们的活路,还是他们欢乐的歌谣。而不知从何时起,这两者竟然成为一种对立,而这,就是我们如今生活的全部真实与荒谬"(《拉萨的活路（四）》)。作为一位民族精英知识分子，白玛娜珍感受到了现代化进程中藏民族不得不面临的前行过程中的痛苦的磨砺，面对传统文化的逐渐消逝，她不无忧虑："如果挣钱付出的代价是告别一种自然而人性的生活方式，钱，对这个美丽的村庄而言就是魔鬼啊！"(《拉萨的活路（三）》)

对于民族的未来，白玛娜珍充满着希望。拉萨，始终是她精神的原乡，但在现代化过程中，藏族人的传统文化观念必然会受到冲击，白玛娜珍对此满怀忧虑和感伤："也许央拉、央金和我，我们今生只能在城市和牧场之间，在传统生活和现代文明之间徘徊。假如有一天，我们内心的信仰、我们世世代代对生命的理解、人民的习俗能够被发展的社会所维护，和谐和幸福一定会如同瑞雪和甘露。"[《拉萨的活路（一）》]白玛娜珍没有丧失对生活的信仰，她希望脚下的这片土地洁净如昔，正是这种潜存在心的忧患与对未来的思考，使白玛娜珍的散文显现了民族精英知识分子的独特气质，她的表述使得一种民族忧患意识浮出地表，从而引起了我们的深思。

三、女性生存的困境的揭示

白玛娜珍的散文写出了女性在当下的生存困境。郁达夫曾说："现代的散文之最大特征，是每一个作家的每一篇散文里所表达的个性，比从前的任何散文都来的强。"庄子曰："真者，精诚之至也。不精不诚，不能动人。故强哭者虽悲不哀，强怒者虽严不威，强亲者虽笑不和。"白玛娜珍真诚地抒写，毫无扭捏造作的姿态，透过她的散文我们能鲜明地体会到藏族知识女性精神上的追求与困惑。在《爱欲如虹》中，写女性在尘世中如何为爱所苦："但当我天天在佛唱中点燃酥油金灯，为什么这世间，仍只有一场场残败的爱情。"在这篇散文末尾她用诗歌写出了心灵的呼唤："雁子为了寻觅春天飞来飞去/您为了爱来到人间/当细雨风过/您悲情的祈请/是摧散云雾的长歌/在西湖南屏晚钟里/升现佛国的春梦。"什么才是红尘中女性的归宿，白玛娜珍以作品的方式寻觅如何让女性走出困境。

女性在现实生活中，既面临着生存的困境，又面临着精神的困境，白玛娜珍的散文尽显了红尘中女性无奈的境地，透露出对女性的深沉的关怀。在《刀光剑影》中，含蓄的父亲以托付宝刀的形式托付了女儿，希望女儿今生会有依托，但女儿的情感却终无着落，还要强作欢颜，作品将女性的精神困境和对爱的无望追求呈现在了读者面前。

抒写女性对情感的执着追求是白玛娜珍作品的一个重要内容。在内心深处，她向往着一种坚贞的两性之爱，在《在岩洞里等爱》中，强巴和卓嘎相爱，却因各有家庭的牵绊而不能相守，强巴难以忍受这种情爱之苦，于是离开家庭，来到青朴山，隐遁在岩洞之中，20年的等待，终于等来了在尘世中结束操劳的卓嘎，这份迟来的相依相栖让人感动。在《唯一》中，老僧人出家20年，孤身住在山下的小屋里，只为了能够天天看见亡妻天葬的地方，这是怎样的一种深爱！在《爱是一双》中，只因相爱，顿珠和央金可以抛下尘世的一切，在青朴山相拥。作者渲染了这份真情，流露出浓厚的感伤气息："远眺青朴山下，我的生活空无痕迹，身后，顿珠啦和央金啦在一起，九年来没有一天分离。"

然而，作为女子，在情感的追求中不可能处处完满，而是要经受许多心灵的重创，这使得她的散文充满哀戚："我怎么能知道自己的心在哪里呢？我像一株空心的竹，活在生命的丛林里。精神的荒芜和信仰的没落在我身上并存，早已丧失了自心的定处。时刻随着外境的变幻悲喜沉浮。"（《找到水源的鱼》）一颗在红尘中晃动的心如何得到安栖？在她一颗孤心最无依托之际，仁波切的救度，使她走过生命的悲戚，在宗教中，白玛娜珍最终找到了心灵的安慰："在隆钦巴成就的修行洞里，在瑞雪纷飞的晨光中，堪布的话语，像在拂去迷雾，像慈悲的河。"因为懂得，所以慈悲，得到了宽慰，心因此而宁静："这夜，当我穿行在野蔷薇散发的芬芳中，我忽然觉得自己似乎在过去的某个时刻来过这里——很多时候，刹那的记忆犹若天上的闪电，瞬间照亮双眼又复归于黑暗；而这一世，这一夜和这一刻，夜晚的微风中，野蔷薇树斑驳的光影里盛满了我的幸福。"（《浸润在甘露中的爱》）

对女性内心的细腻刻画和对女性情感困境的关注与抒写，使得白玛娜珍的散文产生了一种深刻而感人的力量。

四、女性细腻的生命感知

白玛娜珍以女性的细腻善感去感知生命中女性的情感悲欢。通过她的散文，我们可以体察到一个藏地女子在现代化进程中的精神历程。

她的散文沉静而简洁，在《108般的情与念（七）》中，她说："当我和母亲越来越像，和外婆更像，我就老了。我的余生，将在拉萨结束。就像之初，在拉萨诞生。"然而，在这简洁里，又充满情韵和忧伤，有岁月流逝的伤感，有对拉萨的眷恋，更有难以言表的对生命的体悟。

白玛娜珍的散文语言细腻而感伤，带有浓厚的女性化色彩。在《爱，直到成伤》中，她怀念自己的女友："回到拉萨，我常想你，想你在那个青砖灰瓦白雾迷蒙的小城，如何掩藏、如何笑又如何在深夜被梦魇惊醒。你是从白色岩石中轻舞而来的紫色精灵……我们坐在窗前，看白桦树叶子，如何悄无声息脱离枝桠，像一只美丽的蝶。不，像蛾，当它在太阳的照耀中泛起蓝光，像一只蓝蛾，它在扑落中变得像一首绝美的诗。"在女友去世之后，她这样写道："传说死亡，是一次搬家。是从这所房子里搬到另一所房子里。我是你住旧房时的旧友。但你在新家，将有新的至亲至爱。昨天的太阳，依然像昨日，照耀着新生的你。"字里行间充满女性深重的幽怨与哀伤。

白玛娜珍散文有着诗一般的意境。她的散文语言是带有诗意的语言，当普通的言语无法表达其心境时，她往往用诗句表达她丰富的情感。她的散文常常镶入诗句，由此显得含蓄深沉，也满驻情韵。在《108般的情与念（一）》中，她的思乡之情隐幽在这样的诗句之中："听说，冬，太阳像金子涂满拉萨的郊野、山峦和房屋。我听着，心，像被融化的金子一般。但我在异乡。像在山岭深处。一间在半空的小屋，一扇门，把一切都关蔽了。里面住的，不是燕子，也不是狮子或者蛇。往事像在陈酿，时光已薄如蝉翼，流动的世界一派虚悯。"这样的语言是充满色彩的，动感的语言，是一种能给人心灵触动的充盈灵动的语言。她用这样的语言去捕捉女性的灵魂，展现女性的心理世界。

白玛娜珍以女性的视角去体察社会人生，表达关于世事沧桑的生命感悟与自我心灵的秘语，进而表达对古老藏民族乃至整个人类的忧患情怀以及对生命终极意义的思索与追寻。如在《108 般的情与念（八）》中，写了沉陷于拉萨红尘中的女人，她们或者简单纯情，或者经历过生活的坎坷，或者独立有思想，或者事业成功而内心永远寂寞，她们在俗世中都有万般的不如意，都经历着生存和情感的煎熬。然而，有一个地方能让她们在尘世负重的心得以安歇，这就是宗教："很快到了圣诞前的平安夜。拉萨各娱乐场爆满。朋友们像忘了我。我正气愤，手机响了，那是一个陌生的电话号码，却响起熟悉的声音，她说：'很久没有到我们这儿来了，把我忘了吗？'是尼姑色嘎。她告诉我山上已接通了电话，说冬日的山野格外安详……听着她的声音，我的心慢慢静了，仿佛嗅到了那片山野干燥明朗的气息。"

女性作家对世界的纤细体认呈现在我们面前。作为雪域高原的女儿，藏传佛教精神早已融入她的血液，她的文字，往往自然而然地充满着一种宗教文化色彩。"我像一直在出发的路上，像一片可以落往他方的树叶。山里浓醇的积雪把我变得分外丰腴，我的左眼，度母悲悯之泪将泉涌，我的右眼，母系罗刹之血将焰火熊烈……"（《爱欲如虹》）同样，她的文字又是一种充满爱与悲悯的文字："这晚，明月格外清朗。我凭窗遥望，乞讨的人们也许正在月光下，喜出望外地清点获得的布施。还有老人和儿童，或许正在狂欢。那些得生的鱼儿，在拉萨清凉的河水里，正在欢畅地远游。一种喜悦，便像这晚的月光，弥漫开来。我突然明白，对我而言，这就是萨嘎达瓦的给予。"（《满溢的月光——佛诞月笔记》）

白玛娜珍以自己独特而细腻的生命感知来建构自己的散文世界，抒写了她对生命的体验和对现实世界的思考。在她的散文里，既抒写了女性在现世中的情感之殇，对理想之爱的追寻，又有对民族文化的坚守和对处于现代化之途的西藏现代社会的深沉忧患。

第四节 民族文化的张扬与审视

梅卓有散文集《藏地芬芳》《吉祥玉树》《走马安多》等。梅卓的散文和她的小说一样，有着对民族文化的张扬和认同，她用文字的形式，建构她雄伟的民族想象。在《游走在青藏高原》中梅卓这样写道：

"我至今不明晰游走的意义在于什么。但我喜欢这样的游走。多年前我开始文学创作，也开始了这种漫无目的地游走。无疑，文学创作与作家的内心世界不可分割，我却更久、更深地沉溺于外部。游走的积累和经验在我是不可多得的财富，我使它们纯粹，成为一篇篇文章。

我出生并生长在高原。群山之中，最美的莫过于万里长云蓝天，青翠苍茫草原，红墙金顶的寺院群落，曲径通幽的静修之地，这种与世无争的宁静平和，时时刻刻警示并安慰着我，这是与我息息相关的土地。

美在高处。美在生活于高处的人们。美在对此可亲可敬的感受。美在坚持。高原的广袤无垠是永不枯竭的起源，我的文学创作源于游走并感动于游走的地方。"

梅卓有着强烈的族群认同，她的散文以游走的方式呈现了她对民族文化的追认和重塑。《藏地芬芳》抒写了她藏地游历的所见所感。作者历时近4个月，行程三万多公里，走遍了安多、康巴、卫藏、阿里的大部分地区。她将藏族聚居区的自然地貌与人文景观进行描述，介绍了藏族民居、服饰、风俗、信仰等内容。在《朝圣梅里雪山》中，写神圣的喀瓦嘎博雪峰出现在作者面前时，她竟然哽咽起来："我请了一大把柏枝，塞到煨桑台里，浓烟滚滚而出，柏香的气息刹那间铺满天空,这是我的问候,带着家人的祈祷,向遥远的又近在眼前的神山致以崇高的敬意。把五色经幡挂在经幡丛中,这是我的祝福,代表年老的父母双亲,代表年幼的女儿仁果,代表辛苦劳作着的兄弟姐妹,愿神圣的喀瓦嘎博永驻世界,愿喀瓦嘎博降下的福气永泽人间。"字里行间洋溢着强烈的宗教精神,也有着对民族文化精神的自觉认同。

《走马安多》中作者将安多草原上的风景和人事尽现于笔端,也将心灵深处对青藏高原文化的皈依和挚爱之情渗透在字里行间。如《在青海,在茫拉河上游》,写了在茫拉河源头的茫多草原深处一户牧民家庭的日常生活,写的平实质朴,满蕴生活的气息。作者在文章末尾写道:"生活在这里仍然保持着原生态,自然赋予草原人以包容、平静、博大的胸怀,飞禽们在自由飞翔,动物们在自由奔跑,而人们在辛勤的劳作之余,仍然能够侧耳聆听那大自然中的天籁之音,那和谐的生命交响曲是在祖祖辈辈的维护下传到了今天,在这个广阔的生命平台上,草原水草丰美,人们生生不息。"《当卡寺的女神节》写了玉树结古当卡寺女性护法神阿斯秋吉卓玛的节日盛状和宗教仪轨,"在玉树,有多少家庭里的孩子就是这样在宗教的氛围中长大,熏陶着神舞的气息,敬畏着神灵的神威,遵循着慈悲的信念,父传子,母传女,一个民族的道德观念就这样划出了一个完美的底线"。《伊扎三题》中充满深情地回忆道:"记得儿时常有乡亲来,他们从褡裢中取出新鲜的糌粑和嫩绿的豌豆,同父母聊得不亦乐乎,我便依稀觉得,他们来自故乡,来自那个名叫伊扎的地方。"浓重的故土情结使得梅卓关注着脚下的藏地,对雪域藏地进行着自觉的言说。有着极强的民族情感,在书中这样写道:"是啊,我们的幸福诞生在此。我们笑了,因为这是我们的家乡;我们哭了,因为这是我们的家乡。"这样一种强烈的对故土的热爱之情,存在于许多藏族作家的心中,同时也呈现在他们的文字里,在梅卓的字里行间始终洋溢着对藏地的一片深情。

《吉祥玉树》是作者多年来对玉树地区的实地考察在文学上的结晶,她说:"玉树,是激情的天堂;玉树,是心灵的家乡。绵延之山是玉树精神的象征,浩荡之水是玉树精神的象征。玉树的激情感染着我,玉树的神奇感染着我,玉树的真心实意感动着我。"作者从不同角度、不同层次反映玉树的自然环境和人文历史,介绍了玉树雄伟的巴颜喀拉山的地质地貌,写了三江之源的秀美,展示了以尕朵觉吾神山为轴心的玉树优美的自然风光,还写了玉树大地上的高僧大德,写了可可西里的雄奇风光和野生动物。也有着对女性生存现状的关怀,如她在写改加寺最老的尼姑躺在被窝里,左手摇着经筒,右手捻着念珠:"老人手里的经筒在飞速地转动着,念珠在飞速地转动着,它在记录着什么?记录女人一生的幸福,还是对信念的执着追求?记录女人一生的无奈,还是记录往生的路途?如果不是记录,那么是在消解着什么?消解这一生的罪恶,忏悔这一生的,为下一生的好运做好准备,这样的消解,需要多少数字的累计才能完成。"作者写了为宗教献身的女性,一方面是对她们带着强烈的崇敬之情;但另一方面,怎样的生活才是女性真正的幸福生活,终生与经卷、油灯为伴,是否就是最好的生活,梅卓还是质疑的。所以,在讲到改加寺最小的尼姑时,她这样写道:"高乔巴珍纯真的眼睛令人难忘,她即将迎来怎样的青春岁月,又将迎接怎样的苦修与乐趣⋯⋯"

西藏特殊的地域特征和高寒的自然环境决定了人们独特的生活方式和宗教信仰,相对封闭的深厚的传统文化积淀给作家的创作带来了深刻的影响。藏传佛教作为一种精神性的力量一直蕴含在作家的灵魂深处,去指导作家认识世界,体验人生,并规范人生。作家在散文创作中表达了独特的生命体验,以及对女性人生的关怀和对民族历史的追寻、现状的思考,蕴含着独特的地域文化审美特征和民族精神气质。

文学必须要有强大的文化精神的支撑,必须要有灵魂的拷问,可贵的是梅卓的创作有着浓厚的文化根基和对生命的无尽追问。她的散文都以文化精神作为其生命线,向读者不仅展示了历史和文化的碎片,还展示了文化精神的根系。梅卓的散文,以高原的风貌描写取胜,在《藏地芬芳》《吉祥玉树》《走马安多》等散文集中,梅卓以满含热情的目光去打量她脚下的土地,在对藏地文化精神的追溯中,去重建逐渐逝去的民族精神,在对历史和现实的回顾中,去构建民族的昂扬精神,显示了她极强的民族责任感。藏民族生活在自然环境极其恶劣的高寒地带,连绵的群山,缓慢而又滞重的生活方式,宗教成为人们重要的生活方式,他们更重视内心而忽略物质生活。在梅卓的散文中,她通过对藏民族的地理环境、宗教文化和民俗文化的考察,对藏民族的民族文化心理进行了全方位的展示。

梅卓的散文创作尽显藏家女儿对她脚下土地的激情与赞美,向外界传达着雪域文化的魅力。藏地的人文精神、地域文化、民俗民风、宗教传统等等,是作者引以为豪的,这些描写也彰显了她的民族身份认同;同时,身为女性,梅卓的作品天然地有着对女性生命的思考与关怀。在藏地,人们往往以敬仰的目光看待朝圣者,甚至认为能死在拉萨朝圣路上是最大的幸福。但当梅卓在路上碰见朝圣的尼姑时,她这样写道:"我抱起她的肩膀,悲从中来,一下子竟不能自制地哭出了声,同为女性,我生出许多感慨,可不知道说什么才好,她那么瘦小的身体,装了那么多的悲哀,而无言地跟在身后的外甥女,小小年纪就失去了母亲,生活中实实在在的痛苦压在她们心上,恐怕只有这漫长而艰辛的朝圣之行才能缓解天大的不幸,身体的劳顿是一种磨炼意志的方式,可是这种选择对于女性来说,真是有着太多太多的难处……"藏族女性承受着太多的生活的困顿,梅卓将她们的生存困境呈现在读者面前,透露出了对女性苦难命运的关怀。

第六章　身份意识觉醒后的话语实践（三）
——诗歌创作

当代藏族汉语诗歌的创作也是从20世纪50年代西藏和平解放开始拉开帷幕的。新生的政权带来了崭新的社会变化，神权统治土崩瓦解，新的社会主义制度建立，西藏被纳入了祖国大家庭的版图。最初走上文坛的作家以饱满的激情歌颂和赞美新生的政权。"五六十年代，藏族文坛上最引人注目的是诗歌。"① 这个"引人注目"，是因为这一时期，与小说、散文创作相比较，诗歌出现得较早，而且这一时期，诗歌与内地文学呈现出了大致相同的审美趋向，具有新鲜的活力和蓬勃的激情，在新的时代审美思潮的规范和指引下，对新生政权大力颂扬，在政治领域里发挥了重大作用。

女性的诗歌创作开始得较晚。与小说散文创作的情况相类似，较早走上诗坛的也是男性作家。擦珠活佛是50年代最杰出的藏族诗人，他用藏文进行创作，都是先发表藏文诗歌，随后被译成汉文发表，从而享誉西藏诗坛，通常为大家所熟知的都是他的被翻译成汉文的诗歌。他的诗作主要有《歌颂各族人民领袖毛主席》《欢迎汽车之歌》《庆祝西藏自治区筹备委员会成立》《爱国青年大团结》等，这些诗歌以澎湃的激情，表达着对领袖的热爱、对新生事物的颂扬、对新政权的拥护。如在《歌颂各族人民领袖毛主席》中，他写道："毛泽东啊，好听的姓和名，/升起在祖国辽阔的天空。/不用说见着你的面

---

① 莫福山：《藏族文学》，巴蜀书社2003年版，第99页。

容,/只听你的名字也会欢乐微笑,/各族人民伟大的领袖毛主席呀,/我梦里的心情也在您的周围萦绕。"在《欢迎汽车之歌》《玉带金桥》等诗作中,擦珠活佛以澎湃的激情歌颂了时代的崭新变化,充满着喜悦和豪情,展现着藏族知识分子在改天换地之后发自内心的感激之情。如在《玉带金桥》中这样写道:"悬崖峭壁上的炸药响连天,/一座座的长桥架过古堑天堑,/英雄们的血肉,常随碎石奔流,/浪花飞溅!/困难像乌云布满了蓝天,/英雄们智勇的大风,终于把乌云/刮到海洋那边!"这些充满激情的话语洋溢着幸福的喜悦。

饶阶巴桑是50年代西藏文坛的又一位本土歌者,他有着坎坷的家庭生活经历,从小深受藏族民歌的熏陶,1951年加入解放军,当过战士、翻译、文化教员等,新旧社会切身的生活经历使他萌发了写诗的冲动,1956年开始发表诗歌。最具有代表性的诗歌有《牧人的幻想》《母亲》《让我变成一条金鱼》《云路向导》《牛皮船》等,与擦珠活佛的诗歌相比,饶阶巴桑的诗歌虽然也流露着时代的声音,但在时代的声音之下,又有着作者隐秘的灵魂的闪现和对民族历史的形而上的深层思考,他的诗歌也具有更多个人的真情实感。如在《牛皮船》中,他这样写道:"雅鲁藏布江上漂泊的牛皮船,/曾经是一个民族动荡的房间,/千家万户在水上流浪,流浪,/江风山雨,沉沉浮浮千百年。/江风山雨,滔滔江水不断流,/沉沉浮浮,深深苦难流不断,/奴隶的生命拴在惊涛骇浪上,/江水啊日日夜夜愤怒地呼唤。/……一双船形的毡鞋给了她启示,/一腔难平的怒火解除她忧患,/迢迢百里辛勤运花的牛犊啊,/请你变成运送人间希望的船。/啊,第一只皮船诞生的艰难,/曾经震断过喜马拉雅的冰川;/雅鲁藏布江上飘荡的牛皮船,/曾经是一个民族动荡的房间。"这是饶阶巴桑作于1976年的诗歌,可以看到,这首诗歌一方面有新旧对比的主旋律的意味,但一方面来说,还是显现出了作者对民族历史的思考。

此外,伊丹才让、丹正贡保等在五六十年代的藏族诗坛上也占据着重要的地位。他们是第一代藏族诗人,他们的创作使当代藏族诗坛与传统的以宣扬宗教义理的藏族古典诗歌有着很大的区别,但毫无例外,他们此期的诗作与内地主流诗坛一样,弘扬与彰显主旋律精神,在新旧对照的生活中充满政治的豪情,虽然也有民族特色,但民族特色的表现主要是外在的景物。此期的藏族诗人不同程度受民族大一统思想的影响,内地文学是他们学习和借鉴的一个榜样。如伊丹才让在采访中这样说道:"我读的诗里面,给我影响非常深的是闻捷的诗、郭小川的诗、白桦的诗。还读过田间的诗。我读得最有味道的是郭小川的诗,我非常喜欢他的诗。"①,这一时期的诗人,"他们都亲身经历了旧西藏的苦难岁月,留下了深深的印痕;他们都亲眼看到了中华人民共和国尤其是青藏高原的巨大变化,这些变化极大地震动了他们的灵魂。因而他们的诗歌创作,很自然地对旧社会的控诉有入木三分的深度,对新社会的赞颂有感人肺腑的力量"②。不容置疑,这些诗人对新社会新制度是由衷的歌颂和赞美,这样一种真诚在当代的一些评论中被仅仅简化为服从政治意识的规范,就有失公允。五六十年代,藏族文坛影响最大的是诗歌,然而令人遗憾的是藏族女性诗人在此时还没有成长起来,在五六十年代的诗坛上,缺乏藏族女性作家的声音。

20世纪80年代,是藏族文学勃发出青春活力,开始显现出独特风范的年代。诗歌创作上也展现出了欣欣向荣的景象,新老作家齐聚诗坛③,伊丹才让、丹真贡布、饶阶巴桑、格桑多杰、嘉央益喜、加央西热、吉米平阶、才旺瑙乳、旺秀才丹、班果、扎西才让、阿来、梅卓、唯色、白玛娜珍、桑丹、完玛央金、德乾旺姆等都是这一时期活跃在藏族诗坛上的优秀诗人。在才旺瑙乳和旺秀才丹主编的《藏族当代诗人诗选》中,一共收录了38位藏族诗人的诗作,这些诗人分别来自西藏、青海、甘肃、四川、云南。这部诗集出版于1997年,诗集中的诗歌大多是诗人在八九十年代的创作。这些诗作在整体风貌

---

① 才旺瑙乳:《专访:著名诗人伊丹才让访谈》,见藏人文化网,http://people.tibetcul.com/mrzf/200404/710_2.html。
② 耿予方:《西藏当代文学》,中国藏学出版社1994年版,第15页。
③ 这里的"新"和"老"只是相对而言的,"老"指的是20世纪80年代前就开始诗歌创作的诗人,如伊丹才让、丹真贡布、饶阶巴桑、格桑多杰、加央西热等;"新"指的是从80年代以后开始进入步入诗坛,80年代中期后才焕发出创作活力的诗人,如吉米平阶、才旺瑙乳、旺秀才丹、梅卓、唯色、白玛娜珍、桑丹、完玛央金、德乾旺姆等。

上与五六十年代的诗歌相比有着很大的不同，主流话语逐渐退出，激情的宣泄转为理性的思辨，呈现出向民族本体回归的态势。"进入20世纪中叶，中国诗坛出现了一个不容忽视的现象，一批藏族诗人脱颖而出，用藏文和汉文共同进行创作，尤其是用汉文创作，这些诗人身处传统与现代、藏文化与汉文化、青藏高原与其他地域的交叉地带，带着身处两种文化（尤其是语言、文字）交汇、互渗的边缘带的人所必然面临的矛盾、困惑以及优势和追寻，怀着内心的灼热抒写着自己的命运……最早经历了这种边缘体验的藏族第一代诗人是伊丹才让、格桑多杰、旦真贡布、饶阶巴桑。"① 伊丹才让的诗歌《答辩》（1981年写）中写道："我的责任不是从别处引进陌生来装束母亲，而是把生母的乳汁化作我谱写史诗的智慧。"可见已经有意识地展现了向民族文化回归的心声。在《布达拉宫——进取者的上马石》（1982年写）中写道："一千间华宫是十明文化组成的宫殿，十三层殿宇是十三个世纪差遣的信使！"对民族文化洋溢着赞美之情。在《通往大自在境界的津度》（1984年写）中伊丹才让这样写道："难道我江河源头甘甜的奶茶，还要从北溟汲取苦肠涩腹的海水调煮？！""母亲双手举过头顶的儿子，为什么要趴在他人的脚下匍匐？！""我恍然领悟到祖先在回眸中投来的遗嘱，我怎能拿人生的神圣职责，屈节于他人笑纹里挤撒的幸福？！"可见，在80年代初期，活跃在藏族诗坛的诗人已经开始了自我与民族的反思，展现了向民族文化敬礼、回归的心声。尽管这部诗集中的诗人创作面貌各异，但从总体上来看，民族身份意识凸显，个性化色彩浓厚，积郁着对民族历史的深思。

唯色、白玛娜珍、梅卓、桑丹、德乾旺姆、完玛央金等藏族女性诗人是在80年代走上诗坛的，她们是文学创作的多面手，她们的诗作从女性自我的生存体验出发，一方面显现了女性对自身命运的思考；另一方面在对女性命运的抒写中，凸现着她们对民族历史和现状

---

① 才旺瑙乳、旺秀才丹：《藏族当代诗人诗选汉文卷》前言，青海人民出版社1997年版。

的反思和探寻。从总体倾向上来看，白玛娜珍、唯色的诗歌往往具有强烈的民族激情和痛苦的追寻守问，在族别与性别的纠葛中呈现了深沉浓郁的悲哀，以强烈的情绪表达了对民族文化精神的体认和对自身民族身份的追寻。唯色的诗歌大多以激烈深沉的语言抒写其追认民族身份的困惑痛苦与对藏民族文化传统的皈依，具有强烈的张扬和探求民族身份的诉求，而女性意识则掩映在民族身份的探求之下。在白玛娜珍的诗歌创作中，她的女性意识与民族意识是纠结在一起的，她的诗歌更多地呈现出的是一种女性的哀戚，在个人情感的焦灼中还显示了对民族文化消逝的隐痛。梅卓的诗歌大气磅礴，用文学的方式来进行民族寻根，对民族传统文化洋溢着激情的赞美，同时也有对民族现状的深切痛苦和对女性命运的关切。德乾旺姆诗歌民族性并不外露，而是潜藏在血液之中，以含蓄深沉的态度展现了女性对现实世界的思考和对本民族文化在现代化之途中的忧思。桑丹的诗歌有一种内在的激情和气韵，浓厚的民族精神底蕴和开阔的胸怀使得她的诗歌呈现出了异样的风采。她的诗歌情感浓郁，既有着强烈的女性的悲怆，又有暗藏在心的强烈的民族情感。完玛央金的诗歌显得单纯而唯美，对故乡的牵挂也如淡淡的风景画，给人以清新之感。

第一节　寻找与皈依

作为一名藏族作家，唯色一直试图以她的创作来寻求身份的确认和灵魂的归宗。1966 年唯色出生于"文化大革命"中的拉萨，从小在四川藏族地区和汉区长大。她的祖父是江津汉族人，祖母是藏族人。父亲泽仁多吉年轻时随解放军入藏，母亲为藏族当地贵族的女儿。藏族与汉族的混合身份使得她常陷入血液不纯的焦虑之中。从小在内地成长和求学的经历，使她不会使用自己本民族的语言，所以作为一个本民族的表达者，她陷入了锥心之痛中。在唯色的创作中，她试图通过对自己民族身份的追寻与确认来强化自己精神的皈依。在她的散文《西藏感受》里写道:"你在想,你从来就不是一个随遇而安的人,你的混血儿身份注定了你终生怀有一种漂泊感,却从不知道所谓的故乡究竟在何方。故乡在哪里,哪一个地方是你真正的故乡?"①《风云流散的往事》中写道:"总之,改头换名,或者隐姓埋名,这是一个多么激动人心,充满刺激的戏剧性情节!它让人有一种重新出生的感觉。应该说在我们家里,从来没有一个人像我这么固执地被自己的血统所困惑。谁都知道,一个人血液的纯粹或混杂,如同命中注定,别无选择,今生今世是绝对不可能改变的,既然如此,只好顺其自然便是。可我一想到这不纯的血正奔流在她的身体里,心跳就会加快,举止就会加快。"② 在她的散文集《西藏笔记》前言《西藏在上》中讲述当她看到与她主要血脉相同的藏族人在佛像前磕长头的人时,她不仅失声痛哭,接着她写道:"啊,今生今世,我从未像这样痛哭过!可是我是这样一个不纯粹的藏族人!尽管我已经抵达了这样一个离天最近的地方,尽管我已经听到了梦寐以求的声音,但那声音,对于我来说也毫无意义,因为我惘然无知,如充耳不闻。什么时候,我才能像他们一样,时时坚持那发自内心的祷告,平静地接受无数次轮回中的这一次轮回呢?"③ 唯色因血液不纯而感受到罪孽般的痛苦,从她的文字里,可以看到她精神探寻的历程。她一次次确认自己的藏族身份,并且竭力以藏族人的身份呈现她视野中的西藏。在她的散文集中,充满了浓厚的宗教精神,而她的藏族身份的确认与宗教精神是紧紧联系在一起的。在她的散文中,对宗教的虔诚和痛苦的内心纠葛使得她的文字感动人心。

唯色的诗歌和她的散文一样,表现着强烈的民族文化本体回归意识,充满着族群认宗的困惑、焦虑感。在她的散文《康巴!康巴!》的结尾唯色用诗句写道:"我所有的文字都是寻找的文字/我所有的旅行都是寻找的旅行/我寻找的是什么呢?/我把你的名字珍藏在心间

---

① 唯色:《藏地笔记》,花城出版社 2003 年版,第 354 页。
② 唯色:《藏地笔记》,花城出版社 2003 年版,第 313 页。
③ 唯色:《藏地笔记》,花城出版社 2003 年版,第 5 页。

/我把你的形象寄托于深夜的梦境/我把你的耳语逐句记忆/它们带着你的呼吸，你的心跳/仿佛家园和亲人/仿佛另一个自己/生生世世与我相依相伴。"① 她的创作情感的中心是对民族精神信仰的体认和对民族文化的回归。

她困扰于自己混杂的民族身份和双重的文化身份，文字中流露着身份危机的焦虑，充满漂泊者的追寻与回归族群的浓厚悲情，而这种悲剧情感的中心就聚焦在宗教和民族方面，即使是在抒写个人情感方面，也是与宗教和民族紧紧相连来展开抒情。在《德格——献给我的父亲》中她写道："这部经书也在小寒的凌晨消失！/我掩面哭泣/我反复祈祷的命中之马/怎样更先进入隐秘的寺院/化为七块被剔净的骨头？"在悲戚之中显现了民族文化的回归，有着对宗教的深深依恋。"这个尖尖的指甲已经折断的女子/心头幻象重叠/为什么受苦，却说不出口/为什么摇一摇清凉的小铃/却招来过去的情感？/我呵，我要骑着命中之马回家/将满满的纸钱撒向天上！"这些诗句中流露出诗人难以掩怀的悲戚，而这种悲戚很大程度上来自于她族性认宗的焦虑和困惑，由于血液的不纯，作为藏族人不会使用本民族语言，使得她有着一种肉体和精神认宗的焦虑和痛苦："请赐予哪一方水土/允许她无目的地实在/曾经即兴的、哀婉的舞蹈/那一夜青春散尽的背叛"(《混血儿》)。加之对民族现状与未来的思考，使得唯色的诗歌有着一种探寻、质疑、归途何处的哀伤。

唯色在其诗歌中，不仅用强烈的情感来表达其族性精神，而且处处通过带有标志性的语言方式来对自己的族性进行确认。在她的《前定的念珠》中，她这样写道："1994，八节之间/最黑的光阴在转变/繁星降下露珠/一百〇八颗/那两鬓发黄的女子/穿着本族的衣裳/要走一条去安多的路/本族的衣裳/在延袭之中/将如何环绕她的腰肢/看上去有故人的风姿。"她强调"本族的衣裳"，这犹如强调自己的族别；"一百〇八颗"，这又强调了自己的精神归属。在这首诗歌中，多次还出现了"异方"与本族的差异："在藏语为拉卜楞的寺院/十

---

① 唯色：《藏地笔记》，花城出版社2003年版，第184页。

五岁的朱古异于常人/十五岁的朱古说异方的话时/……/而在汉语为塔尔的寺院/……"在其诗作中，她一次次强调差异，以对这种"异方"的、"汉语"的对立来建构自己的世界。此外，"袈裟""祭司""经书""寺院"等宗教词汇常出现在唯色的诗歌中，渲染了她诗歌神性的追求和强烈的宗教意味。在她的散文《绛红色的上师》中她这样写道："我是一个连藏文字都不认得的，当时也不太听得懂藏语。作为一个藏人，这是我的心病，令我十分羞愧。"①"我在人生开始过了一半的时候才开始亲近佛法，同无数从小就开始听闻并修习佛法的同族人相比较，可以说是太晚了。但我终究还是幸运的……"②唯色以文字来构筑一个世界，意图剔除这不纯的血液成分，从而归入自己的族籍，也以此建构一种纯粹的精神世界。

唯色的诗歌充满浓厚的焦灼和不安，因为感受到个体身份的不纯，她一次次以文字的方式来宣泄个体的悲怆与质问。她以炽烈的情感来驾驭诗歌，有时像一个满目疮痍、步履蹒跚的老人向历史追问，有时又像一个满怀幽怨、无家可归的女子向家的方向深切探望，但都处处渗透着悲怆之感。姚新勇在《朝圣之旅：诗歌，民族与文化冲突》中说："唯色之所以能够把如此杂芜的语言、文化成分铸冶在一起，有赖于她超强的民族感情，正是这烈焰般灼烧的情感，熔化了那些似乎不相容的成分，成就了独特的唯色，独特的诗歌。"③在这篇文章中，姚新勇谈到唯色对藏民族精神的书写时，进一步论述道："血统论、种族纯粹主义，绝对与普度众生、人人皆可成佛的佛教精神相违背。这种行为是否改造了藏传佛教，我不清楚，但它却首先对诗人自身的文化多样性施行了强制性整合。就诗歌创作而言，这种整合一方面带来了唯色诗歌的独特的张力，但是另一方面也导致了诗歌的破碎。唯色由诗歌写作转向散文创作，虽然直接的动机是想为藏族多做一些更为实际的工作，但或许也是她日益强烈、单一的民族认

---

① 唯色：《藏地笔记》，花城出版社2003年版，第196页。
② 唯色：《藏地笔记》，花城出版社2003年版，第193～194页。
③ 姚新勇：《朝圣之旅：诗歌、民族与文化冲突——转型期藏族汉语诗歌论》，载《民族文学研究》2008年第2期，第166页。

同，窒息了诗歌的生命。"① 唯色的诗歌最突出的特征就是强烈的认宗意识和民族情感，她以朝圣之心一次次向自我、历史和现实追问，向隐幽的精神世界探求。然而，正如姚新勇教授所言，单一的民族认同及偏执的种族纯粹主义实质上窒息了其诗歌的生命力和审美张力，在现代化进程中，面对多元化的文化语境，需要理性的观照和客观地审视民族传统，否则就会陷于偏狭、偏执的境地。

第二节　无怨无憾地前进

梅卓在20世纪80年代就开始诗歌创作，1998年出版诗集《梅卓散文诗选》。才旺瑙乳选编的《藏族当代诗人诗选》收入梅卓的诗歌共有10首，这10首诗歌呈现出了大致相同的特色。

梅卓的诗歌基本上都是散文诗。作为一名女性作家，在其诗作中，更多流露的是个体的多愁善感和对生活的思考。她的诗歌，不重技巧的运用，着重以情感去结构诗歌，充满女性的柔情与感伤："怯寒的心，/早早丢失梦前醒来的清晨。/每一个白日，/开始在突然的含苞，/待放，/待放在黄昏，/待放到困顿而忻裂的黄昏，/再没有声息。/——如果你来，/在任何地方，/我会拥你而泣。"(《冬之约》)"在许多阴晦的夏日，我独伫街头，溪水声流过，流过白色交警儒雅的手指下，纷乱的花瓣散落两岸。/羞涩行囊载我全部牧歌，去寻下一个依据。/这段人生猝然，没有诉说的契机，没有知足知乐的永恒久长，没有栉风沐雨的伴侣。/就这样低下头，无怨无憾地前进。"这样的一些诗句，从女性角度进行抒情，女性对生命的细致感受呈现在她的笔下："多少困难日子都已度过。/多少无奈记忆正在走远。/生命的旷野仍是我不能了解的世界。唯一的候鸟离去，舍下一笼经

---

① 姚新勇：《朝圣之旅：诗歌、民族与文化冲突——转型期藏族汉语诗歌论》，载《民族文学研究》2008年第2期，第167页。

卷。/在旌旗猎猎,在桑烟煨动,在香火缭绕魂魄,在遥遥之圣灵来临之时,我拜服土地。/我诵!/我拓展生命来完美地微笑。"(《这段人生》)爱情、苦难、超越、劫难等是女性人生的全部写照,她用诗歌的形式呈现了自己对人生的理解:"就这样低下头,无怨无憾地前进!"

但作为一名藏族作家,她的诗歌天然地呈现了对本土文化的眷恋。《米拉日巴:圣者之歌》中,"我要去那东方的刹土/你若能诚心启请/并淌着心口如一的眼泪/那么就把额放在我灵塔的下面",呈现出了对藏族文化的皈依和对历史上的英雄人物的景仰和赞美。"很久,我在你的疆土边缘徘徊,播撒我古老的爱心,寻找你美丽的蓝天。/终于明白,你的血统,是我们不可更改的归宿。/在我骄傲之前,我曾深深自卑。/……年复一年,你孤悬草原,憨态可掬地敞怀,让别族惊叹于现世之外的遥远。"(《松赞干布:吐蕃王塑像》)对自己族别的认同和皈依自然地呈现在她的诗歌之中。此外,她的作品中也有对民族历史和现状的深沉忧思:"海水中刚刚升起的高大陆,还没有年轻,便已走向衰老。/烈火焚烧着了你的心吗?/偶然中父辈里有人醒来,像你一样醒来,又像你一样倒下,那时候你不会说话,更不会说痛。/而我痛。/我将无数次地表白:我痛。"(《松赞干布:吐蕃王塑像》)民族的深沉情感蕴含在梅卓的诗歌之中,她的叩问和思考带有强烈的理性思辨精神。对民族发展理性的思考和自信姿态,使得她的诗歌显得意蕴丰厚。

第三节 深沉的忧思与探求

早在20世纪90年代,白玛娜珍就有诗集《在心灵的天际》。白玛娜珍可以说是藏族作家中最具女性特色的一位。她的诗歌具有极为浓烈的女性色彩,充满忧郁和感伤,生活中点滴的情感和最细微的感受都能触动她的诗情。爱情、婚姻是她作品永恒的主题,她将女性生命体验中对爱的执着追求，情感的困惑、绝望，尽呈于笔下："如果思念令我如此甜蜜／我就播种／满园的花朵／是我唱给你的情歌／如果思念令我如此心痛／我就推开酒神的窗扉／一夜的畅饮／只是为了在梦里触摸，呵，如果，思念已令我如此剔透／白昼也像爱箭飞驰／我就去借那远古白鹤的翅膀／飞到爱人的身旁／永远守候。"（《金汁》）"我是一个柔弱的陷阱／等待你轻轻坠落／每一种骗局都用幻梦交织／你是否为我穿梭不停／我是一汪停泊经年的湖泊／期待着你蓝色的涟漪／每一天的宁静都凝固着激情／你是否为我化作雪山矗立。"（《我是一个柔弱的陷阱》）她的诗歌感情真挚炽烈，对女性内心世界的展现淋漓尽致。对情爱的追寻、痛苦、迷茫使她的诗歌充满女性的哀戚。在她的诗中，还有对女性命运的反思，在《中国怨妇》里，她对女性沦为怨妇的命运感受到深深的痛苦："其实，中国人／只有等候的宿命／中国女人更是要把等候和自己的性命一起装进包裹／带进坟墓……我支开小荷伞／在小巷的深处像一个裹着小脚的女人／穿过沉甸甸的雨雾／我的思念发霉了／我所有的渴望已被密封／我变成了中国怨妇。"在情与爱的纠缠中，作者也难以避免这种情感的折磨，女性命运的悲戚尽在诗句之中。"我的心上没有年轮沧桑／只是大树的外衣／我要用充足的睡眠／来治愈伤口／用新鲜的美酒／祭祀昨天。"在《今生的床》中她写道："地狱是一张柔软的床／我在上面一次次梦想／醒来时我哭泣到天亮／泪水像一道道时光／痛苦像朵鲜花绽放／但我要走了／逃离所有的过往／奔赴中把此生埋葬。"她对爱是执着的，在《爱是琼浆》中她写道："而我是为爱而来的／就像阳光为了照亮大地／就像黑夜为了探索光明／我是为爱而来的／我的一生／将行溺在爱的海底／鄙视那些苟且的温床／我爱着／因为死亡才是末途／因为爱了才有曙光／因为女人和男人孕育着菩提。"

此外，白玛娜珍将女性焦灼的痛苦，在情爱的苦海中的忧思与具有强烈民族和宗教意味的意象相联系，这样个人的痛苦便带有民族的低沉之音。"这时法鼓和诵经声／还有十万次扑地长磕／也赎不清今生的我／太阳刚升起／我却要再回昨日的噩梦／轮回中遭遇地狱／在苦海中翻涌自心。"（《噩梦》）她的诗歌蕴含藏文化的内蕴："如今我的根已随着水土渐渐流失/我没有了任何束缚/也没有了任何归宿。"(《黑衣之邦》)她的诗中充满宗教的意境,如在她的诗中经常就有长磕、朝圣、佛灯等意象。借助于这样一些意象,作者强化了她的民族身份意识。这样,即使是抒写爱情的诗歌,因为作者天然的藏文化因素的融入,而彰显出了民族的风貌,如:"明月以佛诞十五日的华光/照耀我囚禁已久的心房/这时你在我的身旁/每一步在脚下轻绽莲花/诵经声令我暗暗激荡……/每一个晚上/牵手在转经的路上/赤裸的心神圣沐浴/无始无终圆满我们的缘起/不要尘世间的欲火焚心/只要长磕着五体投地/只要你颂祷光明的声音……"(《我在月光中看到你》)

白玛娜珍的诗歌的独特之处是她往往将强烈的女性情感与民族性的东西相交织在她的诗歌之中,女性的悲戚赋予民族的忧思使得她诗歌异常打动人心。在路上,永远的追索,似乎是女性的宿命,白玛娜珍就这样将女性的内心的悲戚与对本民族的深沉情感交融在一起,这就使得她的诗歌超出了女性一己的悲欢,具有深层次探求的意义。

第四节 故土的歌者

20世纪90年代,桑丹在诗歌创作上便已经显现出独特的气质,姚新勇曾经这样评价桑丹:"桑丹在藏族诗坛中所受到的评价并不太高,但是她与旺秀才丹可能是藏族诗人中最优秀、最富艺术精纯性的两位诗人。"① 今天,即使把她的诗歌放在整个当代的中国诗坛上,与最优秀的诗作相比都毫不逊色。

桑丹于20世纪60年代出生并长期生活于四川省甘孜藏族自治州

---

① 姚新勇:《朝圣之旅:诗歌、民族与文化冲突——转型期藏族汉语诗歌论》,载《民族文学研究》2008年第2期,第163页。

康定县。康定处于藏彝走廊的中心,历史上一直是多民族居住区,文化交流频繁。可能正是这样一种多元交流的地域文化氛围培养了桑丹开放的心态,桑丹的写作较少冲突性的内容,她的诗歌更多呈现的是精美的诗意和独特的文化意蕴。同作为藏族诗人,桑丹的诗歌与梅卓、唯色和白玛娜珍的不同之处是,她善于将浓烈的个人情绪注入精炼的诗句之中,较少个人情绪的直接流露,有着含蓄之美。此外,由于族性精神融入血液和开放自如的文化心态,所以她的诗歌也没有渗透在唯色、白玛娜珍诗歌中的那种焦灼之感,而是充满张力。

桑丹是一位挚爱乡土的诗人,她说:"源于上苍的恩赐和厚爱,我在一座月亮弯弯、情歌缭绕名叫康定的小城长大。我的民族和这片雪域净土赐予我的命运之旅、心灵之旅,使我找到生活与德行之美,写作就是通向其意义所在的途径之一,是至情至性的故土家园的守望者。"① 她将自己对故土的热爱倾注入她的诗歌之中,在她的诗歌中,故土绚烂无比:"田园金黄/这是深秋紧束的明艳/我在最黄的尽头把堆积的马车打开/石头的水纹逐渐干枯/迎着朝霞/流水就缓缓停下/从大地的身影里漫出/如花朵繁荣的季节/把我风雨招展的哀伤/飘扬在田园的八月/让碧空里掀动的双手猎猎作响……曾经颗粒饱满的田园/在我体内金黄而轻盈地倒伏/此时,我居住的岁月或力量/透明无尘/阳光和田园/是涉水的骏马/一群滔滔的鸟阵……"(《田园中的音响》)那一方土地充满着蓬勃的生命活力,诗人徜徉在这片祖先曾经图腾的土地,感受着明媚的田园风采。她的诗歌充满明丽的色彩和饱满的感情,诗句流金溢彩,她将一个个汉语词汇以深厚的情感来驾驭。虽然她的诗歌中也有女性的悲戚,但这哀戚在大地的博大深沉面前也被沉陷,诗人从脚下的土地摄取精神力量,从亲人那里获得生存的勇气:"我飘散的手指该怎样合拢过去的残缺/从冰雪之上收集到真正的源泉/空旷的田园,沧桑的粮食/如同暴风雨的呼啸/嘹亮地掠过我的身旁/让我学会忍耐与坚强/无路可走的时候/你是我的父亲你

---

① 《桑丹》,见藏人文化网,http://people.tibetcul.com/dangdai/sdwt/200803/11959.html。

依然温暖。"是"土地"和"父亲"给她无上的温暖和诗情,桑丹徜徉在裸露的大地和父亲的怀抱,写出了对故土的深情。

桑丹诗歌的中心意象是"田野""父亲",此外还有"高原""雪地""青稞""大地"等。"裸露的田野,为谁获得典雅的距离/脚步隐去,蝴蝶驭风景飞翔/月亮的劫难悄无声息"(《又见青稞》)、"八月青稞/你将赐予我永远的歌唱"(《青稞的怀想》)、"仰望高原/雪地上唯一的故乡/亲人的面容如此温柔/像秋天果实披挂风雨"(《田园中的音响》①)。她的诗歌仿佛那秋天的层林,绚烂多彩、意象纷呈、扑人耳目。桑丹以浓厚的情感来驾驭诗行,在浓郁的难以抹开的诗句里,给人以强烈的视觉冲击。

作为一位女性诗人,她将女性内心的坚韧、悲怆和对生命的思考也熔铸在诗句之中:"一个康巴女人/需要深重的欢乐和痛苦/才能将自己的一生/满怀大爱大情"(《溯源》)、"如何在一束香中/唤回迷失的自己/如何在明明灭灭的箴言里/为灵魂开放一盏灯的光亮/无法拽住的一切/盘旋在浓郁的指尖/苍老的夜啊,轻烟一样把我攥紧"(《箴言》)、"雪地边缘/谁的脚步正在慢慢死亡/像某种晴朗的泥土或酒/此时/就是雪与泪最生动的祭奠/让我活着的时候/再次承受"(《河水把我照耀》)。然而,正是土地,让她有了最后的皈依:"故乡啊,正是我活着的理由之一/一千遍一万遍低吟浅唱/我血管里奔涌的血脉/仍然流淌着康巴藏人/江河一样纯净的柔情/雪山一样圣洁的胸怀/太阳一样炽烈的爱恋。"(《情歌·故乡》)故土,是她生命的依靠和存活的理由,强烈的故土意识使她的诗歌有种厚重之感。

桑丹的诗歌充满多样的意象,深厚的藏文化内蕴隐藏在她诗歌的表象之下,正如姚新勇评价桑丹的诗歌:"与藏文化的关系并不显赫,但这并不意味着西藏元素与诗歌的艺术性不相容,而是优秀的诗人,能够进入到文化的真正的深邃处,将文化由外形的追求与表现,

---

① 此引诗句最早以《亲人》为诗名,见才旺瑙乳、旺秀才丹《藏族当代诗人诗选汉文卷》,青海人民出版社1997年版,第125页。在桑丹2012年出诗集《边缘积雪》时,将《亲人》这首诗作为《田野中的音响》的第三节,见桑丹《边缘积雪》,四川出版集团2012年版,第3页。

内在化，诗化。""今生宛如眼前/来生并不遥远"（《溯源》），桑丹以其对生与死、情与爱、来世与现世的从容与豁达为我们呈现了一种深厚的情怀。在诗艺表达上，桑丹显然为藏族诗歌的发展提供了一种新的美学标杆。她的作品脱离了一般女作家情感的直露和浅白，内涵丰富、意象饱满。她的诗歌在悲怆的人生述说中展现着坚韧的情怀，极强的个人情感的切入使得她的诗歌具有一种深沉而含蓄的力量。她的诗歌在绚烂的意象中传达着对土地的热爱，对亲人的深情，对美好的展望；同时，在含蓄深沉充满美感的诗句中也传达着桑丹对民族心理的深层次探寻。

第五节 流浪，在漫漫长路

德乾旺姆是一位"70后"作家，出生并成长于青海昂拉，大学毕业于青海师范大学美术系，后又在清华大学美术学院学习，目前在拉萨工作。她既是一位歌唱表演艺术家，又是一位文学爱好者。她的创作有诗歌、小说、散文，但以诗歌的影响为最大。

创作于2001年的《沿着多麦》可以说是最能代表德乾旺姆创作特色的一首诗歌："莲花开在雪中间/莲花开在何处充满香气的/门第。有着怎样不俗的血脉相承……天上飘起第一场多麦的雪/它们会落在朴素的麦场/湿透流浪人的黑色氆氇/坡之上，兄弟送走放生的羊/那幸运的，会走上多久的生路/悲愤的草丛里生长多少绵密的乡愁/流浪的身子在乡愁的氆氇里/孩子们那么脆弱。在没有草场的/边缘，在梦乡最柔软的皮肤上……丢失的草场在无法占卜的/路上。浪迹天涯的孩子们/说着难以褪去痕迹的口音/口音口音，行走中的身份/从辗转的火车到莽原/那丧失的疼痛节节攀高/降下来吧，那美妙的词语/救赎吧，救赎吧/在芳菲的词语中亲近草场。"（《沿着多麦》）在这首诗歌中，可以看到诗人将形而上的思考融入对现实的民族生存困境的关注，对故乡的沦落，对离开故土流浪的子弟的关怀，有对宗教的皈依，有对现存困境的忧虑，然而，更多的是执着；"兄弟把手给我。瘦的手/只会握笔，握不住稞麦/坚定地写一些倔强的文字"，只有文字，才能长久存在，她要用文字来记录民族的变迁。

流浪，始终在路上，不断地追寻——这是德乾旺姆诗歌给人的印象，也是德乾旺姆对本民族精神层次的思考。形体的流浪和精神的流浪在德乾旺姆的诗歌中升华成整个藏民族精神的迷惘和追求。"青藏的山脉，送来祥瑞如意的紫檀气息/南喜马拉雅的气质，热风中高贵的思想/流浪的孩子，细数长夜里无根的苦楚……/千万个被拯救的魂，千万颗诚心/只到最后的佛也离去。心也随之去/梵呗在荒疏的遥远处，佛在何处/须弥山上，世界的中心/曼陀罗的迷离色彩。奥义的思想/青藏高高在上，佛陀高高在上……/一个口诵六字真言，一个唱着/马帮的歌。若是心口没有伤/为什么我要踏上漫漫长路。"（《紫檀佛珠》）

在她的诗歌中还有日常生活的悲戚："我的母亲还在病魔的掌控之下/我的父亲在乡野的宅院里独善其身/他们年纪不大。他们华发已然落鬓/父亲。一个典型的博札男子/天生的黑色卷发，天生的深沉气质/父亲。一个寡言的民间思想者/他领着我的小手，从热贡到建擦到青塘/最后到中国北方的城市/我牵了他三十年的袖子。今天被迫放下/父亲。他看着我被迫离开，没有任何办法。"（《今天我背井离乡》）对故乡的款款深情，对亲人的怀念，以及被迫离乡的痛苦倾注在诗句之中，悠长而痛苦的情绪弥漫其中。

浓厚的故土情结使得德乾旺姆的诗歌饱含真情，面对逐渐失落的故土文化，她显得异常悲怆，她的诗歌在冷静的笔调下蕴藏着深沉的悲哀和无尽的渴盼："吐蕃之逻些，西藏之拉萨，朝圣者的圣地/本族的衣裳裹紧我小小的心愿，在庙宇和庙宇之间，在朝圣部落的脚踵里/就让我的骨植深埋在你的山丘间旷野里/就让青藏的寒风吹送我到任意的高处/就让白发亲人的双手送我上初始的路。"（《紫檀佛珠》）德乾旺姆的诗歌有着跃动的美感，同时也有画面的质地。

第六节 单纯秀美的歌唱

相对于以上几位女性作家的诗歌创作，完玛央金以描写女性细腻柔美的歌唱见长，其诗歌的民族性显然不如她们强烈，这也许和完玛央金的成长和教育背景有着很大关系。完玛央金从小就生活在甘南藏族地区，大学在西北民族学院汉语言文学系学习，受教于汉族著名诗人唐祈。完玛央金曾经在访谈中说，唐祈先生是她今生遇到的最主要的人之一，唐祈先生是很大程度上影响和规范了她的人生。早在20世纪80年代初她就开始了诗歌创作，有诗集《日影·星星》（1992年出版）、《完玛央金诗选》（1997年出版），散文集《触摸紫色的草穗》（2010年出版）。她的诗歌主要抒发了对甘南土地的热爱以及对于女性生存及情感的思考。她的文笔舒缓而纯洁，美丽而优雅，即使是苦难，在她的笔下也没有声嘶力竭的悲痛，而是流淌着脉脉温情。

完玛央金在谈到自己的诗歌创作时说："母族和故乡对我意味着牵挂、思念、骄傲，还有坚定和踏实。这些情愫反映在文学创作上，让我变得自信、沉静和单纯。有人说单纯即简单，但我觉得能在人的心灵上掀起波澜的简单，应该是一种好的简单，是文学创作所要达到的至高境界。这是我的追崇。"① 她以诗歌的形式展现了对故乡和母族的款款深情。"我就沿着你/小心翼翼的手掌走来/在你呼出的气息中/我赤裸的身体被拥裹上了/你的慈爱/你的秀美和你的勤奋。"（《面对草原而歌》）"那一条安安静静的小河哟/我唯一的天鹅/在茂盛强壮的草木边缘/每天只给你/飞起飞落。"（《玛曲回想》）"暮色里/金黄的罗筛/淘着金黄的米粒/啊，母亲/你青筋突露的手/搅动的，却也是/我那一滩静静的记忆。"（《河边》）"母亲佝偻的身影/那鬓

---

① 索木东：《盛开在秒音里的安静雪莲》，见藏人文化网，http://wx.tibetcul.com/zhuanti/zf/201107/27202_2.html。

旁雪白的头发/在晚风中飘来荡去/疏散着我高高堆聚的忆念。"(《菜园一角》)母亲与故土相融在一起,那构成完玛央金的精神家园。

她的诗歌还写出了她对生命的独特感受:"人们最终都将归去/而你的面容/你的无与伦比的身姿/你的不能凋零的年华/都细致入微地抚慰/我们艰苦而有意义的生活。"(《玛曲回想·玛曲》)在她的诗歌里,还有女性内心隐幽的声音:"从这个时辰起/我不想再得到什么/修炼成丰盈的素花一朵/在人生的河面上静静漂过。"(《也给寂寞》)"我静静地坐着不动不挪/让这幸福的河流/再长再多/你的水域这样宽广/我懊悔/早没撒开打捞的网/你的安慰这样温和/我聆听/似梦中一支遥远的歌/你的目光这样醇美/似一杯酒/醉了我的青春年岁。"(《幸福》)女性对情感的追求和内心的丰盈展露于笔底。

完玛央金的诗歌显得单纯秀美,她以自己对世界的独特体认和极具个性化的写作风格为我们展现了甘南藏地的风貌,抒写了在藏文化熏陶下宁静而宽广的生命意识。女性对爱情的永恒追求在完玛央金的笔下也得以呈现,譬如"我的生命早已漂泊在你的温馨里/如果有一天你突然转过脸去/生活的地平线上/我将黯然消失",再如"我深深地相信了你/像是这月光信赖大地"(《咫尺》)这样的诗句写照出了女性对两性情感的执着和坚贞,对男性情感的依赖也许会与女性独立精神的探求相悖,但她的诗歌却真实地写出了女性在现实世界中纯洁而纯粹的情感追求,与日益物欲化的情感异化成了鲜明的对比,显得质朴而清新,同时由于甘南藏地风貌描写和精神性的再现,使得完玛央金的创作具有了民族性的内涵。

第七章　坚守与超越

研究当代藏族女性作家的创作，可以看到女性作家从自我出发对本民族女性有着深切的关注和同情，她们探查藏族女性的现实生存和精神困境；同时，在对女性的书写过程中又往往将其置于民族发展前行的背景中，有意识地坚守和彰显其民族立场，把相对边缘的民族立场和女性立场引入主流文学和世界文学的场域，显现了鲜明的探求意识和精英知识分子的责任感。她们与男性作家共同承担了对民族文化精神的传达与展现，向外界传递着自己独特的声音，将民族立场带到更广阔的文化场域之中。在全球化背景下，面对中心文化和世界文化的他者之镜，如何选择和坚守民族文化立场，谋求民族文化生存发展的广阔前景，展现民族文化的独特魅力，这促使藏族作家的文化诉求有了更紧迫、更深远的探求空间。

第一节　边缘的意义

"对女性的历史剥夺首先是话语权的剥夺。在文学中，最先表现女性的是男性作家，女性被讲述、被阐释的被动命运是历史的，是男性中心社会主导文学中的女性的意义。在男性本位创造的神话中，女性的形象是虚幻的、美化的或扭曲的，是一种被动的、缺乏主体意识的客体。"[①] 当代藏族女性文学的出现是当代藏族文学和文化史上具

---

① 黄晓娟：《从边缘到中心——论中国女性小说中的性别叙事》，载《江汉论坛》2004年第12期，第103页。

有划时代意义的文化现象，它打破了藏族历史上女性长期被忽略、被叙述、被塑造的长久的失语状态，藏族女性以艺术创作主体的身份登上舞台，浮出历史地表，抒写自己的情感、表达自己的思想，以文学的方式审视自我和民族发展历程，参与民族文化的当代建构，从而同男性一样拥有了历史主体的身份和地位。

处于边缘位置的藏族女性作家以其鲜明的族别意识与坚挺的女性意识和毫不媚俗的姿态显现出了与主流女性文学创作的不同特色。"藏族女性作家群体的崛起正是在社会的变迁和转型过程中所产生的，她们以主动性的自我书写建构和完善了民族叙事的形式与内容，从而打破了长期以来藏族女性书写主体缺席的局面。她们的书写深入到藏族社会的方方面面，而又以对最广大的藏族女性的书写作为主要内容，从而有别于长期以来的男性占主导的视角。"① 她们的汉语书写通过对藏族女性个体命运和民族历史的关注，不仅展示了不逊于藏族男性作家的思想深度和叙事能力，而且以其独具女性特征的书写开拓和丰富了藏族文学的表现领域，建构起了她们作为藏族女性处于双重边缘境地的群体书写主体的权威性与独特性。她们以富有女性意识和民族色彩的创作，将女性个体的命运与民族历史的发展紧密相扣，既呈现了女性世俗化的生活，展现了她们的喜怒哀乐和精神探求，同时也将女性的发展纳入了民族发展的进程。

考察当代藏族文学的创作状况，可以看到，男性作家的创作往往更多的是对个体生存状况的哲理性思考（如色波的创作），对民族历史和现状的探寻与思考（如扎西达娃和阿来的创作），对宗教救赎与普世价值的思考（如次仁罗布的创作），而女性作家更多的是从个体生命感悟和女性情感出发，呈现女性的现实生存状况和历史境遇，将女性对民族和历史的思考融入女性的现实人生，从女性的角度去建构民族历史。她们的写作不仅意味着对长期被男性中心文化所遮蔽、规范的藏族女性现实生活和内心情感世界的揭示，而且意味着历史和现

---

① 吕岩：《藏族女性作家书写主体的构建》，载《西藏民族学院学报》2012年第3期，第83页。

实及既定秩序被以一种新的视角重新阐释和创造的可能。她们天然地关注女性人生，在民族叙事和女性叙事之间，寻找和建构民族文化的精神家园，也进行着女性身份和民族身份的探求，其笔下的女性显现了鲜活的生命力，这种对女性生存状况的真实描写与男性作家笔下的女性书写呈现出了不同的特征。藏族男性作家笔下的女性描写更多的是一种男性权力话语的呈现，其笔下的女性形象往往是符码化的。如扎西达娃在藏族文学史上是个标志性的人物，他的创作具有鲜明的民族色彩与凝重的历史感，在80年代的寻根浪潮中，他立足于民族文化土壤，以独特的感受、批判的眼光剖析了藏民族的精神与文化，反思宗教传统存在的现实性意义，展现了藏民族发展的真实的心史，裸露他们迟缓的行进过程，以及在这一过程中的痛苦与迷茫。基于这样的一种民族诉求，在扎西达娃的创作中，女性形象通常是一种象征性的符号，如《西藏，隐秘岁月》中三个名叫次仁吉姆的神秘而虚幻的女人实质上是民族历史的象征，《系在皮绳扣上的魂》中懵懂无知的琼是一种民族传统心理积淀的象征。此外，在扎西达娃的其他小说中，女性也多是一种概念化、理念化的象征物，是作者思想的概念化载体，是一种符号化的类型物，较少丰富的个性化情感色彩的附着。再如阿来的《尘埃落定》虽然描写了一系列世俗生活中的女性，但他笔下的女性大多只不过是男权意识的想象物，是物化或男性欲望化的象征，本质上来说缺乏对女性个体生存和情感的内在化观照。小说中的女性臣服在权力、地位或欲望的脚下，成为其献身者，如土司太太对权力的迷醉与狂热、桑吉卓玛对傻瓜少爷的肉体诱惑、央宗对肉欲的放纵与追随等。在作品中，鲜有女性个体灵魂的鲜活呈现，也少有女性内心的挣扎和精神性生命的存在，更没有女性独立个体的尊严写照，女性无声地匍匐在地，成为男权文化秩序下臆想化的产物和欲望化叙事的附属品，这种对女性形象的处理有失简单，既无视了女性主体的丰富多样性，也忽略了女性独立的精神性特征，成为被男性观看和戏谑的对象。男性话语权柄下缺乏对女性生活的真切了解和感同身受的认识，将女性简单地物化或欲望化，把女性当作男性的附庸或性的附属品，在文本中成为抽去血脂的一种象征性的符号，抹杀了女性的个体的特殊性和丰富的精神性特征，从根本上缺乏对女性的真正关注和尊重。此外，在一些藏族男性作家笔下，女性的日常生活和个人情感也大多是被遮蔽的，或者是被无视的，很少有藏族男性作家去细致描写和刻画女性的日常生活和内心感受。女性作家从自我的生存经验出发，感同身受地去描写女性在现实生活和历史场景中的境遇，从而为藏族文学提供了崭新的写作经验。

女性作家在族别和性别双重边缘化的现实处境中，以女性的视角关注到了藏族社会生活的方方面面，以女性在现实和历史生活中的境遇作为她们创作的主要内容，并将女性经验和民族体验相结合，以主动和深刻的书写建构和完善了女性叙事与民族叙事的形式与内容。她们的叙述话语往往直接聚焦于女性，关注女性的生存和精神特质，以女性的视角来讲述故事，把对藏族女性的书写作为创作的主要内容，从而有别于男性占主导地位的叙述视角。在关于民族历史的处理方面，与藏族男性作家相比，女性作家以女性的视角出发，通过女性个体生存经历来审视民族历史的变迁，从而带有强烈的主体意识和独特的女性气质。在涉及民族命运和历史变迁时，她们往往以女性情感和个体命运的描述作为切入点，叙事文本因女性敏感细腻的表达而洋溢出女性叙事的独特魅力。她们的写作一方面为我们呈现了女性世俗化生活中的情感遭遇和不同时期女性的生存境况，对她们的遭遇有着感同身受的体认；另一方面她们的写作积极介入民族历史的发现与重构，挖掘女性的生命力和在历史发展进程中的作用，在历史的长河中呈现了女性柔弱而坚强的身躯，将女性纳入了民族历史的建构之中。"西克苏在论及女性写作的时候，认为女性写作本身带有一种双性同体的气质，因为女性在写作中很多时候并不排除男性话语；相反，她善于将其包容进来，成为新的双性同体的语言。"[①] 藏族女性作家一方面关注女性隐幽的内心世界，展现女性书写特有的细腻、敏感的特征；另一方面在面对重大题材，处理民族历史进程的作品时，她们往

---

① 吕岩：《藏族女性作家书写主体的构建》，载《西藏民族学院学报》2012年第3期，第79页。

往又采用了较为开放的话语方式,在广度和深度上对宏大题材进行了拓展和挖掘,呈现了她们积极介入民族文化建构的努力。此外,值得注意的是,她们又有意识地将女性个人化叙事引向公共话语空间。"分析藏族女作家的个人化叙事会发现,她们的叙事除了具有强烈的个人情感外,同时具有将这种个人化叙事向公共空间引导的倾向。"①格央在其散文中,将历史和现实中女性沉重和备受压抑的生活呈现在读者面前,发出了对女性所处境遇的不平之声,有着强烈的与外界交流和探讨,改变现实处境的诉求。央珍《无性别的神》中以女性的眼光、女性的生活历程来呈现了西藏近现代的历史变迁和风云面貌,同男性隐喻化、象征化的历史书写形成了对比和补充。梅卓的《太阳石》和《月亮营地》描写了部落内部及部落与汉族政权之间的权力斗争,有意识地向外界展示了民族的生存困境,并将女性的爱欲情仇与民族生死存亡搁置在一起。尼玛潘多的《紫青稞》以女性的命运转折来呈现了藏族农村现代化的进程。女性作家不仅关注女性个体生存状况,展现女性在现实和历史中的处境,而且将对女性的思考和民族的发展相联系,将自我的写作融入民族历史的建构。

对藏族女性作家而言,她们的女性意识往往与对民族生存空间的探求纠缠在一起,女性发展与民族发展并携前进,在对女性生命体验和女性本体欲望的呈现等方面,表现得细腻、内敛、丰富而深刻。在艺术表现上,注重把女性个体的生存与民族的历史和现实相联系,在大的社会历史宏阔的境地去展现女性的生存面貌,从女性叙事中去彰显民族历史的发展进程,从而呈现出多重的意蕴。与一些内地女性作家的创作相比较,藏族女作家的创作较少"小女人""私人化""隐私化""身体化"的写作,也不会哗众取宠,仅仅去关注身体、性以及一己的哀愁与幽怨,她们的写作更多的是一种历史的纵深感,即使是抒写女性个体的苦闷和哀伤,也与整个民族行进的步伐紧密相连。她们将女性的生存、发展与民族历史的进程紧密相连,将对女性的呈

---

① 吕岩:《藏族女性作家书写主体的构建》,载《西藏民族学院学报》2012 年第 3 期,第 81 页。

现置于民族发展的视野中,在女性叙事中去展现民族叙事,显现了女性建构自我与民族历史的强劲势头;同时,她们对女性的书写不是为了迎合男性欲望,也不是基于庸俗的商业利益,而是聚焦于女性个体曲折复杂的命运和藏民族的发展,在两者之间建构起关系。在这种叙事视角下,对女性身体及情感的描写就不仅仅局限于单纯的女性主义视野,而是带有宽广的视域和强烈的自我审视与反思意蕴。借助于汉语的传达,她们有意识地坚守和放大自己的民族立场,将对女性的书写和民族的书写紧密相连,表达自己对既往历史和现实存在的思考,彰显了民族诉求,呈现了自己的女性意识,把相对边缘的民族立场和女性立场引入了公共视野,带到更广阔和丰富的文化场域之中,从而获得了民族主体和女性主体的双重建构。

第二节　身份建构的欲求与审视

　　青藏高原地域辽阔,多种文化景观和生存状态相杂糅。这里既有高原牧场,又有平原农区;既有茫茫林海,又有荒原戈壁;既有极地冰川,又有湖泊沼泽。藏北高原区、藏南峡谷地区、藏东高山峡谷区有着不同的生态面貌。前现代的农耕方式、游牧方式与现代工业文明在藏族地区共生互存,时空迁转、多元混杂的生存状况在这里成为自然和生活的常态。自然环境和生存经验的混融多元化,使得民族文化心理呈现出驳杂丰富、斑斓多姿的特征。在现代化进程中,面对外来文化和现代文明,藏族作家显现出了多重性的心态,既有源于独特的民族深厚文化积淀所产生的自豪感,又有在现代理性精神指引下对民族文化的惰性和落后一面的批判,同时也有多元文化语境下对他者文化的抗拒与抵制。

　　民族文化是维系一个民族的精神纽带,长久因袭传承的民族文化心理影响着一代代的子民,藏族女性作家无一例外地表现出对本民族文化强烈的担当意识和责任感。虽然大多数作家无法自如地操持母语进行文学的表达,但她们却不约而同地在创作中表现了对藏民族文化身份的皈依与认同。如亮炯·朗萨在《布隆德誓言》的序中这样写道:

"故事发生的这片土地,就在康巴藏地,它是我最深切热恋眷顾的故土。'布隆德'是地名,藏文字面意为'山水美妙之所',它在藏语里还有另一层意思,就是'吉祥山谷的男儿',书名又可谓'吉祥谷男儿的誓言',康巴高原在我心中就是片浩茫、充满无限魅力和神奇的丰美的高原,享誉世界的康巴汉子就是这片吉祥的土地滋养的神奇,所以也可以说就是康巴汉子的誓言。"

"高原养育的藏族先辈们,创造出了浩瀚的民族文化,像珠宝一样闪着光芒,像绚烂的花海一样耀眼夺目。康巴藏族喜欢把自己心爱的东西用珠宝、丝穗装饰,在这书的每个章节前,我采撷了几片闪光的'花瓣'来点缀我的这个故事,它们与本作品章节无关连,只希望读了这书的读者同时也能更多地知道一些关于藏族古典文学、民间文学和历史文化等书籍,也希望它们能给我的书添几道亮丽色彩……"①

作家在字里行间洋溢着对本民族文化精神的肯定和赞美,以及对民族文化的认同和彰显。这样一种对藏地和藏族文化的强烈情感在藏族作家中很具代表性。在梅卓的游历性的散文中,她将藏民族物质、精神性的东西呈现在了读者的面前,显现着深沉的依恋之情:

"我出生并生长在草原。群山之中,最美的莫过于万里长云蓝天,青翠苍茫草原,红墙金顶的寺院群落,曲径通幽的静修之地,这种与世无争的宁静平和,时时刻刻警示并安慰着我,这是

---

① 亮炯·朗萨:《布隆德誓言》序,外文出版社 2006 年版。

与我息息相关的土地。"①

对民族文化的极尽赞美和张扬，对民族文化的强烈认同和彰显呈现在许多藏族作家的创作之中。探究藏族作家文本中所凸显的强烈的民族情感和身份认同，这一方面源于流淌在血液中的对本民族文化的热爱和守卫，但另一方面更重要的是在全球多元文化侵袭下，民族作家要保持其民族的文化传承性和独特性，力图维护和张扬民族性的一种自觉的反应。作家以炽热的民族归属感关注着民族的现实和未来，面对现代化进程中多元文化的强势渗透，藏族作家以捍卫民族文化的姿态，积极地调用民族资源进行写作，民族身份意识得以清晰地彰显。

鲜明而浓厚的民族特色和深沉的民族文化内蕴是某一民族文化能否在世界文化之林中占有一席之地、引起关注的决定性因素，也是作家彰显其民族身份的一个重要表征。然而需要注意的是，在当前的全球化的时代，交通和信息技术的发达，使得不同民族或地域间的文化交流更为频繁，已经不可能存在某种单一而封闭的纯粹的民族文化经验，民族文化总是在与他民族文化的互动交流中得以传播壮大的。对于一个发展着的民族来说，文化的力量熔铸在民族的生命力、凝聚力和创造力之中，也沉淀在普通百姓的日常生活和行为仪式之中，它不是一成不变的，也不是一个简单的延续过程，而是一个民族文化渐次创造积累深厚的过程。一个民族之所以能够发展，正是通过文明的长期积累沉淀而实现的。在长久的传统封闭的农业社会时代，民族文化的积累主要是本民族的精神和物质文明成果在历史长河中的缓慢积淀与延续，而在当下的全球化时代，面对突飞猛进的科技革命和文化嬗变，学习和借鉴其他民族的文明成果壮大自己的文明，也成为民族文化积累的一个重要途径，由此，民族文化的积累不仅是本民族内部的文化积累，而且包括跨民族跨国界的多元文化的积累。在现代化进程中，当民族传统与现代异质文明相遇，必然会在社会政治经济领域内

---

① 梅卓：《走马安多》，青海人民出版社 2009 年版，第 317 页。

发生一系列变革，传统的思想观念和行为方式与现代观念之间必然有着针锋相对的冲突。在相对强势的主流文化与西方文化价值观念的广泛传播与渗透的现代化时代，藏族文学创作面临着捍卫民族文化与发展民族文化的双重焦虑与困惑。由于地理位置、经济和文化发展水平的客观制约，使得藏族文化处于相对的弱势和边缘位置，并使它在对外传达时处于一种相对不平等的地位，在与主流文化进行交流和对话时往往会陷入强势的主流文化对边缘文化的制约之中。主流文化更多关注的是边缘文化中所表现出来的陌生化的异质的民族、民俗色彩，而不是作品的精神追求及从中所传达的民族诉求，或者对这些民族诉求只是视而不见，欣赏者往往也只是在民族文化的表层性上去解读它的审美意味和民族特色，这势必会带来一些负面效应，使得一些作家容易陶醉或迎合于主流文化的喝彩，而缺乏深层次地刻画民族文化内蕴和表现民族精神嬗变的努力。

文学是一个民族精神的象征。写作不仅仅是沟通不同文化的桥梁，而且是展现民族风貌寻找和完善深层沟通的一种有效途径。在必然的民族现代化语境中，如何坚守和张扬民族性，把民族文化的精髓和民族文化中具有普世价值的优秀成分张扬出来，并将之传承下去，在与世界文化和他民族文化的对接中展现本民族文化的独特风貌。这就要求作家对民族文化有自省和批判精神，要对民族文化的内涵和价值进行辨析和审视。民族的东西并不都是纯粹优秀的，而是优劣并存的。在全球化的今天，民族要发展，必须以开放的姿态来拥抱世界，文化的发展也同样是如此，在交流和学习中提高，在发展中突出自己的民族特色，在扬弃中实现新的突破。在交流中，一方面要警惕迎合主流文化猎奇口味的展演式的民族性展现，避免受主流文化期待视野的制约；另一方面也要防止偏狭静止的民族守旧立场，对凡是民族的都不加理性批判和区分地一律赞美。

民族文化是民族在长期历史发展过程中创造和积累起来的具有本民族特点的文化，民族性是文化的核心价值所在，是文化的脊梁和中坚。然而，有生命力的民族文化又是在与外来文化的交流中不断吸收融合其他民族的优秀成果而不断发展和丰富的。民族文化的生命力在于它是否一方面保持本民族文化的独特内核；另一方面又与时俱进，借鉴和吸纳他民族的优秀成果，随着时代的发展而发展。此外，民族文化的创新发展，不能局限于本民族的狭小圈子内，必须放眼于多元变化的时代，审视本民族在现代化进程中所经历的精神历程，探查民族精神在多元文化背景中的独特价值，民族文化的创新需具有海纳百川、博采众长的包容性，也需要清醒的批判性，这是民族文化发展的关键所在。在现代化的进程中，少数民族地区传统的封闭的状态被打破，面对着变化和发展的外部环境，少数民族地区经济和文化发展的任务更为急迫。在强大的现代性的时代洪流面前，需要警惕的是唯我独尊和故步自封，对现代化持简单的排斥和抵制的态度，因为那样只能使自己民族的发展进程停滞不前，在日新月异的时代面前缺乏竞争力，只能走向更加封闭和边缘的处境。因此，秉持本民族文化的保守立场而一味地抗拒外来文明是一种不理智和目光短浅的行为，需要清醒地认识到没有永恒不变的固定经济和文化发展的模式，从而走出对民族传统一厢情愿的歌颂和展现，不容他者有一丝的抵牾。对民族文化的理性反思，一方面是对民族传统文化中优秀一面的肯定和发扬，但更应该的是对民族传统文化因袭中的负面因子进行理性的清算，以求廓清传统文化对民族发展前进的阻碍性所在，从而使民族文化发扬壮大并且创造出新的民族文化。

在当前的藏族作家的创作中，存在一个问题，这就是当涉及本民族与他民族之间的对比和遭遇外来文化的冲击时，由于深切的民族情感，往往是偏狭地对本民族的一切持肯定和赞美的态度。这样一种思想意识，潜存在一些作家的心理之中，也行之于她们的笔端。在一些作家的创作中，由执着的民族情感所带来的文化守卫立场，不容置疑地捍卫本民族的传统和文化，对他民族文化持抵制的态度，正如藏族作家兼评论家严英秀所论述："遗憾的是，依然有不少少数民族作家要么选择一种与现实生活相疏离的姿态，沉浸在自我的抒情和对'过去'的咏叹中，用梦幻般的浪漫吟唱躲避着古老的母土上正在发生的当下生活的真实；要么以一种出于简单盲目的民族情绪的文化怀旧和守卫立场，全面地肯定并且不容置疑地捍卫本民族的传统和文化，对任何可能会影响它的'纯粹性'的异质文化一概予以粗暴的拒绝甚或仇视，完全无视实际上已经发生着的现代性对民族性的席卷和渗透。这样的文化守卫立场，虽出于执着的民族情感，但实际上对民族的发展有害无益。作为作家，他们缺乏面对、参与现代性的勇气，缺乏感应纷繁复杂的当下生活的能力，缺乏作为知识分子应具备的心灵生活的广度和深度。他们在拒斥现代化的同时，其实已放弃了介入本民族现实的社会责任，放弃了参与本民族文化转型和精神重建的任务。"① 在现代化的语境中对他者文化粗暴狭隘的抗拒，实际上对民族的发展和民族文化的丰富没有任何好处，也是一种文化不自信的表现。因为从历史上来看，开放地吸收和借鉴人类精神和物质文明成果是一个民族得以不断发展壮大的根基，真正强大丰厚的文化绝对不会是故步自封的，而是有着开放的视野，既能坚守本民族文化特征，又能积极吸纳异质文化，并经受得起异质文化考验的文化。

　　此外，在当前的藏族文学创作方面，特别是在面临宗教问题时，虽然作家注意到了宗教是一种关怀人的存在和生死问题的精神性力量，但一些作家的创作尚缺乏在20世纪八九十年代的基础上进一步对宗教的现代化的理性思考和批判精神。在80年代中期前，藏族作家以汉族文化来观照藏族文化，看到了民族文化的弊端，在藏族作家的作品中，对宗教大多持批判的否定态度。如发表于1980年的德吉措姆的《漫漫转经路》写奶奶一辈子特别虔信宗教，但命运却十分悲惨，儿子被领主打死，儿媳被藏兵枪击，自己支差摔伤病死，一辈子坎坷多难；孙子则是一个社会道路的探索者，他认为宗教迷信麻痹着人们的思想，并不能给人们带来幸福，从奶奶的经历和切身的体会中，孙子认为幸福生活不在漫漫转经路上，而在社会主义现代化的道路上。通过两种不同人生经历的对比，作者认为宗教思想不过是一种迷信，是与现代化进程相对立的落后思想。这样一种对待民族宗教文化的观点在80年代中期前很具代表性，由此反射出藏族作家在这一

---

① 严英秀：《论当下少数民族文学的民族性和现代性》，载《民族文学研究》2010年第1期，第140页。

时期,对待宗教的简单片面化的倾向,但作家的创作已经涉及被藏民族信奉了千百年的藏传佛教如何进行现代转型的问题。在90年代,央珍的小说《无性别的神》中,通过央吉卓玛在寺院的经历,对宗教世界里的不平进行了揭露,对宗教的态度既有感性的热爱,又有理性的思辨。但在近些年的藏族作家的创作中,可以看到的一个倾向是,出于为了捍卫本民族文化、彰显民族身份的需要,或者为了迎合主流文化审美需要而对宗教内容和精神的不加理性思辨的大肆张扬,这是需要警惕的。在人类社会的早期阶段,宗教对文化的影响很大,波及人们社会生活的许多方面。但随着现代化社会的发展,宗教在民族文化中的影响逐渐减弱。对任何一种既有的文化传统,正确的态度是理性的批判和继承。作家过分宣扬和沉湎于宗教的外在方式,并以抗拒的态度面对现代文明的发展,从而放弃了以理性和思辨方式介入民族发展的努力,也放弃了积极参与民族现代转型和精神重构的责任。因此在一些作家的创作中,显现出民族立场和现代性的追求相断裂的弊端。藏族学者丹珠昂奔认为:"过分地对宗教的崇拜,抹杀了人自身和轻贱了人自身,若不彻底摆脱这种精神桎梏,我们就很难像众多的先进民族那样思考人自身的意义和价值,产生本质的飞跃……思想的转变是根本的改变,因此,我们必须一往情深地呼唤马克思主义,呼唤科学,呼唤现代意识,没有人的现代化,现代化终不能实现。"① 如何正确地处理宗教与世俗、宗教与精神、宗教与现代性的转变之间的关系,而不是仅仅为了捍卫民族文化而表现宗教,或者是为了博得主流欣赏者的眼球而对宗教进行表面化的书写,这就要求写作者能够理性地对待民族传统文化。

"全球化现代化的战车隆隆驶过,没有哪一个民族哪一个地域能幸免于难,在这样的境遇中,毫无警惕和批判精神地迎合外来潮流,对自己的民族文化缺少热爱的情感和保护的立场,自然是错误的。但固守自己的民族文化,拒绝学习、融合、发展,想以一种纯粹的民族性对抗人类文明的总体进程,这更是肤浅的、盲目的,从根本上说也

---

① 丹珠昂奔:《佛教与藏族文学》,中央民族学院出版社1988年版,第11页。

是虚妄的……"① 作为藏族作家的严英秀对民族文学的发展有着同样的忧思,她的思考无疑为当代藏族文学发展中存在的问题敲响了警钟。

第三节　当代藏族文学发展面临的问题

　　作为民族精英的知识分子,藏族女性作家与男性作家共同承担了对民族文化精神的坚守与展现,向外界传达着自己独特的声音。

　　王珂曾经在《民族性:浓、淡、无多元相存——论20世纪末期少数民族女诗人现代汉语诗的抒情倾向》中谈到少数民族女诗人由于生存环境以及所受到的汉化教育不同,其诗歌气质可以分成具有浓郁民族性的抒情倾向、将民族情感与普遍人性结合的抒情倾向、将民族性融入诗的书写方式的抒情倾向和没有民族性的纯粹的女性抒情倾向这四类,认为少数民族女诗人的民族性呈现浓、淡、无多元相存的景象。② 但从前面章节对藏族女性作家作品的分析来看,藏族女性作家创作的民族性色彩相对于其他民族的作家来说是十分浓郁的,而且个别的女作家在创作上还流露出激进、激越的态度,这是在研究藏族女性文学时不能视而不见的。在当前全球化及多元文化语境下,如何坚守本民族文化,如何谋求民族文化最大程度上的生存发展空间,如何将民族精神性特征带入更广阔的视野,是当代藏族文学发展面临的问题。

　　在当前的多元文化背景下,身份的认同和归属是一个重要的问题。没有身份的认同和归属,作为个体就会陷入恐慌和焦灼之中,作家及其创作将会处于无根的漂移状态,"文化认同具有十分重要的意

---

　　① 严英秀:《论当下少数民族文学的民族性和现代性》,载《民族文学研究》2010年第1期,第141页。
　　② 参见王珂《民族性:浓、淡、无多元相存——论20世纪末期少数民族女诗人现代汉语诗的抒情倾向》,载《西北民族学院学报》2002年第1期,第42页。

义，没有文化认同，个体就会流散，一个民族就会失去作为共同体的精神基础或者精神纽带"①。因此，保持对本民族身份、传统文化和价值观念的认同与坚持对少数民族作家来说十分重要，这也是民族文学存在的根基。

当前的全球化发展在一定程度上可以说是一个多元趋同转化的过程，这种趋同一方面可能会给少数民族地区经济的发展带来很大的机会，一定程度上可以迎合少数民族物质发展上的现代性诉求；但另一方面，全球化的冲击又必然在文化交流和碰撞中使少数民族在多元混杂的处境中陷入文化认同上的焦虑和危机。因此，在多元文化语境中，少数民族经济文化发展进程中难免的民族性心理焦虑又使得民族身份认同走向深化。所以在全球化趋同过程中，可以发现一个值得深思和探讨的现象，也就是少数民族作家身份意识的觉醒和强化。考察80年代以来的少数民族文化发展的状况，可以看到，一方面汹涌难挡的全球化进程使得人们的物质生活趋同，由此带来人们的行为观念和日常生活的趋同；但另一方面，出于维护民族文化的需要，少数民族往往在精神领域里又对这种趋同产生了危机感，并激发起相反的维护民族传统文化的精神需求，因此文化认同危机加深，身份诉求更为激烈。在文化领域内，存在的一种状况是少数民族在强调对自身文化认同的同时，往往连带起对他者文化的抗拒与抵触。然而，在全球化处境中，"对他者文化的对抗是与对他者文化的依赖紧密交织的"②。一种文化的发展如果离开与他者文化的比较，离开了他者文化所提供的启示，那么自身的特性则很难彰显，也失去了发展的动力。"少数民族对自身文化的认同往往意味着对他者强势文化的对抗与拒绝。但在具体文化现场，这种对抗与拒绝却很难单向度发生。雅克·拉康曾说：主体不是通过自身而是通过与他人的同一而形成的，意思就是如果离开了与他者文化的比较，离开了他者文化提供的启示，实际上自

---

① 张永刚：《全球化时代西南边疆少数民族作家的文化认同与文学表达》，载《文艺理论研究》2011年第5期，第127页。
② 张永刚：《全球化时代西南边疆少数民族作家的文化认同与文学表达》，载《文艺理论研究》2011年第5期，第129页。

身民族意识很难体现出来,它会始终处于浑然不觉的状态。当某种民族的文化认同极端强化,达到自我封闭的程度,这种认同也就无法显示出广泛的社会意义。因此可以肯定,对他者文化的对抗总是与对他者文化的依赖紧密交织。"① 因此,当某种民族的文化认同被极端化,民族传统文化被盲目地不加批判地传承,从而以自我封闭的态度对待和抵制他者文化,这种认同就会显得狭隘而保守。在当前多元并存的文化体系下,世界已经成为不可分割的相互联系的整体,传统的封闭性的状态早已打破,各少数民族同汉族和世界其他民族之间的交流日趋频繁。这种情况下,少数民族的民族文化身份认同就必然地染上了多重性的特征,不再是单一片面静止的呈现,而是一个流动变化的过程。爱德华·萨义德说:"每一种文化的发展和维护都需要一种与其相异质并且与其相竞争的另一个自我的存在。自我身份的建构牵涉到与自己相反的他者身份的建构,而且总是牵涉到对与我们不同的特质的不断阐释和再阐释。每一个时代和社会都重新创造自己的他者。因此,自我身份或他者身份绝非静止的东西。"② 刘大先认为在现代语境下,少数民族的文化身份至少包括了个体种族文化身份、社群文化身份、民族国家身份和全球性文化身份这四种。③ 客观上来讲,多重身份必然会带来多重文化选择的矛盾和困惑,随着社会的发展和处境的不同,这种选择并不是固定不变的,而是流动的,不再像以前一样主要受民族、血缘、地域文化等的影响,而是受多重性的影响。斯图亚特·霍尔摒弃固定不变的、中心化认同观念,他认为:"在通常的做法中,认同过程(或译成自居作用 identification)的实践是在对某些共同本源的体认后建构起来的,或是与他人或群体所共有的某些特征,或是共有某种理想,共有某种建立在这一基础之上自然封闭的团结和忠诚。然而,与这种界定的'自然主义'相反,话语研究方法

---

① 张永刚:《全球化时代西南边疆少数民族作家的文化认同与文学表达》,载《文艺理论研究》2011 年第 5 期,第 129 页。
② [美] 爱德华·萨义德:《东方学》,三联书店 1997 年版,第 246 页。
③ 参见刘大先《中国现当代少数民族文学的语言与表述问题》,载《中国社会科学院研究生院学报》2008 年第 5 期,第 104 页。

则把认同过程视为一种建构,一个从未完成——总在'进行中'——的过程。它始终是'赢得'或'失去'、拥有或抛弃,在这个意义上说,它是不确定的。尽管有其存在的确定条件,包括维系它所需要的一些物质的或象征的资源,但是,认同过程是无条件的,处于偶然之中。一旦它得到了,它就不会抹去差异了。它所暗示的整合事实上只是一种统合的幻想。"① 现代化的社会进程,使得认同和过去相比有了很大的变化,有了更广阔的语义范畴,也呈现出了多重复杂的特征,因此文化认同的话语实践也充满了挑战。

在这样的境遇中,藏族文学(包括其他少数民族文学)面临着尴尬而严峻的处境,一方面要秉持独特的文学诉求,发扬和彰显民族性,就必须有独特的民族书写空间和文化内涵;但另一方面,在全球化背景下,民族文学必然地寻求由边缘走向中心,不仅对主流文学,而且对世界总体文化趋同倾向成为必然。面对多元文化的渗透与影响,如何选择、如何坚守本民族文化立场,如何谋求民族文化生存发展空间,彰显民族精神,让整个民族走向世界的前台,这促使作家的文化诉求有了更紧迫、更深远的追求。藏族作家在80年代中期后身份意识实质上也走向了一个逐渐加强的过程,这可以从20世纪五六十年代的藏族作家作品与80年代后作品的比较中得出结论。

形之于文本的藏族女性作家的文化诉求从20世纪90年代后来看,总体上显得急迫而深刻,也有着不同程度的矛盾和焦灼。这种焦灼和矛盾很大程度上是在现代化处境中,民族前行进程中必经的阵痛在作家精神深处的反映,藏族作家想要急切地彰显民族风貌,向外界传达自己的声音,并以此来坚守自己的文化立场。由此又带来两种可能,一种倾向是对只要是本民族的一切都报以不容置疑的肯定和坚守的态度,而不是批判地看待本民族文化的优劣;另一种倾向是以开放的姿态面对当前的多元文化风貌,对之采用兼容并包的姿态。

阿来的创作获得广泛性肯定在一定程度上为我们提供了一些启示。

---

① 周宪:《文学与认同:跨学科的反思》,中华书局2008年版,第185页。

"从童年时代起,一个藏族人注定就要在两种语言之间流浪。在就读的学校,从小学,到中学,再到更高等的学校,我们学习汉语,使用汉语。回到日常生活中,又依然用藏语交流,表达我们看到的一切,和这一切所引起的全部感受。在我成长的年代,如果一个藏语乡村背景的年轻人,最后一次走出学校大门时,已经能够纯熟地用汉语会话和书写,那就意味着,他有可能脱离艰苦而蒙昧的农人生活。我们这一代的藏族知识分子大多是这样,可以用汉语会话与书写,但母语藏语,却像童年时代一样,依然是一种口头语言。汉语是统领着广大乡野的城镇的语言。藏语的乡野就汇聚在这些讲着官方语言的城镇的四周。每当我走出狭小的城镇,进入广大的乡野,就会感到在两种语言之间的流浪,看到两种语言笼罩下呈现出不同的心灵景观。我想,这肯定是一种奇异的体验。我想,世界上会有越来越多的人加入这种体验。"

"我想,正是在两种语言间的不断穿行,培养了我最初的文学敏感。使我成为一个用汉语写作的藏族作家。"①

"欢乐与悲伤,幸福与痛苦,获得与失落,所有这些需要,从他们让感情承载的重荷来看,生活在此处与别处,生活在此时与彼时,并没有太大的区别……因为故事里面的角色与我们大家有同样的名字:人。"②

在阿来这里,双重文化身份,用汉语创作,是一种特定情境下无奈的选择,然而在两种语言间穿行,用汉语表达,并没有必然地消融作家的民族身份和民族诉求,而是在一定程度上实现了两种话语间的转换,具有更广阔的语境和视野,也更便于向外界传达民族的声音。霍米巴巴认为:"民族文化不再是固定于特定的地域与领土之上,它

---

① 阿来:《阿坝阿来》,中国工人出版社2004年版,第156页。
② 阿来:《落不定的尘埃》,载《小说选刊》(增刊)1997年第2期。

会进入他者的文化空间；同时，自己的文化空间也必然受到他者文化的渗入和影响，自身的文化身份也不得不通过在场的和不在场的他者文化重新界定，所有这一切造成了文化身份的杂交性或是混合性，对单一的本质主义民族文化身份概念提出了质疑与挑战。"① 在多元文化背景下，阿来用汉语来表达藏语文化和藏语思维，传递了有关个体、民族、国家的多层次思考，实现了跨族别、跨文化的写作。他说："但我始终以为，人们之所以需要文学，是要在人性层面上寻找共性。所有人，不论身处哪种文明，哪个国度，都有爱与恨，都有生和死，都有对金钱、对权力的接近与背离。这是具有普遍意义的东西，也是不同特质的人类文化可以互相沟通的一个基础。"② 民族文学研究专家关纪新指出："每一位作家都有其先天生就的民族位置，又有其后天经过能动选择而再度打造的族别写作身份。当多民族文化剧烈碰撞、相互折冲的社会氛围降临的时候，有人选择了族别写作的姿态，也有人选择了跨族别写作的姿态，还有人选择了超族别写作的姿态，想来均为形势使然，也分别从各自的角度给这个越来越显现出文化大交流征候的时代，做出相应的注解和呼应。"③ 作家突破了民族的界限，将其写作推向了对"人"的思考和对普世性问题的思考，这种跨文化视野在一定程度上可以给藏族作家提供开放的心态和广阔的胸怀，从而规避狭隘、偏激、保守的文化态度。鲁迅文学奖获得者次仁罗布在接受采访时说："真正的文学作品应该反映普世价值，赞扬人性的伟大，揭示困难面前的无畏精神，唤醒人类内心深处的善良……"④他认为，边缘民族的文学创作可以具有足够的普世性，而这种普适性是可以超越民族的界限的。

俄裔美籍作家纳博科夫认为："作家的艺术就是他真正的护照。

---

① 贺玉高：《霍米巴巴的杂交性理论与后现代身份观念》，2005年首都师范大学博士论文。
② 冉云飞：《通往可能之路——与藏族作家阿来谈话录》，载《西南民族学院学报》1999年第5期，第9页。
③ 关纪新：《20世纪中华各民族文学关系研究》，民族出版社2006年版，第6页。
④ 次仁罗布：《还原一个真实的西藏》，见新华网，http://news.xinhuanet.com/newmedia/2010-11/14/c_12772167_2.htm，2010年11月14日。

一位作家的个性，乃是由其独特的彩色纹理与独一无二的图案立时就可证实的。族系可以支持这一或那一种类之界定的正确性，但族系本身并不应当决定种类的界定。"① 对于民族作家来说，民族的深厚印痕使其创作有独特的魅力，但在植根于民族文化传统的同时，超越本民族文化传统，向广阔的他者文化学习也是文学走向繁荣的必经之路。"作家表达一种文化，不是为了向世界展览某种文化元素，不是急于向世界呈现某种人无我有的独特性，而是探究这个文化'与世界的关系'，以使世界的文化更臻完整。"② 一个民族文化要获得发展和延续，就不应该把民族性视为固化的概念，民族性也是在时代浪潮中流动变化的，对民族传统应持理性的批判和继承的态度。在现代化过程中，摒弃故步自封，需要有着开放的视野，海纳百川，不断学习，更新文学观念，创新语言和形式技巧，在坚持民族性的基础上对民族性加以超越才是民族文学发展的出路。

在多元文化语境下，女性意识与民族经验在不同历史时期会有不同的表征，会产生不同的互动关系，女性意识与民族经验互融交织会产生新的审美探求，但需要警惕固化的身份范畴。民族文化认同过程不仅包括对本民族文化的维护和彰显，也应该包含着对本民族文化价值的反思与批判，具有建设性的理性态度是扬弃和批判地继承与创新，否则失去这种理性的反思与批判也就失去了有批判价值的认同，必然销蚀民族发展的动力。此外，对民族文化的认同必然又与同他者文化的依赖紧密相连，在竭力彰显本民族文化身份，摆脱其他文化的束缚的同时又有对他者文化的积极借鉴。而且只有在交流和对话中，文化认同才会有价值。"主体不是通过自身而是通过与他人的同一而形成的。"③ 费孝通在谈到文化交流时曾提出了"和而不同"的观点，"从总体上说，人类文明的多样性，是各个文明得以'不朽'的最可

---

① 转引自周启超《独特的文化身份与独特的彩色纹理——双语作家纳博科夫文学世界的跨文化特征》，载《外国文学评论》2003年第4期，第73页。
② 阿来：《我只感到世界扑面而来—在渤海大学"小说家讲坛"上的讲演》，载《当代作家评论》2009年第1期，第27页。
③ 拉康：《拉康选集》，褚孝泉译，上海三联书店2001年版，第90页。

靠的保证。一种文明、文化，只有融入更为丰富、更为多样的世界文明中，才能保证自己的生存。人们常说，'只有民族的，才是世界的'，这是不错的；反过来说，只有世界的，才是民族的，才能使这个民族的文化长盛不衰，也很有道理。所以，文化上的唯我独尊、故步自封，对其他文明视而不见，都不是文明的生存之道。只有交流、理解、共享、融合才是世界文明共存共荣的根本之路。不论是'强势文明'，还是'弱势文明'，这是唯一的出路。"① 他提倡以开放的视野看待世界，在文化交流中不同文化应该彼此尊重、求同存异，要客观理性地对待本土文化和异域文化之间的差异，既不能以虚无主义态度看待本土文化，完全无视本土文化的优厚资源和丰富内蕴，又不能持唯本民族文化优越论的观点，对民族传统的优缺点不加区分地加以一味地赞美和歌颂。费孝通认为交流、理解、共享和融合是世界文明前行繁荣之路，这显然能够给我们提供许多启示。

---

① 费孝通：《费孝通九十新语》，重庆出版社 2005 年版，第 322 页。

结　　语

"在全球化时代，没有文化身份意识，作家和他的作品都将永远处于漂移状态，形成一种无根的感觉。"① 民族作家是一个民族文化的代言人，在多元文化背景下，当代藏族女性作家以她们的创作显现了少数民族女性作家对女性自我与民族发展的双重思考，她们的创作彰显了民族意识，不仅关注女性的个体情感和现实处境，而且将对女性命运的思考和民族的过去、现在、未来紧紧相连，将女性的发展引入了民族和国家发展的进程之中，在女性书写与民族书写之间，寻找创作的最佳结合点，在她们的创作中鲜明地体现了女性意识与民族身份意识的双重建构。

在当今全球范围的市场经济的迅猛发展中，藏民族在文化、经济等领域迎来了极大的发展机遇，同时也面临着各种挑战，在现代化进程之中，民族传统文化受到的冲击更为巨大，它一方面要受汉文化语境下主流文化的影响和规范，另一方面还要适应国际性的跨民族文化的挑战，如何在这样的适应中不失去自我并对民族传统文化进行继承和发扬，如何获取文学创作的新观念和新技巧，突破自身的边缘状态，达成与汉文学乃至世界先进文学共同繁荣的局面，这是藏族女性文学发展过程中面临的一个重大问题。面对相对落后的社会经济和沿袭已久的价值观念，面对民族文化在发展中所面临的机遇和困境，面对反思民族传统文化痼疾和发展民族文化的艰巨使命，承袭着家庭和

---

① 张永刚：《全球化时代西南边疆少数民族作家的文化认同与文学表达》，载《文艺理论研究》2011年第5期，第127页。

社会重担的藏族女性作家迎接的挑战更为艰巨。在当前语境下,藏族文学创作和发展不仅需要作家对民族传统文化进行理性的、现代化的清晰思辨,更需要大胆地揭示历史绵亘中民族的创伤和痼疾、剖析民族历史发展历程中人性及文化的误区与弱点,从而树立对民族文化批判自省的哲学与美学观照,以实现当代藏族文学的崭新飞跃。

　　从 20 世纪 50 年代至今,当代藏族文学创作取得了很大的成绩,然而需要警惕的是,在这个文学投身消费潮流越来越强烈的时代,如何保持对文学的精神性追求,这不仅是女性作家,而且是所有藏族作家所要面对的一个共同考验。毋庸置疑,作家应该具有精英意识,他们需要直面时代,直面民族真实的生存状态和心理状态,在对历史的、现实的,世界的、民族的整体思考中,去揭示普遍的人性和进行哲理的思考。这就要求作家从狭小的自我的天地中走出,去接通更广大的物质视野和灵魂视野,展示广阔的人生和高远的想象。对艺术手法的无尽探索是文学永葆魅力的一个重要因素,虽然经历了一系列的文学革命,但当代文学在叙事和虚构、语言和形式探索上的可能性并未穷尽,这是摆在当代作家面前的一个问题,也是藏族作家在创作时绕不过去的一个问题。

　　法国女性主义写作的著名代表埃莱娜·西克苏曾说:"飞翔是妇女的姿态——用语言飞翔也让语言飞翔……只有靠飞翔才能获得任何东西。"在新的时代,藏族女性作家的创作已经不再是男性作家创作的补充,而是一种女性独立坚守的自觉的生命表现和传达,她们与藏族男性作家一起构筑了藏族文学的繁荣发展。她们不仅天然地关注女性生活,描写她们的现实生存和精神追求,而且更为重要的是,她们是对藏民族发展有深切责任感和有担当意识的,视文学为一种使命的写作者。她们张开文学的翅膀,以自由飞翔的姿态展示了她们对女性自我和民族发展的双重思考。

参考文献

一、图书

[1]〔法〕皮埃尔·布迪厄. 艺术的法则：文学场的生成和结构[M]. 刘晖，译. 北京：中央编译出版社，2001.

[2]〔美〕本尼迪克特·安德森. 想象的共同体：民族主义的起源与散布[M]. 吴叡人，译. 上海：上海人民出版社，2003.

[3]〔美〕爱德华·萨义德. 东方学[M]. 王宇根，译. 北京：三联书店，1999.

[4] 刘象愚，罗钢. 文化研究读本[M]. 北京：中国社会科学出版社，2000.

[5] 陶东风. 文化研究精粹读本[M]. 北京：中国人民大学出版社，2006.

[6] 姚新勇. 寻找：共同的宿命与碰撞[M]. 北京：中国社会科学出版社，2010.

[7] 孟悦，戴锦华. 浮出历史地表[M]. 北京：中国人民大学出版社，2004.

[8] 张京媛. 当代女性主义批评[M]. 北京：北京大学出版社，1992.

[9] 陈顺馨. 中国当代文学的叙事与性别[M]. 北京：北京大学出版社，1995.

[10] 李小江. 让女人自己说话：民族叙事[M]. 北京：生活·读书·新知三联书店，2003.

[11] 李小江,等.女性主义:文化冲突与文化认同[M].南京:江苏人民出版社,2000.

[12] 林丹娅.当代中国女性文学史论[M].厦门:厦门大学出版社,2003.

[13] 乔以钢.中国当代女性文学的文化探析[M].北京:北京大学出版社,2006.

[14] 丹珠昂奔.藏族文化发展史[M].兰州:甘肃教育出版社,2001.

[15] 丹珠昂奔.佛教与藏族文学[M].北京:中央民族学院出版社,1988.

[16] 丹珠昂奔.藏族文化散论[M].北京:中国友谊出版公司,1993.

[17] 张治维.当代西藏文艺论集[M].北京:民族出版社,1995.

[18] 耿予方.藏族当代文学[M].北京:中国藏学出版社,1994.

[19] 耿予方.西藏五十年:文学卷[M].北京:民族出版社,2001.

[20] 耿予方,吴伟.西藏文学[M].北京:五洲传播出版社,2002.

[21] 马丽华.雪域文化与西藏文学[M].长沙:湖南教育出版社,1998.

[22] 周炜.西藏文化的个性:关于藏族文学的再思考[M].北京:中国藏学出版社,1997.

[23] 李佳俊.文学,民族的形象[M].拉萨:西藏人民出版社,1989.

[24] 王沂暖,唐景福.藏族文学史略[M].西宁:青海民族出版社,1988.

[25] 周延良.汉藏比较文学概论[M].北京:中央民族出版社,1995.

[26] 佟锦华.藏族文学研究[M].北京:中国藏学出版社,2002.

[27] 佟锦华.藏族古典文学[M].长春:吉林教育出版社,1989.

[28] 佟锦华.藏族传统文化概述[M].北京:中国藏学出版社,1990.

[29] 马学良,等.藏族文学史[M].成都:四川民族出版社,1994.

[30] 马学良,梁庭望,张公瑾.中国少数民族文学史[M].北京:中央民族学院出版社,1992.

[31] 马学良,梁庭望,李云中.中国少数民族文学比较研究[M].北京:中央民族大学出版社,1997.

[32] 星成全.西藏传统文化及其现代化[M].西宁:青海民族出版社,2002.

[33] 于乃昌.西藏审美文化[M].拉萨:西藏人民出版社,1999.

[34] 谢热.传统与变迁:藏族传统文化的历史演进及其现代化变迁模式[M].兰州:甘肃民族出版社,2005.

[35] 关纪新.20世纪中华各民族关系研究[M].北京:民族出版社,2006.

[36] 乔根锁.西藏的文化与宗教哲学[M].北京:高等教育出版社,2004.

[37] 丹珍草.藏族当代作家汉语创作论[M].北京:民族出版社,2008.

[38] 德吉草.歌者无悔:当代藏族作家作品选评[M].北京:民族出版社,2000.

[39] 米歇尔·泰勒.发现西藏[M].北京:中国藏学出版社,1999.

[40] 柳升祺.藏族简史[M].拉萨:西藏人民出版社,1985.

[41] 关纪新,朝戈金.多重选择的世界:当代少数民族作家文学的理论描述[M].北京:中央民族大学出版社,1995.

[42] 杨恩洪.藏族妇女口述史[M].拉萨:中国藏学出版社,2006.

[43] 雪犁,等.中国当代藏族作家优秀作品集[M].兰州:甘肃民族出版社,1991.

[44] 扎西达娃,等.西藏新小说[M].拉萨:西藏人民出版社,1989.

[45] 扎西达娃.扎西达娃小说选[M].北京:中国文学出版社,1999.

[46] 唯色.西藏笔记[M].广州:花城出版社,2003.

[47] 白玛娜珍. 拉萨红尘[M]. 拉萨：西藏人民出版社，2002.
[48] 白玛娜珍. 复活的度母[M]. 北京：作家出版社，2006.
[49] 梅卓. 梅卓散文诗选[M]. 贵阳：贵州人民出版社，1998.
[50] 梅卓. 月亮营地[M]. 兰州：敦煌文艺出版社，2009.
[51] 梅卓. 太阳石[M]. 西安：太白文艺出版社，2006.
[52] 吉普·次旦央珍. 笑忘拉萨[M]. 拉萨：西藏人民出版社，2009.
[53] 央珍. 无性别的神[M]. 北京：中国青年出版社，1994.
[54] 格央. 拉萨故事：让爱漫漫永恒[M]. 西安：太白文艺出版社，2006.
[55] 格央. 西藏的女儿[M]. 北京：人民文学出版社，2004.
[56] 尼玛潘多. 紫青稞[M]. 北京：作家出版社，2010.
[57] 马原. 马原文集[M]. 北京：作家出版社，1997.
[58] 色波. 圆形日子[M]. 北京：文化艺术出版社，1991.
[59] 色波. 玛尼石藏地文丛[M]. 成都：四川文艺出版社，2002.
[60] 才旺瑙乳，旺秀才丹. 藏族当代诗人诗选汉文卷[M]. 西宁：青海人民出版社，1997.
[61] 顾建平. 聆听西藏：以诗歌的方式[M]. 昆明：云南人民出版社，1999.
[62] 阿来. 阿来文集[M]. 北京：人民文学出版社，2001.

二、学位论文

[1] 郑靖茹. 现代文学体制建立的个案考察：汉文版《西藏文学》与西藏文学[D]. 成都：四川大学，2005.
[2] 于宏. 试论当代藏族汉语文学的三维结构和双重品质[D]. 北京：中央民族大学，2010.
[3] 徐美恒. 论藏族作家的汉语文学[D]. 兰州：兰州大学，2006.
[4] 倪文豪. 藏文化与藏文学：当代藏族中长篇小说解读[D]. 济南：山东师范大学，2007.
[5] 刘书勤. 转型期藏族女性叙事文学中藏族女性形象考察[D].

广州：暨南大学，2006．

[6] 杨红．边缘的吟唱："西藏文学"之于"寻根文学"：以《西藏文学》汉文版（1984—1988）为重点的考察［D］．上海：华东师范大学，2005．

[7] 李美萍．模仿、对话、自觉：雪域小说自主性的获得：以《西藏文学》（1976—1986）小说为中心［D］．苏州：苏州大学，2006．

[8] 袁丁．从马原、扎西达娃和阿来的创作看西藏当代汉语小说［D］．武汉：武汉大学，2004．

[9] 刘涛．比较文化视域中的藏族作家的汉语创作［D］．西安：陕西师范大学，2006．

三、期刊

[1] 姚新勇．朝圣之旅：诗歌、民族与文化冲突：转型期藏族汉语诗歌论［J］．民族文学研究，2008（2）．

[2] 姚新勇．多样的女性话语：转型期少数族文学写作中的女性话语［J］．南方文坛，2007（6）．

[3] 姚新勇．追求的轨迹与困惑："少数民族文学性"建构的反思［J］．民族文学研究，2004（1）．

[4] 姚新勇．对当代民族文学批评的批评［J］．文艺争鸣，2003（5）．

[5] 姚新勇．全球化语境下的中国民族叙事［J］．暨南学报，2004（4）．

[6] 姚新勇．文化身份建构的欲求与审思［J］．读书，2002（11）．

[7] 姚新勇．边疆的策动：先锋叙述中的边疆文化［J］．民族文学研究，2003（2）．

[8] 姚新勇．"民族"前途何所之［J］．南方文坛，2004（4）．

[9] 严英秀．论当下少数民族文学的民族性和现代性［J］．民族文学研究，2010（1）．

[10] 杨红．西藏新小说之于寻根文学思潮的意义［J］．贵州民族学

院学报，2007（6）.

[11] 赵代君. 寻找"突围"：西藏新小说的昨天、今天和明天［J］. 西藏大学学报，1993，8（1）.

[12] 刘振洲. 西藏新小说为什么走向衰落［J］. 西藏艺术研究，1992（3）.

[13] 郑靖茹. "西藏当代文学的缩影"：汉文版《西藏文学》［J］. 西藏文学，2005（5）.

[14] 郑靖茹. 现代传媒与西藏当代文学［J］. 民族文学研究，2005（1）.

[15] 吉米平阶. 《西藏文学》三十年［J］. 西藏文学，2007（6）.

[16] 尼玛扎西. 浮面歌吟：关于当代西藏文学生存与发展的一些断想［J］. 西藏文学，1999（2）.

[17] 周韶西. 困惑：对西藏新小说创作的理性思考［J］. 西藏文学，1990（2）.

[19] 陈桂林. 西藏寻奇小说的得与失［J］. 西藏文学，1993（3）.

[20] 周政保. 答马丽华：关于《雪域文化与西藏文学》的提问［J］. 西藏文学，1997（4）.

[21] 张治维. 略论当代西藏文学的发展［J］. 西藏文学，1996（4）.

[22] 朱霞. 当代藏族文学的多元文化背景与作家民族文化身份的建构［J］. 西藏民族学院学报，2004（6）.

[23] 陈桂林. 西藏寻奇小说的得和失［J］. 西藏文学，1991（2）.

[24] 陈思和. 当代文学中的文化寻根意识［J］. 文学评论，1986（6）.

[25] 韩少功. 文学的"根"［J］. 作家，1985（4）.

[26] 寇才军. 由扎西达娃和阿来的创作看当今藏族作家文学的发展［J］. 西南民族学院学报：哲学社会科学版，1999（3）.

[27] 张懿红. 梅卓小说的民族想象［J］. 民族文学研究，2007（2）.

[28] 张懿红. 民族立场与民族想象［J］. 青海社会科学，2007（3）.

[30] 赵玉芹. 解读梅卓小说集《麝香之爱》［J］。青海师专学报，2009（2）.

［31］方素梅，杜娜，杜宇. 20世纪90年代以来的中国少数民族妇女研究［J］. 民族研究，2004（2）.

［32］李佳俊. 当代藏族文学的文化走向：浅析新时期藏族作家不同群体的审美个性［J］. 中国藏学，2006（1）.

［33］西藏文学，1977年第1期—2011年第5期.

四、网站

中国民族文学网：http：//iel. cass. cn/.

藏人文化网：http：//www. tibetcul. com/.